风铃
ふうりん

山本周五郎 著
夏晶晶 魏大海 译

风 铃

[日] 山本周五郎 著
夏晶晶 魏大海 译

青岛出版集团 | 青岛出版社

图书在版编目（CIP）数据

风铃 /（日）山本周五郎著；夏晶晶，魏大海译 . —青岛：青岛出版社，2022.6
 ISBN 978-7-5736-0084-4

Ⅰ . ①风… Ⅱ . ①山…②夏…③魏… Ⅲ . ①短篇小说—小说集—日本—现代 Ⅳ . ① I313.45

中国版本图书馆 CIP 数据核字（2022）第 039740 号

书　　名	FENGLING　风铃
著　　者	［日］山本周五郎
译　　者	夏晶晶　魏大海
出版发行	青岛出版社
社　　址	青岛市崂山区海尔路 182 号（266061）
本社网址	http://www.qdpub.com
邮购电话	0532-68068091
策　　划	刘　咏　杨成舜
责任编辑	左美辰　王婧娟
装帧设计	今亮后声 · 张今亮　梅杨
照　　排	青岛新华出版照排有限公司
印　　刷	青岛双星华信印刷有限公司
出版日期	2022 年 6 月第 1 版　2022 年 6 月第 1 次印刷
开　　本	32 开（889 mm×1194 mm）
印　　张	9.5
字　　数	190 千
印　　数	1—5000
书　　号	ISBN 978-7-5736-0084-4
定　　价	45.00 元

编校印装质量、盗版监督服务电话　4006532017　0532-68068050
上架建议：日本文学经典 · 畅销

《平家物语》(作者不明)等。江户时代的文学被称作近世文学，其背景分为江户前期的元禄文化（以京都、大阪为中心）和江户后期的文政文化（以江户为中心）。此期代表性的文学经典主要有《奥州小路》(松尾芭蕉)、《曾根崎情死》(近松门左卫门)、《雨月物语》(上田秋成)、《古事记传》(本居宣长)、《东海道中膝栗毛》(十返舍一九)、《南总里见八犬传》(曲亭马琴)、《我春集》(小林一茶)和《东海道四谷怪谈》(鹤屋南北)等。明治时代、大正时代和昭和时代的文学系日本近现代文学，出现了形形色色的文学流派和文学样式。耳熟能详的有《小说神髓》(坪内逍遥的理论著作)、《浮云》(二叶亭四迷)、《金色夜叉》(尾崎红叶)、《五重塔》(幸田露伴)、《舞姬》(森鸥外)、《青梅竹马》(樋口一叶)、《天地有情》(土井晚翠)、《破戒》(岛崎藤村)、《棉被·乡村教师》(田山花袋)、《我是猫》与《心》(夏目漱石)、《罗生门》(芥川龙之介)、《雪国》(川端康成)、《斜阳》与《人间失格》(太宰治)、《细雪》(谷崎润一郎)、《假面的告白》(三岛由纪夫)以及《万延元年的足球队》(大江健三郎)等。这里列举的，不妨说是古代、中古、近世直至近现代具有代表性的日本文学经典。

一家出版机构将这些具有代表性的经典作品全部翻译出版是一个奢望。本系列丛书着重选取明治维新后的近现代文学的经典篇目出版且以小说为主。简单来说，明治维新以后的日本开展了汲取西洋思想、文化的文明开化运动，对文学也产生了很大的影响。言文一致运动便是其反映之一。结果是日语的书面语言摒弃了之前日本文学注重汉文的传统，在明治中期确立了直接连接现代日语的书面语言（"だ·である"体和"です·ます"体）。"文

总序　弥合世界与内心空隙的日本文学经典

我思前想后，不知道这个总序该怎样写，此系列丛书不是文学史，却又跟文学史脱不了干系。经典系列作品的选编标准肯定是以文学史为基础的。纵览日本文学的历史，经典可谓浩繁。飞鸟时代有《古事记》（纪传体史书）、《日本书纪》（编年体史书）、《怀风藻》（日本最早的汉诗集）和《万叶集》（最古的和歌集）。平安时代的文学被称作中古文学，代表性经典有《凌云集》（最早的敕撰汉诗集）、《古今和歌集》（最早的敕撰和歌集）、《土佐日记》（纪贯之）、《竹取物语》（作者不明）、《枕草子》（清少纳言）、《源氏物语》（紫式部）等。接下来的镰仓时代、室町时代和安土桃山时代有《方丈记》（鸭长明）、《徒然草》（吉田兼好）、学"一语，最初亦是翻译词语。在前述文体变革中，产生了如今一般认识中的"文学"概念。明治维新以后至1885年坪内逍遥的《小说神髓》发表之前，日本文学的分类是通俗文学、翻译文学和政治小说。日本近代文学的起步，始自坪内逍遥的《小说神髓》（1885），这是日本近代以来最早的一部文学理论书籍，之后二叶亭四迷又写了一部《小说总论》（1886）。两人推崇的是西方的写实主义文学样式。作为写实主义文学的实验性作品，坪内逍遥创作了《当代书生气质》（1885），二叶亭四迷则发表了被称作日本近代小说嚆矢的《浮云》（1887）。写实主义文学起步的同时，政治性国粹主义氛围高涨，井原西鹤与近松门左卫门的古典文学重新得到关注。1885年尾崎红叶和山田美妙等创立砚友社，创刊《我乐多文库》。在拟古主义的名目下，尾崎红叶发表了《两个比丘尼的色情忏悔》（1889）、《金色夜叉》（1897）等脍炙人口的经典小说，风格迥异的幸田露伴则发表了《风流佛》（1889）、《五重塔》（1891）等理想主义小说。两位作家的活跃让当时的文学创作进入"红露时代"。伴随着近代化的进程，自我意识的觉醒带来了人性的解放。此时的浪漫主义代表作品有追求开放自由和自我意识觉醒的森鸥外的《舞姬》（1890）、女作家樋口一叶的《青梅竹马》（1895）等。泉镜花的《高野圣》（1900）和《歌行灯》（1910）亦饱含着浪漫情绪，开拓出幻想与神秘的独特世界。国木田独步发表了以随笔式语言描写自然美的《武藏野》（1898）。德富芦花则发表了拥有社会性视野的家庭小说《不如归》（1899）。

　　日本的近代文学呈现出了丰富多彩的特点，其中的一个转折发生在二十世纪初。明治时代末期，日本文学受到西方自然主义（左拉、莫泊桑）文学的影响。自然主义文学的代表作品是岛崎藤村的《破戒》（1906）和田山花袋的《棉被》（1907）。尤其是田山花袋的《棉被》，这部短篇小说被称作日本"私小说"的起点。有人称"私小说"是西方自然主义文学的变种。在《棉被》以后的日本文学史中，"私小说"被公认成一种主流性的样式，甚至与纯文学画上了等号。其他自然主义作家有国木田独步、德田秋声、正宗白鸟等。德田秋声也是典型的"私小说"作家，代表作有《新家庭》（1908）等。1909年田山花袋刊出了另一代表作《乡村教师》。岛崎藤村1910年发表了《家》，1918年发表了《新生》。面对前述自然主义文学的流行，近乎同期日本也形成了反自然主义的文学潮流，除了声名显赫的夏目漱石（余裕派）和森鸥外（高踏派），反自然主义文学分类还有耽美派（唯美主义）、白桦派（理想主义）和新现实主义。夏目漱石发表的《我是猫》（1905）、《少爷》（1906）、《草枕》（1906）、《门》（1910），描写了日本近代知识分子的内在精神；修善寺大病后刊出的《心》（1914）、《明暗》（1916），揭示了人类的利己心。森鸥外受夏目漱石频繁的创作活动刺激，依次发表了《青年》（1910）、《雁》（1911）等现代小说以及史传性的作品《涩江抽斋》（1916），后转向历史小说的创作。此外值得一提的是两位唯美主义文学代表作家。一位是永井荷风，最初同样倾倒于自然主义文学，从欧洲归国后发表了《法国物语》（1909），后则成为纯粹的唯美派作家，代表作有《濹东绮谭》等。另一位是谷崎润一郎，代表作有《刺青》（1910）和《痴人之爱》（1924）等。必须承认，唯美主义一方面与自然主义相对立，另一方面与自然主义也有着某种内在的一致性。日本近代的耽美派又被称作后期浪漫主义，以两个文学刊物《昴》和《三田文学》为活动中心，代表作家还有佐藤春夫和久保田万太郎。在自由和民主主义的社会氛围中，主张人道主义的白桦派文学一度时兴。白桦派的代表人物是武者小路实笃、志贺直哉、有岛武郎和里见弴。武者小路实笃的代表作有《幸运的人》(1911)和《友情》(1919)，志贺直哉的代表作则有《和解》《在城崎》(皆为1917)、《暗夜行路》(1921—1937)等，有岛武郎的代表作是《一个女人》(1919)，里见弴的代表作是《多情佛心》(1922)。志贺直哉同时又是日本私小说与心境小说的代表作家，其作品被当作纯文学之典范，对同时代的年轻小说家产生过很大的影响。

大正时代(1912—1926)中期开始，以《新思潮》为活动中心的新现实主义代表作家有受前辈作家夏目漱石和森鸥外影响的芥川龙之介、菊池宽、山本有三和久米正雄等。大致同期，另有一批作家被称作奇迹派或新早稻田派，如广津和郎、葛西善藏、宇野浩二、嘉村礒多，多为"私小说"作家。1920年6月前后至1935年是日本现代主义文学和无产阶级文学并存期。第一次世界大战后兴起于欧洲的达达主义、未来主义和表现主义文学技法传到日本，冲击了日本小说家坚守的平板化的写实主义和艺术至上主义。以横光利一和川端康成为代表的新感觉派，对传统文坛的个人主义写实持批判态度。横光利一将某种电影化手法运用于小说《蝇》(1923)的创作，又在1935年刊出重要论文《纯粹小说论》，在"观察自我的自我"之必要性上设定了所谓"第四人称"。川端康成则于1935年开始创作其代表作《雪国》，展现了独具一格的审美意识。另一个现代主义文学流派叫新兴艺术派俱乐部，两位别具特色的作家是继承了"私小说"传统的梶井基次郎和井伏鳟二，前者的代表作是《柠檬》（1925），后者是《山椒鱼》（1929）。新感觉派的继承者则是新兴艺术派解体后留下业绩的堀辰雄与新心理主义的伊藤整，前者的代表作是《圣家族》（1930）和《起风了》（1938），后者主要业绩在文学史和文学批评方面。两人尝试了受乔伊斯和普鲁斯特影响的精神分析或揭示深层心理的艺术表现方式。同期具有影响力的批评家小林秀雄，据称确立了日本近代批评的形态。在特定的政治、历史、文化背景下，1921年小牧近江创刊了《播种人》杂志，无产阶级文学潮流兴起，代表作家是小林多喜二（《蟹工船》1929）、德永直（《没有太阳的街》1929）、宫本百合子、叶山嘉树、中野重治、佐多稻子、壶井荣（《二十四只眼睛》1951）等。无产阶级文学评论方面的代表人物是藏原惟人和宫本显治。

如前所述，本篇总序并非文学史描述，但与文学史又有着密切的关联。选择这种近似于文学史的描述，目的在于示明本系列选题的基本范围。在此范围之内的皆有被选择的可能性，但并非所有的作品都会被纳入选题。初拟选定的时间下限为1970年。必须强调的是，二战后的"战后派"文学也有很大影响力，杰出的作家有武田泰淳、埴谷雄高、野间宏、加藤周一、大冈升平、三岛由纪夫、安部公房、井上靖、岛尾敏雄、梅崎春生等，影响力一直延续到二十世纪末。战后派重要的小说作品有大冈升平的《俘虏记》（1948）和《野火》（1952）、三岛由纪夫的《假面的告白》（1949）和《金阁寺》（1956）、安部公房的《墙壁》（1951）等。日本"战后派"有第一次战后派、第二次战后派、第三次战后派之分,"第三新人"便是第三次战后派。具有一致性的代表作家有安冈章太郎、吉行淳之介、远藤周作、小岛信夫、庄野润三、阿川弘之等。在"第三新人"之后登场的新人作家是大江健三郎、开高健、江藤淳和北杜夫等。此外,二战后还出现了一批引人注目的女作家,有野上弥生子、宇野千代、林芙美子、佐多稻子、幸田文、圆地文子、平林泰子、濑户内晴美、田边圣子、有吉佐和子、山崎丰子等。毋庸置疑,当时处于文坛中心的川端康成乃别样的文学存在,陆续发表的重磅力作有《千只鹤》(1949)、《山音》(1954)、《睡美人》(1961)和《古都》(1962)等。其他文坛元老的创作则有谷崎润一郎的《钥匙》(1956)和《疯癫老人日记》(1962)、井伏鳟二的《黑雨》(1966)等。同期其他重要作品有安部公房的《砂女》(1962)、《燃烧的地图》(1967)等,大江健三郎的《个人的体验》(1964)、《万延元年的足球队》(1967)等,井上靖的《敦煌》(1959)、《俄罗斯国醉梦谭》(1968)等。1968年,川端康成荣获诺贝尔文学奖;1970年,三岛由纪夫在日本自卫队的市谷驻地剖腹自杀,同年四部曲《丰饶之海》完稿。其他战后派作家的代表作品有岛尾敏雄的《死棘》(1960)、梅崎春生的《幻化》(1965)、大冈升平的《莱特战记》(1971)、中村真一郎的《赖山阳及其时代》(1971)、野间宏的《青年之环》(1971)等。再往后出现"内向的一代",代表作家是古井由吉、后藤明生、黑井千次、日野启三等。二战后不同文学类型的作家还有历史小说家司马辽太郎、陈舜臣、伊藤桂一,推理小说作家松本清张、水上勉、西村京太郎、森村诚一,被称作科幻小说作家"御三家"的星新一、小松左京、筒井康隆,以及言情作家渡边淳一等。渡边淳一是一个特殊的存在，在他这个文类或领域，可谓空前绝后。1970年他的小说《光与影》荣获日本通俗文学大奖直木奖，1995年他的长篇小说《失乐园》在日本引发"失乐园"热，2003年获菊池宽奖。二战后出生的首获芥川奖的作家中上健次，获奖作品是《海角》(1975)、《枯木滩》(1977)。此外1979年获野间文艺新人奖的津岛佑子（太宰治次女），1976年获得芥川奖的村上龙以及至今拥有无数读者的村上春树，都是二十世纪七十年代后不可忽视的文学作家。二十世纪末至今受到关注的作家，还有岛田雅彦、池泽夏树、笙野赖子、多和田叶子、山田咏美、吉本芭娜娜等。1986年获得"文学界"新人奖的片山恭一亦值得注目，代表作是《在世界中心呼唤爱》，这也是迄今为止日本销量最高的单行本小说。当然，二十世纪七十年代以后的作家作品，除少数例外，一般不会纳入本经典系列的选题中。

近年来，青岛出版社在日本文学的翻译、出版方面业绩斐然，此次的日本文学经典名家名译系列更是一个大胆且富有创意的构想。前面拉拉杂杂提到日本自古以来重要作家的重要作品（主要是小说类），但本经典系列的初衷并不是要将所有经典全部刊出，也不期望一次性出齐所有入选系列的经典译著。成熟的经典译著拟分辑先后刊出，分批次陆续将一些名家翻译的日本文学经典作品列入出版计划。现已纳入出版计划的有周作人译《枕草子》（清少纳言）、陈岩译《奥州小路》（松尾芭蕉）、文洁若译《五重塔》（幸田露伴）、高慧勤译《舞姬》（森鸥外）、林少华译《我是猫》（夏目漱石）等。既然是从古到今的日本文学经典，《万叶集》

（例外，不是小说）和《源氏物语》必不可少。但是有时，名家翻译也会出现这样那样的问题，尤其是无法解决的版权问题。所以，尽管竭尽全力选择最为合适的译者重新翻译，挑战性也很大。不敢说超越前辈，至少争取规避前辈翻译家遭遇过的难点或困境，在尊重经典、准确翻译的基础上，尽力推出具有自己文体风格的优秀的译作。我们知道，在1983年的日本文学研究会第三届全国年会上，在学会法人、学会副会长李芒先生的带领下，诸多前辈学者、翻译家、出版家曾确立过一个庞大的翻译出版选题计划——从古到今的"日本文学大系"。当时，众多国内一流的出版社参与了这个选题计划，但遗憾的是这项庞大的计划没有付诸实施。毫无疑问，这项计划与青岛出版社目前的经典选题系列不同，后者并不奢望一举成功、无一遗漏地推出所有的经典名著。经典的定义，仁者见仁，智者见智。想必这样的方式更具灵活性，时间上不受限制，选题上也依照主编个人化的选定标准。比如，第一辑即将推出的名家名作名译除前述几部外，还有宋再新翻译的《黑雨》（井伏鳟二）和魏大海翻译的《棉被·乡村教师》（田山花袋）。经典名著的判定标准理应是文学史上已有定论的作家作品，当然也要兼顾主编相对主观的判定。总之，本文学经典系列是一个具有灵活性的优良架构，我们会陆续将成熟的日本文学经典名家名作名译装进箩筐，希望在金秋收获的时光为国家的文化事业贡献一份力量。

魏大海

二〇二〇年金秋十月

目 录

总序 / *01*

松花 / *001*

箭竹 / *017*

梅香 / *035*

甜菜 / *049*

竹林 / *065*

纺车 / *083*

风铃 / *101*

尾花川 / *121*

桃井 / *135*

墨丸 / *151*

二十三年 / *173*

春三度 / *189*

笄堀 / *207*

面影 / *223*

忍绪 / *239*

小指 / *253*

萱笠 / *271*

松花

一

佐野藤右卫门把桌子放在北面的小窗户下，开始用红笔修改《松花》。他突然像是有些疲倦，放下红笔，摘下眼镜，用两手的手指轻轻抚摸着眼眶，将目光投向了院子。窗外结结实实地长着十四五根孟宗竹，三五根一组适当地拉开距离，在清晨澄澈的空气中低垂着茂密的枝叶。藤右卫门看着油亮的翠竹，感觉到一种源自长期疲劳的扩散性的肩背酸痛。

藤右卫门是纪州德川家的总管，年俸禄千石，一直主管膳食等烦琐事务，现年六十四岁，几乎与疾病无缘。除去已出现些许白发及视力略微减退的情况，他的身体健康程度完全可与壮年人相比。但年初早春，主人念其岁数大了，解除其膳食主管的职务，命其于菊之间负责编撰藩谱。他的工作变成多数时间将自己关在自家书房，阅读部下撰写的稿件。虽说从繁杂的事务中解脱了出来，可自打那以后，长期疲劳落下的背部酸痛反倒更加明显。案上摊放着的原稿《松花》，记述了藩谱中记录的烈女节妇以及纪州家中古今留芳的女性。藤右卫门时常想，太平盛世确立的妇道是风尚提升之本。因此，他在校阅文稿时，能做到逐字逐句地斟酌考虑。不过这四五天来，他总感到疲倦，动辄搁下笔茫然若失。或许是闲了下来，身体反而不适，适应后这样的情况一定会消失。藤右卫门暗忖。

原因其实出在别处——妻子雅司病重垂危。去年夏天妻子患病后，病情日渐恶化，医生已束手无策，本人也绝望了。特别是昨晚，两人以为到了最后时刻，彼此也道了别。妻子患的是癌，是不治之症。他跟妻子两人一开始就认命了。悲哀也罢，痛心也罢，这是早就注定的事。藤右卫门的内心除了祈祷妻子临终平安，只剩一缕空落落的感觉清晰地笼罩着他。

藤右卫门望着窗外油亮的翠竹，听到外廊传来急促的脚步声，他蓦然回神拿起了笔。

"呈报，父亲大人，向您呈报。"是长子格之助的声音。

"进来，什么事？"

"请您去病房，母亲大人情况不好！"

"……是吗？"

"请您立即过去！"

藤右卫门正要起身，不知为何他迟疑了片刻，目光投向摊放在桌上的稿件。一瞬间他也不明白自己要干什么，只好整理了一下砚台盒四周，站起了身。走过游廊来到主房边，再拐个直弯儿，他径直穿过了里间内客厅，只见老少家臣满满地端坐在走廊处，大家都好像石头一般屏住了呼吸低垂着头。藤右卫门走进房门，妻子刚咽气。长子格之助、次子金三郎、格之助之妻纳弥均在场，脚边还跪着妻子宠爱的女佣管家婆瑶，大家都在呜咽抽泣。

"夫人安详，好像睡着一般往生了。"

听到刚刚做了最后诊脉的医生这一说，藤右卫门静静地坐在了枕边。

妻子的嘴唇已"临终施水"[①]，人也不再有思维。死后的面容极其安详，没有丝毫痛苦的痕迹。藤右卫门像是怀着祝福的心情，久久注视着妻子的面容，他突然看到妻子的手稍露在被褥外，便握住那只手要放入被里。这时他发现仿佛尚存些许体温的手非常粗糙。以前他没有握过妻子的手，只觉得这是头一次抚摸，当他发觉妻子的手如此粗糙时，仿佛触摸到迄今全然不知的妻子的另一面。

过了一会儿，他站起身说："取半时守灵方式[②]，发通知时别忘记说明。大家安排时勿有疏忽。"

二

他回到离这儿有点距离的书房，坐在桌前，拿起笔，开始静心校阅那些文稿。他头脑清晰，内心平静，同时切实地

[①] 来自佛教的佛陀口渴求水之传说。由至亲执行，为了去冥界的路途上不会口渴。方式是用沾了水的棉签轻拭其口唇。
[②] 通常的守灵时间为24小时，"半时守灵"则减短为4个多小时。

感受到一种荒凉感，仿佛横风穿隙。

两个多小时后，有人前来吊唁。多数吊唁者由格之助一人应酬。无须藤右卫门接待的客人，也无须絮絮叨叨说得太多。大家早就料到了这个结果，没人做太多客套的抚慰。午后时分，本家的佐野伊右卫门到了。伊右卫门乃两千二百石俸禄的重臣，比藤右卫门年长两岁。他走进书房，看了一眼案几，不禁愕然道："这会儿还工作吗？"

"事情太多，已耽误很多了。"

"那也不差这一天啊！这显得对死者太薄情了吧！"

"可是我能做什么呢？在那儿发呆，更是无聊。"藤右卫门苦笑道。

"是啊。"伊右卫门用鼻子应了一声道，"唔，无聊归无聊，你也过了因死别而又哭又闹的年龄。何况有那么多人帮忙，你无所事事，自然会感觉无聊。"

"没什么急事的话，喝一杯？我不是您的对手，不过藏人一会儿就来。"

森藏人①是年俸千石的大寄合②，喝起酒来，酒量惊人。伊右卫门也好酒，两人正好可以对饮。伊右卫门先是做出推辞的架势，接着像是顾及藤右卫门的心情，定下心来说："那就快点儿准备，现在就开始佛堂坐夜③吧。"

藤右卫门随即吩咐厨房备酒菜。端酒上菜的侍从双眼哭

---

① 一种官名，也用作人名。
② 有一定年俸的小官退职后给予的称号。
③ 按照习俗，佛堂坐夜即为亡灵进行守夜仪式时，要为前来吊唁的客人备酒菜。

得红肿。伊右卫门似要显示自己的洒脱大度，让正要跪坐斟酒的年轻侍从退下，自斟自饮。不一会儿，森藏人也进来了，另外还加入两三个人，大家热热闹闹喝到了傍晚。

为严守半时守灵方式，晚十时一过，吊唁客就陆陆续续地离开了。送走最后一个客人，藤右卫门来到一早离开再未进入的病房。遗体照规矩摆放，靠在枕边的经卷桌上装饰着芥草枝，为亡灵点燃的线香在长明灯的闪烁中摇曳着袅袅轻烟。格之助兄弟俩守在一旁，还有管家六郎兵卫、账房左内及四五个年轻侍从。女人们都在隔壁的房间。藤右卫门供上线香后，在枕边坐了下来。过了一会儿，他轻轻地站起身。

"累了吧？大家这就退下休息吧。让格之助和金三郎守灵。不必介意，退下吧！"

他说完走出了房间。

他没去寝室，而是穿过黑暗的走廊，再次回到了书房。已被收拾利落的房间里，烛台的灯火静静闪烁。他把桌子对向烛火，然后坐下，头脑依旧清晰，寂静中仍可正常思考。但他觉着内心像是被风穿透，有了裂痕，随着时间的推移越来越大。这并非是悲哀，而是在漫长岁月的流逝中尝尽的那种感动。此刻回荡在他内心深处的只是真实的空虚感，就像迄今默默填堵于身体的某物突然脱离，萧萧寒风随之嗖然穿过。藤右卫门突然伸出手将稿件摊开，然后打开砚台盖子。但这一连串动作并非表示阅稿开始，而是常年来的习惯动作罢了。他凝视着夜空，过去了很长时间。远处传来压低声音喊喊喳喳的说话声，藤右卫门蓦然回神。声音不太清晰，像是在病房那边，并隐隐约约地从房间里传出诵经的声音。藤右卫门拿起铃铛用力摇了起来。

三

进来的是金三郎。

"您在招呼吗？"

"死者旁边有谁在吗？"

"是。"

可以感觉到纸拉门外金三郎跪伏于过廊地板。

"我听见有人诵经，是谁？"

"……哦？"

"都有谁在那边？"

"哦。家臣、仆人的内人们。"

金三郎的声音有些苦涩。藤右卫门的眉毛竖立起来。家规严格的武士宅邸不允许臣仆的内人随便入后院。藤右卫门拼命抑制着怒气说："谁允许的？不是一再吩咐你跟格之助守灵吗？放肆！"

"父亲大人恕罪。"

纸拉门被轻轻拉开，依旧俯在廊下的金三郎恳请道："那些人平日总将母亲大人当作亲生母亲。对她们来说，这并不是一般的奴仆失主，而是比失去亲生母亲还要痛苦。兄长与我心知肚明，故难从命。父亲大人，请您开恩，允许她们今晚守灵，恳求您了。"

藤右卫门闭目沉默了一会儿，然后低声嘟哝般地说："嗯，去吧。"

金三郎关上纸拉门，离去了。

仆人的内人将主人视作亲生母亲，这种说法明显是不顾等级差别的表现。平日里，仅凭这一句话，金三郎就会受到藤右卫门的严厉训斥。但今日金三郎的话里有种打动人心的东西。尊重主人胜过自己的父母，于当时的风气理所当然。不过金三郎的表述非属这般范畴，而是一种更加深刻、发自肺腑的请求。那里包含了只有亡妻和儿子们能够允许的部分，是他所不知也不可拒绝的东西。那是因什么而产生的情感呢？藤右卫门再次发现了妻子的另一面，十分惊讶。

诵经的声音断断续续地持续着。午夜零时一过，诵经声停止了。藤右卫门站起身来想去供香，他来到套间的隔扇前，房间里传出人们的抽泣声。那声音穿透胸腔悲痛欲绝，闻所未闻。他转身回到廊下。这时，格之助从起居间走过来。

"给那些人备夜宵。"藤右卫门说完，便返回了书房。

丧葬仪式于次日进行。遗体埋葬在城西金龙寺。虽然仪式质朴，但藩主特意遣来使者，真是意外的殊荣。下葬那天早晨，藤右卫门一直在书房里校阅《松花》。以前都是由格之助的妻子照料他的日常生活，但这天由年轻侍从松田吉十郎接替，饭菜也都被送到书房。除编撰藩谱的公务相关者，他几乎拒绝会客。连续几晚，他在烛光下执红笔校阅稿件时，主房那边都会传出隐约可闻的诵经声。"还是那些内人吗？"由那微弱、隐忍的声音即可判断。夜阑人静时分，院子对面侍从的居屋里，有时也会传出如泣如诉般的诵经声。声音皆从较远的地方断断续续传来，凝聚着发自肺腑的无限的悲痛。——"妻子缘何令之如此悲哀呢？妻子对之真是那么重要的存在？"藤右卫门放下笔，百思不得其解。妻子头七法会结束后的夜晚，藤右卫门破天荒地跟孩子们一起就餐。也许是早已有的想法，他告诉格之助：今晚以后勿在宅邸内诵经。

"祭奠不是一次性完成的。与其十日二十日没完没了地诵经，不如长久地在心中怀念，这才真正是为亡灵祈祷冥福。"

四

"好好儿跟他们说明。"

藤右卫门接着又说："告诉他们今晚严禁诵经。另外我打算分赠雅司遗物，如何？"

"不胜感激。正想请求您呢。她们一定会高兴的。"

"那，叫她们过来吧！"说完，藤右卫门站起身来。

他带着女佣主管来到亡妻的房间，侍仆的内人们都已跪伏在隔壁的房间。主人卧病一年多，长期未施粉黛，屋里早已没有妇人起居室特有的气息。唯有经年的日用器具一尘不染，陈旧而光亮地整齐置放。

"拿什么东西出来好？"

"什么都可以。我来挑选，按顺序拿出来。"

"明白了。"

管家嫽瑶打开最旧的衣柜，从抽屉里一件件取出衣物，摆放在藤右卫门面前。

"格之助,给纳弥也选点儿什么。"

藤右卫门把烛光拨亮一些,说着便与格之助挑选起衣物。

摆放在他面前的都是穿旧的棉布质地衣物,洗了又洗,虽已褪色但被精心缝补过。

"竟把这样的衣物仔细存放在衣柜里!"藤右卫门这么想着,再一看,从衣柜里拿出的衣物都是棉布质地的,经无数次洗涤无数次翻新。无论是夏季的还是冬季的,尽皆如此。稍稍看得过去的是双层、带有家徽的和服以及这种和服专用的衣带。除此以外,没有一件是新衣,更不要说丝绸类的衣物,一件也没有。

"就这些了吗?"藤右卫门近乎惊讶地问道。

"是。还剩下一套梳头用具。"

"其他没有了吗?真就这些吗?"

"……是的。藏衣室的箱里还有些旧衣,都是无法缝补的。夫人羞于被人看到,吩咐在合适的时候烧掉。"

婌瑶说完后,眼泪扑簌簌掉落下来。藤右卫门再一次将衣物一件件摆开来看,所有衣物洗涤干净,无论多小的破洞都缝补得规整利落,只是作为遗物分赠予人,有点儿太不像样了。藤右卫门不知所措,转过头看着格之助。

"就这些衣物的话,也太寒碜了。你说呢?"

"都是母亲大人穿过的衣物,我觉得可以送给她们。也请给我一件,我要给纳弥。"

格之助说罢,首先抽出一件夹衣。藤右卫门随后向婌瑶点了点头，表示允准。

"那，好好儿分分吧。"

"承蒙赏赐，不胜荣幸。"

婫瑶膝行至近前，一件一件将那些衣物移至门槛边，轻拭泪水，对跪伏隔壁房里的女人们说道："按老爷吩咐，分送已故夫人遗物。尔等也都知道的，夫人生活异常俭朴。可大事小事送给我们这些下人的却都是新买的高档物品。谁敢说没受惠于夫人？谁敢说没有收过夫人一两件纯白纺绸、小花纹的靓衣？夫人这样待我们，自己穿的却是质朴的旧衣。你们好好儿看看这些衣服吧！"

婫瑶手指那些衣物说："这里摆放的是纪州重臣年俸千石家夫人穿过的衣物。夫人不顾我们低贱的身份，送给我们的都是好衣物，自己穿的竟是这样的旧衣。好好儿看看这些褪色的衣物，看看这件打了补丁的窄袖便装和服，用心拜受吧。"

婫瑶喉中伴着呜咽，女人们也都压低声音抽噎哭泣。藤右卫门也被呜咽感染，突然立起身走出了房间。

他一走进起居室，格之助便跟了过来。

"让您不愉快了吧？"

他观察着父亲的脸色。

"婫瑶的话过分了，我代她向您请罪。她就是那样的气性，看到母亲的遗物便控制不住自己。请您原谅。"

"倒也没什么不愉快……"藤右卫门凝视着墙壁说。

"雅司为何要穿那样寒碜的衣服。我竟一点儿都没察觉。她当真就只有那样的衣物吗？"

"母亲大人喜欢节俭。"

"就这个理由吗？喜欢节俭，才穿那样的粗衣吗？"

格之助低垂着头，小声嘟囔般地说："不仅衣物，日常用品也都极尽节俭。这等事向您禀告，似有违母亲大人意愿。母亲大人常常言及，武士门第，内室无论多么节俭都不耻辱，尽职奉公日常需储存千石千两。"

藤右卫门听着格之助的陈述，突然想起妻子咽气时手的触感。当时，他把妻子稍露被外的手放回被内，无意间发现她手上的皮肤异常粗糙。

"这话是她跟你讲的吗？"

"不。纳弥嫁过来时，母亲这么告诫她。我是在隔壁房间里听到的。直到那时，我才理解了母亲大人的日常行为。"

藤右卫门盯着自己的右手，掌心似还留有当时的触感。那不是年俸千石家夫人的手。皮肤厚实，极度粗糙，哪里是俸禄千石家主妇的手？简直像是起早贪黑、浆洗缝补、下厨做粗活儿的奴仆的手……

雅司出身于大御番[①]总管家庭，父亲是年俸九百石的武士。她是家中五个孩子里唯一的女孩，在百般溺爱中长大，圆脸，温文尔雅，举止间可见其生活之轻松快活。嫁过来后，家里顿时像刮进了春风，变得明朗起来。她悠然自得，与佐野家异常严厉的家法及中规中矩的家风截然不同。起先，藤右卫门甚至时时担心，这样的妻子能料理好家政吗？他对夫人的

[①] 江户幕府的职务制度中，在此职位上的人平时守备要地城郭，战时则充当先锋。

看法从未改变。佐野家代代传承节俭家风，家财殷实，拥有众多的家佣，雅司只需稳坐主妇位置，无须任何操劳忧虑。藤右卫门是这么想的。事实上在他眼里，妻子跟嫁过来时没有变化。悠然、开朗、明快、泰然自若，完全符合年俸千石重臣夫人的感觉。当他触摸到那只极其粗糙的手时，颇觉意外。粗糙的皮肤与他印象中的妻子相距甚远。那时，他就有了一种触及妻子不为自己所知的另一面的感觉。

"这样大的变化，我为何没有觉察呢？"

格之助离去后，一直呆望自己手掌的藤右卫门突然这么嘟哝着抬起头。

他这才明白，即使三十年来同处一个屋檐下，共同养了两个孩子，自己也没有真正了解妻子。他一直以为妻子作为千石俸禄家的夫人，过着舒舒服服的日子，其实他看到的只是妻子的一小部分。在他看不见、世人也无法知晓的地方，妻子面对被赋予的使命竭尽了全力。

"对了，现在想来，有几件事是可以想到的。"

藤右卫门又一次小声自语。

五

前面提到，佐野家原本家境殷实。但以固定俸禄应付所有消费并不容易。通常随着物价变动、家庭人口增减，不起眼的开销年年都会增加。况且武士家庭讲究形式，千石俸禄就要维持千石俸禄的面子。佐野家不管有多少家财，继承者稍不经心，很快就会一贫如洗，这是他再清楚不过的道理。藤右卫门作为藩里膳务总管，四十余年来，时时感慨，纪州藩有五十多万石的经济收入，但对自家经济从来是不闻不问。有一年，家臣一起献财藩主。佐野家前后几次，每次都是三百两黄金。名不虚传，佐野家真是殷实富裕。藩士们赞叹不已。藤右卫门倒也没多想，觉得自家的经济情况自不用说。这样的例子举不胜举。藩主根据自己的情况，有时会拖欠俸禄，物价的异常上涨，年年为近百家臣更新盔甲、兵器及日用器具，这些费用的支出可以说是时不时就有的意外。此等时刻，佐野家总能非常顺利地应付。藤右卫门任何时候都不用为那般事情费神，可全心全意地奉公。时至今日，他都觉得那是顺理成章的事情，没有谁为此做出了特别的努力或牺牲。

"我多么糊涂，多么愚蠢，竟不知身边的妻子是怎样的一个人。"

藤右卫门暗自责备自己。

"佐野家平安度日，自己顺利奉公，不都亏了雅司的背后支持吗？发生在自己眼皮底下的事情，自己竟然没有察觉。生前自己对她的认识竟存在如此大的偏差。"

粗糙得目不忍睹的手掌皮肤，那些打满补丁的遗物……藤右卫门通过这些才真正认识了真实的妻子。不知不觉，他内心曾经的空虚像被抹去了一般，代之以新的感动，他的脉搏有力地鼓动起来……藤右卫门站起身，走出起居室。松田吉十郎跟过去，点亮书房灯烛后离去了。

藤右卫门坐在案前，面前摆放着开始校阅的稿本。他又看了眼封面的题签《松花》，松树的绿叶是守节的色调。这里记录着与种种困难搏斗的女性，旨在传于当世后世，可谓震撼人心的烈女节妇传记。

"可是……"藤右卫门低声自语，"烈女节妇并非局限于传记所述，与世间苦难搏斗的妇女都值得赞扬。而世间还有很多值得颂扬的妇女，她们默默无闻，没有留下任何有形的物品，却宛若柱子下面的基石，总在暗处不懈努力，直至生命的终结。这样的妇女从未抛头露面，也没被写在传记里，每个时代都有这样的女性，默默充当支撑柱子的基石。忘记这些妇女的存在，成百上千的烈女传记便失去了意义。所谓真正的节妇，应该指这样的女性。"

藤右卫门言罢，抬眼仰望天空。他已想好《松花》序章的内容。料理政务时需注意那些不显眼的细微部分，《松花》的宗旨不仅是颂扬那些台前的烈女，还应表彰无数身在暗处的节妇。"……雅司，"藤右卫门面向夜空想象着妻子的音容面貌嘟哝道，"你让我知道了身处在暗处的节妇是怎样的一种情形啊。"

他摊开稿件，拿起了红笔。

他不可思议地感受到新的激情。烛光从侧面映照出曾几何时已消失的面容，紧合的双唇、嘴角，再度显现出管理政务时的威严——妻子还活着，比健康在世时还要清楚地融入他的心坎而无一丝缝隙。春风一般温文尔雅的面容，柔和亲切的话语以及文静的微笑……所有一切都清晰地镌刻于他的内心。渐深的寂静夜晚，他仿佛面对着美丽的娇妻，朱笔游动。

箭竹

一

箭矢笔直飞去。在晚秋晴空万里的午后，那支箭宛若绷直的闪光丝线，在澄澈的空中划过，临近靶垛时变成了一个小点，随即伴着一个悦耳的声响立在了靶心。还是那种箭。家纲领首，注视立于靶上的箭矢片刻，回过头来对蹲在身旁的扈从说："把那些箭统统拿来。"

扈从把箭筒里剩下的箭拿来递给他。一共四支。他一支支仔细确认箭尾线绳固定处的下方。果然，其中一支线绳固定处的下方刻着很小的"大愿"二字，应该是制作者的名字。刚才射出的箭上也有这两个字。从去年开始，家纲时而会遇见此等箭矢。他起初没有在意。但箭握在手上的轻重感、离弦时的状态以及那赏心悦目的飞驰姿势，汇聚了好箭的所有优点。箭终于引起了家纲的注意。"啊，又是它！"箭矢是极具自身特点的什物，但集诸般优点于一身的箭矢极其罕见。于是他仔细观察，发现这样的箭矢必定刻有"大愿"二字。

"我有话要问，把丹后叫来，西尾丹后。"

说完，家纲在马扎上落座。一个扈从向别处跑去。主管弓矢枪棒的丹后守忠长立即侍候身旁。

家纲年仅19岁，继承了三代将军家光的豁达性格，且如父亲一样时常表情峻严。家纲很少直接召唤弓矢主管到身边，丹后守以为自己要遭训斥，此刻正跪伏地面，额头惨白如纸。

"好了，过来。"

被催促了两遍，他才膝行靠近，家纲将手中的一支箭递给他。

"你看箭尾线绳下方，像是刻着什么文字。"

"啊……"

"看到了吧？"

"是。如您所言，像是刻着'大愿'二字。"

"约莫从一年前开始，我不时看到此等箭矢。此箭出自何处？何人制作？去搞清楚。"

"遵命。"丹后守跪伏地面应道，"将军不悦。丹后负责选定器具，向将军请罪了。"

"啰唆，按吩咐去做就好，尽快查明！"

丹后守拿着那支箭离去了。

将军用箭是从各地诸侯敬献的箭中精选的，不用说，尽是最好的。丹后守亲自入库，仔细翻查矢箱。可箭矢量太大，他无法即刻查明，于是让手下一起查找。第三天，他总算找到了那种箭矢存放的箱子。那是三河国冈崎藩主水野监物[①]

[①] 主管财务的出纳官。

忠善所献纳之物。统共五百支，刻有"大愿"二字的仅有50余支。

丹后守持箭矢来到水野家。监物忠善也大吃一惊，不知"大愿"二字是何含义。但敬献将军使用时却毫无觉察，实乃重大疏忽。

"将军有无不悦？"

"我也担心，当场请罪。可将军只是命臣尽快查明。不管怎样，先来禀报。"

忠善紧闭双唇，像在考虑什么。

"这件事，我不想让家臣知晓。幸好月末参勤①结束，我提早回去。回去后立即查明。在此之前，拜托您照应。"

"知道了。请尽快查明告知。"

再三嘱咐后，丹后守回去了。忠善盯着箭尾线绳边上的字看了很久。

时值万治二年（1659）十月中旬。事情由来要倒退十八年，也就是宽永十八年（1641），地点在骏河国田中城下，时间是八月初秋，清风时节的一天下午。

二

弥瑶在廊下望着院里种植的柿子树。那棵柿子树还处在小树成长的阶段，今年头一次结了五个果实，却因风吹雨打，

---

① 指"参勤交代"制度。是日本江户时代一种控制大名的制度，即诸侯隔年交替，按年俸多少组织家臣等在江户的宅邸居住一段时间，直接由将军统率。

只剩下两个，还不知能否坚持到最后成熟的时候。现在，两个幼果在繁枝茂叶中闪烁着光泽。按民间说法，把头茬柿子放在用青竹编制的小筐里，让小孩子背着，可以消灾免疾。弥瑶望着两个小青柿子，想象着快满两岁的安之助背着装有柿子的小筐子摇摇晃晃走路的可爱模样，心里充满了愉悦感。哪怕只剩一个呢，也一定要坚持挂在树上啊。年轻的妈妈陶醉在幻想之中。就在这时，家臣足守忠七郎跑了进来。他一身长途跋涉的装束，从边门一下子奔进院子。只见他头发满是灰土，面颊瘦得凹陷进去，失去血色的双唇颤抖着。一望便知出事了。

"不好……不好了！"他跪在院前说道。

"主人在久能山自尽了。"

事出突然，万无预料。弥瑶不禁惊呼出声："啊！"随后赶忙控制自己，攥紧膝上的双手，咚咚鼓动的心脏像是要撞出胸膛。忠七郎干裂的嘴唇张合着。

"一件小事引发了争吵，贺川弥左卫门大人越说越上火，最后向主人拔刀，主人一刀砍死了贺川大人。旁观者皆称不怪主人，认为是贺川大人言行过度。主人却说自己公务失职，将事情经过的详细记录留给监督官后，半夜竟在住的地方切腹自尽了。"

弥瑶强忍住慌乱的声调，问道："那件事发生在公务完成后还是未完之时？"

"不幸中的万幸，这事是发生在供奉公务顺利完成之后。"

啊，弥瑶松了口气，心想：那就不会影响名誉了，随之无法控制地浑身颤抖起来。丈夫百记受命执行公务是七天前的事情。当月二日，将军家光世子诞生，水野监物忠善为表祝贺，为久能山东照宫献纳了石制牌坊，茅野百记赴久能山负责具体实施。这件公务非同寻常，所以悲痛中的弥瑶最为担心是否完成了公务。

"没有给安之助留下遗言吗？"

"……没有。"年轻的家臣难过地垂下头说。

"除留给监督官的书信，没留遗书，也没有遗言。"弥瑶默默点了点头，眼神中充满了凄凉。

弥瑶料定很快就会有使者前来问责，于是跟家臣、下人说明情况后开始整理行李。丈夫说是年俸两百石，负责书院寺院管理的官职，但家财却不多。除去将被没收的，像样的东西仅剩下一些衣服和佛龛。虽然弥瑶平时节俭持家，可结婚三年生育了安之助，因而储蓄甚少，只能将可以变卖的都变卖，以凑足家臣、下人的盘缠。

第三天早晨，上面的使者到了。弥瑶用水梳拢鬓发，抱着更衣后的安之助迎候。

"执行特别公务，却因私事争执刀刃伤人，当罚重罪。念其负罪自裁，处罚仅没收俸禄，遗属逐出领地。"如此通告后，使者将从久能山没收的百记遗物——放有两枚小金币及一些零钱的钱袋、大小腰刀各一柄及一束遗发交给了弥瑶。送走使者，弥瑶点亮佛龛的烛光，供上丈夫的遗发，燃上线香，然后跟安之助两人坐在佛龛前。这时，她才压低声音尽情地哭泣起来。

"安之助,来,合起手掌,好好拜拜父亲大人。这样……"

她手把着手,将幼小的手掌合起,小声念佛诵经。泪眼汪汪地盯着遗发说:"夫君,安之助的事你就放心吧。我一定将他培育成真正的武士。您无遗言,说明是信任我的,此心弥瑶绝不能忘。"

这时,从隔扇的另一边,传来了抑制不住的抽泣声。

三

第二天起早,弥瑶背上安之助离开了家。美浓国加纳藩有她娘家,她打算暂且回娘家落脚。因受处罚被逐出家门,熟人自不必说,连家们们都不能相送。仅一个仆人——从藤枝①来当佣的六兵卫与监督官一起送娘俩至岛田的客栈。六兵卫希望送母子到美浓,但弥瑶执意不允。在酷暑阳光的照射下,宽阔的河滩热得令人目眩。母子俩沿河滩蹒跚而行,然后附在过河工的肩上渡到了河对岸。

三天过去了,下起了祈盼已久的雨。夏季久旱之后,这场雨就像预示着秋天的到来。夜晚约八时,有人悄悄来到藤枝的水守村六兵卫家门前。六兵卫女婿次郎吉出门一看,正是在城邑大宅邸见过的弥瑶。她背着安之助,浑身上下被雨水浇得湿淋淋的。

"啊!这是怎么了啊?!"

---

① 地名。

六兵卫大吃一惊,跑了过来。

"哎,先请换件衣服。我马上端洗脚水来。"

六兵卫催促女儿飒妲及其丈夫帮忙,自己急忙端来洗脚水,并请弥瑶母子换上女儿飒妲过节时的盛装和孙子的衣物。被惊醒的安之助在哭泣。弥瑶哄他睡好后,坐在六兵卫及其女儿女婿的面前说:"依仗从前的主仆之谊,恳求您,能否让我们母子借住于此,直到能够在这片土地上生存。"六兵卫惶惑不安,颤抖着声音答道:"诚惶诚恐。夫人、公子是被驱逐的人啊。夫人希望得到照应,我们自是情愿的,但万一走漏风声,会依国法问罪。到那时不仅夫人,连安之助也会有性命之忧。所以,您还是返回美浓老家的好啊!"

"我这么决定是深思熟虑过的。"弥瑶用平静中带着坚定的语气说道。

"茅野百记本是水野监物大人的家臣,虽不幸离世,可百记的阴魂一定在守护主君大人。我是百记之妻,安之助是他的继承人。不管有多么重的罪,武士离开主君的领地便没有生路。常言道,主仆三世因缘。"

六兵卫双手捂脸,低声呜咽。弥瑶的话语,清楚地表达了一个武士之妻的心声——武士之道险峻,却难离开先夫散魂之地。

"明白了。夫人既已觉悟,我便不再多说。不知道能为您做些什么,我会竭尽全力。请您放心。"

母子俩自那夜开始,借住在了六兵卫家。

家里有六兵卫、女儿女婿及两个幼孙。六兵卫乃属半自耕农户，家境并不宽裕。一开始便有吃苦准备的弥瑶，不顾大家的劝阻，翌日便开始勤快地帮忙做农活儿。就这样她开始了隐居遁世却紧张有序的生活。她白天在田地里耕作，夜晚或搓制编草鞋的草绳，或蹲在灶前烧火，或到屋外烧洗澡水。样样事情她都做。她在那样的日日夜夜里，只有一次避开旁人独自拭泪。那次哭是因为她看到屋后小柿子树上红红的果实压弯了树枝。"不知城邑里自家的柿子怎么样了？"她这么一想，不由得回忆起噩耗传来时，自己正在廊上眺望青青的柿子幼果出神。丈夫若是活着，头次结下的柿子哪怕只有一个能够成熟，便会放入背篓让安之助背上，自己跟丈夫则会笑眯眯看着儿子摇摇晃晃走路的样子。弥瑶的眼前清晰地浮现出那番情景，遐想中充溢着往事。但她意识到，有这样的情绪是耻辱。她一边哭一边再三发誓：绝不再为这样的情绪流泪。

第二年的七月，监物忠善的领地转换到了三河国吉田城邑。于是，弥瑶也下定决心去吉田。六兵卫及家人拼命劝她留下。留在此地，生活虽不宽裕，但能平安度日。孤身一人的年轻妇人还带着幼小的孩子，到陌生之地，不知会遇到多大的难处呢。至少等孩子长到十岁时，再离开这里也不迟啊。

四

但弥瑶决心已定。"我们母子应生存于监物大人的领地。至于引祸上身之危险，一开始就……早有思想准备了。"说完，弥瑶便毫不犹豫地做了启程的准备。

六兵卫送他们渡过大井川是在八月初。沿途酷热难耐，幸好天气不坏，安之助也一直精神饱满。他们出发后的第四天到达三河国吉田，之后经历了无数难以言明的困苦，那年冬天他们终于在小坂井的村落里搭起一个做小买卖的简陋店铺，两人总算是能糊口了。弥瑶一边一点一点地教安之助朗读、书写假名，一边抓紧时间拼命地编制草鞋。店铺地处沿海大道，来往的人络绎不绝，所以草鞋一下子就会卖个精光。弥瑶在六兵卫家学会编制的草鞋，本是农夫自己穿的，因为耐穿，一开始就卖得好。不久，她的草鞋得到了众人赞赏，甚至有的客人特意绕过别的店铺来她这儿买草鞋。积少成多，母子俩多少也有了点积蓄，可以供不时之需。

安之助满六岁后，弥瑶带他到附近的禅寺求学。僧侣同情他们母子，好像知晓他们遭遇了什么变故，便劝弥瑶："不如让他寄身寺院，您也一身轻了。"但弥瑶无意放手孩子。落霜的早春清晨，安之助精神饱满地顺原野小路去寺院，回家后又大声朗读复习。弥瑶则每日做活儿到夜晚。如此，生活总算稳定下来了。可就在这时，水野忠善再次更换了领地。这次加封五万石，领地换到了三河国的冈崎城邑。时间是正保二年（1645）七月。弥瑶在此地已生活了两年，结识了一些熟人，生计也有了头绪，好歹可以松口气了，但她仍旧没有丝毫的犹豫。不可思议的是，这次也正是初秋八月。烈日下，弥瑶打点好少量的行装，牵着安之助的小手离开小坂井的村庄向西走去。

冈崎对她来说也是陌生之地。因是沿海大道东部首屈一指的繁华驿站，弥瑶在传马街的背街上租了一间陋屋。在房东的帮助下，她没有太辛苦，便在城邑一角的道路边开起了一家跟小坂井一样的小店铺。房东名叫熊造，个头不高，敦实微胖，脸上满是胡须，目光锐利，打起招呼来声震四邻。据说，他以前曾牵着马匹往来于沿海大道，性情暴躁，招人讨厌。但正因有着那些经历，他知晓世间各方事情。遇到有事相求的人，他总是两肋插刀。现在，他经营着传马街一带的批发店，可以说是其他商客的牵头人物，每年自冈崎藩运输敬献到幕府的成捆的竹子，几乎都是由他的店经管。熊造的关照也是一因，弥瑶的道边小店很快就在沿海大道出名，大家赞赏的自然是她编制的草鞋。"亚格麦的瓦隆几穿百日。"这是冈崎方言："亚格麦"是寡妇的意思，"瓦隆几"是草鞋。正像这句话说的那样，众人对弥瑶的草鞋赞誉有加。

就这样，她过着繁忙紧张的日子，无暇在意时光的流逝。就在安之助十二岁那年，弥瑶为他举行了初挂盔甲的仪式。之后不久，房东熊造便正经八百来为她说亲。说什么对方是当地年过四十的乡村武士，家业经营已转交给孩子，家境富裕，弥瑶愿意的话，可另建新房生活。

"到了这会儿，我实话实说了吧，其实以前也有好几个来提亲的。"熊造端坐，一本正经地说。

"像您这样标致的单身女人自然而然……我暗中观察了您的言行。有些提亲的人，我根本就没想告诉您，回他们一句'瞎扯什么！'便打发了。但这次提亲的人让我也动了心。

虽说是乡村武士，那也是很不错的武士啊！说句失礼的话，我认为这样做，安之助的未来也算有了保障。"

弥瑶可以感觉到熊造的话是真心的关怀，她默不作声地听他讲完，斩钉截铁地拒绝了。没有任何商量的余地，真是断然拒绝。

"还是这样的结果啊。"

熊造露出失望的神色来。不过沮丧中像是明白了弥瑶的坚定品性，觉着她很有骨气。他立即结束了提亲的话题，换了个坐姿说道："那么，另有一件事跟您商量。"

五

他要商量的是改换生计的事。安之助渐渐到了明事理的年龄，继续干小买卖会惹来意想不到的是非。所以，最好考虑停止现在的活儿，另谋生计。

"有件好事，您大概知道的。冈崎一带是竹子产地，年年向江户敬献大量竹子。其中有用作箭杆的。劈削打磨竹子的活儿，你要不要做做看？"

"那样的活儿，女人也行吗？"

"一般来说是不合规的。不过几家大户的箭杆由我经手，我开口请求，总会有办法的。这活儿工钱不错，或许比编制草鞋要省力。如果想干，我给您要点活儿来试试。"

弥瑶没有丝毫犹豫，关闭了路边小店铺。

箭杆制作并非想象的那么容易。制作箭杆的方式多样，箭杆的长度长度有十二束或三十束三伏①等，一束长短约等于攥紧了拳头的宽度。而且一定要使用竿上有三个竹节的，从上部起分别称作"稳节""中节""营节"。这个活儿是挑选指定粗细、长短的竹子，削去竹节打磨竹竿，然后在尾部以上的部分打上底漆就可以了。但整个过程不仅需要技术熟练，也要有灵感。起初，弥瑶常常失败，或竹节削得太深，或切割箭尾时手一滑切到了箭杆部位。当然，她的手也时有割伤的情形。有一段时间，她的左手手指上总是缠着包扎伤口的白布。不过这些都是开始阶段艰难，干多了以后，弥瑶的技艺迅速提高，也觉得有兴趣了。这样一来，她便希望不亚于人，制作出色的箭矢。要想如此，首先须严格甄选竹子，这样现成的竹子做成的箭矢就会减少，拿到的工钱自然也会相应地减少。但弥瑶却在所不惜。她依旧按着自己的想法制作。

"竹子浪费太多了吧！"果然有人表示不满。"本地出产的箭竹数量有限，不可以那么浪费！"弥瑶没为自己争辩，只是回答："今后会注意，尽量不再浪费。"不过实际工作时依然照旧，没有什么变化。

安之助健康茁壮地成长。生活艰苦，但孩子性情开朗，随着年龄增长，体魄也比一般的孩子强健。学识方面，安之助求教于满性寺方丈，自十三岁的夏天开始，又去投町的练武场习武练功。也许是继承了父亲的血脉吧，他武艺不如学识进步大。岁月就这样流逝，安之助满十八岁的那年春天，一

---

① 测量箭的长度单位。一伏约为一指的宽度。

天夜里，他突然端坐在母亲面前说："请求母亲大人。"

他脸上露出了再三思虑的神态，弥瑶不知他有什么事要说。原来，他是想自己帮助妈妈干活儿。

"我十八岁了。虽然不能像大人那样赚大钱，但帮助母亲糊口做得到。请您允许我去干活儿。"

"住嘴，你不要这么讲！"

"不，我要说！母亲大人为我付出了很多。之前不能中断学业，一直受母亲关爱。可是该结束了。我不能再让母亲大人辛苦操劳。我来代替您，请母亲大人放弃干活儿赚钱，求您了，让安之助来做吧！"

"你想错了。"

弥瑶轻声打断了他的话。

"母亲干活儿无疑是为了培养你成长为优秀的人。但并非只要达到了这个目的，我的使命就完成了。"

"您说的话，安之助听不明白。"

"不该不明白的啊。你大概忘了，我以前跟你说过，你父亲是怎么死的？"

一听这话，安之助露出了惊讶的神色。弥瑶的面部，也因痛苦而变得有些苍白。她低垂着头，继续以平稳的语气小声说："你父亲不幸在执行公务时猝然离世。是出于无奈吧？是不得已，对吧？但是，不得不说这是半途脱离了武士之道。你死去的父亲最为念及的可能正是此事。母亲最了解他的性情，很清楚他内心的痛苦。只要活着，就该为主君奉公效劳。他是为了我们才自己结束了自己的性命。对武士来说，没有比这更遗憾、更痛苦的了。母亲明白，他当时是多么难受、多么遗憾啊……"

安之助以腕掩面，忍不住呜咽了起来。

"他自杀时……"弥瑶悄悄拭去泪水说道，"母亲猜想，你父亲首先想到的就是你，他定希望你长大成为比旁人更加优秀的武士，代他完成未尽的公务。你不想这样吗？"

"想的，母亲大人，我愿意！"

"那你就专心练武，使自己成为一个武艺超群的武士，这才是你要做的事。不要担心母亲，母亲有自己的使命，培育你成长……代你父亲赎罪。"

"您说是赎罪吗？"

"是的。你父亲未尽的公务是罪，这也是茅野百记的妻子终生的使命。"

安之助发自内心地感动了。他抹去双眼的泪水，抬起头来端坐，态度坚定地对母亲说道："明白了，母亲大人。我要专心练武，成为一名出类拔萃的武士。"

"不要忘记自己的誓言啊，道路还很遥远呢。"

"不过，总有一天，母亲大人……会有一天，主君大人会明白我们的赤诚之心吧？"

弥瑶很坚强，但她无法回应安之助的话，并且在很长一段时间内，这句话一直使她无法忘却。她没有期待母子辛苦将获得怎样的补偿，只要能表达自己的诚意就心满意足了。她也能够理解安之助的那句话——"会有一天，主君大人会明白我们的赤诚之心吧？"此刻弥瑶的内心生出一股爱怜之情，好像曾在六兵卫家屋后看到成熟柿子时那样,"母亲的心"是无法控制的,这种心情支配了弥瑶——至少要把安之助送上武士之道。弥瑶基于母爱想起了一件事:制作箭杆时,在箭尾缠绳处下部刻上"大愿"二字。很小的字体,不易被发现。说不定主君会使用刻有这两个字的箭矢呢,箭会中靶的……于是弥瑶更加努力地制作上等的箭杆,并固执地刻上"大愿"二字。她满怀着"请主君大人务必看到这两字"的心情……

六

亲自担任审问官的监物忠善听过弥瑶的陈述,流下了眼泪。审问结束后,他回到自己的住处,仍止不住呜咽流泪。会有那样的女人吗?他不断地思忖着。或许作为武士的妻子,自然会有精神准备,但若说是理所当然应具备的精神,并不容易做得到。有人也会一开始努力工作,但十年坚持不懈、坚定不移则绝非易事。弥瑶没有立什么特别的功劳,也没有成形的功绩,但她继承丈夫遗志,将近二十年一丝不苟、专心致志地实现理想,真是世间罕见,堪谓壮烈。正因有着这样坚定不变的意志,才能培育出堪称世间典范的武士。忠善立即提笔写信,江户那边的丹后守一定望眼欲穿地等待这次的调查结果。他简单地将事情的经过记录下来后,加写了以下一段文字。

补充一点:神明庇护弥瑶的赤诚之心,才使监物不曾发现"大愿"二字，以至让主君大人看见。本该遣派使者前往禀报。但不用说，还是您酌情禀告的好。恕我多言，这样的女人才可成为国家之基石。贸然进言。为主君大人拥有这样的国家基石感到欣慰。

不久，安之助被召见并继承父业。弥瑶仍旧训子曰："若以为这样就实现了愿望，就大错特错了。不如说从今日起，才开始真正的奉公。你要比以往更加克己，要付出超人十倍的努力……你是茅野百记的儿子，与别人不同啊！"

梅香

一

"怎么了？脸色有点儿难看啊！"直辉露出些许担心的神情问道。

加代两手轻轻按住脸颊，微笑着说："抱歉，让您看着不舒服。我昨晚到底还是熬了个通宵。"

"为什么？出什么事了？"

"嗯……"

加代抬起有些浮肿的眼睛，羞涩地看了丈夫一眼。她身材婀娜娇小，却并非病弱引起的消瘦。她秀眉浓黑，施过口红一般的朱唇，给人以娇弱的美感。直辉看着妻子的眼睛，会意地点了点头。

"噢，因为短歌吗？"

"没错。我拿到'寒夜梅花'题目后，苦思冥想，跟古人赋诗似的。"

"一首成功的都没有吗？"

"黎明时总算作了一首。"

"是吗？给我看看！"直辉系紧和服裙裤腰带说。

他做好出门准备，再度回到起居室，加代已沏好了茶，羞涩地递给他一张长条诗笺。

"不好意思。"

直辉接过来反复吟诵，然后端起天目茶碗看着妻子说："前天横山跟我提起，说是你的资格审查快要通过了。有这回事儿吗？"

"嗯，前两天我私下里和有关方面商量了。但我还是不够资格啊！"

加代谦逊地垂下眼帘，微笑的嘴角却显现出自信。

"若是合格，就有资格举办歌会了吗？"

直辉说着起身，来到母亲的居室，母亲佳纳在拼凑旧布头，像要缝制什么。

"母亲大人，我进城去办公务。"

"辛苦。"

佳纳摘下眼镜，点头打了招呼后，起身为儿子送行。她与管家、家臣等送直辉至大门口，然后跟儿媳妇一起返回廊下。此时，佳纳注意到加代的脸色不好。加代回答婆婆时，比刚才与丈夫一起，显得有些不安。

"我昨晚熬夜了。"她低声回答道。

"难怪，你房间的窗户一直映着灯光。还以为你忘记熄灯了呢。"

佳纳这么说着，看了一眼儿媳妇。

"那，短歌赋成了吗？"

"哦……"

加代吃了一惊。照理说,熬夜便该是在创作短歌。但婆婆的问话却让她猝不及防。

"有段时间没看你的短歌了。把最近的作品拿来给我看看,好吗?"

"没有像样的,不好意思给您看。"

或是一种预感吧,加代的心里有种强烈的不安,担心自己受责难。佳纳整理了一下房间,燃香等待。这个宅院里有很多梅花树。特别是母亲居室前有棵"苍龙"古树,由过世的老爷三郎左卫门取名。古树弯曲的树干上长满青苔,每年春天都是它最先开花。现今也是如此。别的梅树尚且花蕾紧裹,这棵树的树梢上有多处花蕾初绽。廊外射入的阳光落在房屋内一张榻榻米草席处。这是一个平静无风、阳光明媚的早晨,空气温暖得让人觉着春天就要来临。加代端坐,直盯盯地看着膝盖上自己的双手。通宵未眠,她渐渐地感到有些疲倦,睡意时不时地袭来。

"昨晚赋的就是这《寒夜梅花》吗?"婆婆慢慢翻阅约莫十页纸的长条诗稿。她仔细读过最后一首后问道。

"是的……"

"不错啊。真的是好诗。"

"愧不敢当。"

"你在这么短的时间里,进步很大啊!这么好的诗歌,非一般女人所能为之。"婆婆轻轻地放下诗稿,温和地看着儿媳妇说。

"短歌创作到此结束吧,开始学别的吧。哎,你接着想学什么……"

二

加代顿时从瞌睡迷糊中清醒过来，再次感到了婆婆要看诗稿时预感的不安。她明白自己担心的事情终究变成了事实。

"我想，能否让我再继续练习呢？我刚入门，好不容易才能凑对字数……"

"什么呀，听说你很快就能拿到证书了，对不？达到这般水准足矣。你身体羸弱，最好再学点儿长刀技艺……"

"好吧……"

加代不能再多说，她头也没抬，默默收拾诗稿站起身来。

直辉出城时天色已暗。藩主加贺守纲纪进驻领地期间，总有很多公务，所以出城时间总是较迟。直辉洗完澡坐到饭桌前，发现妻子跟清早有些不同，显得异常憔悴。他想起妻子昨晚熬了夜，一夜没合眼，而武士家又不可随意午休。"早点儿睡吧。"他对妻子说，而后很快结束了餐后茶饮，吩咐仆人点燃书房的灯光后站起了身。

之后平静地过了四五天，直辉察觉到妻子的情绪持续低落，便问妻子身体哪儿不舒服。可她只是寂寞地微微一笑说没事儿。一天入夜，他悄悄地走进妻子的房间，见其仍在灯下撕扯诗稿。

"怎么了？"

看到突然进来的丈夫，加代慌忙按住了撕碎的废纸。

"等等,这是为何?"

加代默默抬起头来,眼神里充满悲哀,直勾勾地看着丈夫。直辉看到那双眼睛便明白了事由。

"母亲大人说什么了?"

"唔……"

"说给我听听,都说什么了?"

加代不肯说。但在直辉的一再催促下,终于将几天前的事情告诉了丈夫。

"我本想,这次一定要学有所成。学手鼓、茶道,我都是半途而废。所以我本来决定这次学和歌,一定要得其精要。"

加代的话像是决堤的潮水,语气中充满了一股少有的激情。

"加代教养不够,也不懂得让母亲大人顺心满意。但我打算努力去做……我身体弱,不能生养孩子,我想了很多……"

"别说了,我都知道了。"

直辉温柔地打断了她的话。

"母亲大人也很清楚你是一个良妻。管理年俸两千石的家政,要费多少心血啊!即使我不清楚,母亲大人也是明白的。我曾听母亲说过,你这么年轻却很善经营,把家里管理得很好。母亲大人就是那样的脾气。"

说到这儿,直辉突然停住了。

他尊敬母亲,确信母亲的人品举世无双。佳纳不是大户人家之女,十六岁嫁来多贺家。多贺家是前田家的重臣,系名门望族,父亲三郎左卫门曾统管内务老少家臣。佳纳刚进门的时候，曾因出身卑微受到质疑，但佳纳把年俸两千石的家政掌管得有条不紊，堪称贤内助。直辉至今记忆犹新，父亲临终时突然转向母亲微微一笑说，跟你在一个屋檐下三十五年，竟从来没有训斥过你。的确，三郎左卫门跟佳纳从未大嗓门说过话。就是这样的一个母亲，唯独一样令人无可奈何——多变而无常性。大概出于重臣之妻须有教养的想法，在掌管家政的余暇，她热衷于茶道、花道、古琴、手鼓等技艺的学习。她天资聪颖，样样都能显露出卓越的才华，令诸道师匠惊讶不已。但无论哪样，她都没有坚持到底。浅尝辄止，很快就厌倦了。她以为自己不想再学，结果又开始学绘画、学连歌赋诗，甚至学习俳谐。所有这些，也都是学到一定程度便放弃了。

三

加贺守纲纪彼时被称作天下名宰相，文治武功俱佳。尤其在学艺方面倾注了极大心血，请来知名的儒学名匠，振兴藩风。新井白石称加州为"天下书府"。荻生徂徕道："加越能三州无穷民。"著名的加贺能乐也是在纲纪时代深深落根于金泽。

这种情况下，武家妇人中学问技艺自然盛行，时有举行歌会、茶会、谣曲会，亦诞生了十分优秀的才媛。佳纳自始出类拔萃，却没有一样坚持学到底。众皆惋惜其没有常性，才华出众却一无所成。

加代嫁到多贺家三年有余。她在娘家即学手鼓,来到多贺家后获丈夫许可继续练习。但半年以后,婆婆佳纳提出可以休矣。"手鼓学到此为止,接着学学茶道看。"本来加代再学一段时间手鼓,便可出师,但她还是按婆婆旨意,放弃学手鼓并开始学习茶道。因为加代以前学过茶道,所以进步很快,而且产生了更大的兴趣。但过了半年多,婆婆又让她停下来去学习和歌。此期,中院通躬卿门人、和歌学者菅真静受雇于前田家,加代入其门下。她十一二岁就开始接受新古今韵律入门辅导,相比手鼓、茶道,她对这次学习更有兴致,诗稿质量亦迅速提高。她心想,这次和歌学习一定要得其精髓。老师真静也特别热心地指导她。当时,和歌的教授有口传、秘传等方式,继承老师衣钵者,必定出类拔萃,有卓越的才能。加代进步明显,很快就达到了理解和歌深奥要义的阶段。

另一方面,加代作为多贺家的主妇,家政当然也掌管得极其出色。武士家庭年俸两千石,属于高官富豪。家臣仆人众多,料理家政也不可疏忽大意。加代虽年轻,但在婆婆指点下干得有声有色,且侍奉丈夫恪守节操,受到亲属们的一致赞誉。他们夸奖加代道:"多贺家的媳妇真不错,一点儿无逊于婆婆。"因此,直辉也打算让加代在和歌方面充分施展才能。当他闻知跟手鼓、茶道一样,母亲又让加代停止和歌的学习,便感觉十分为难,同时想起母亲无常性的性格特点来。

直辉提了一句母亲的性格特点,便沉默不语了。过了一会儿,他鼓励妻子道:"我来婉转地跟母亲大人说说吧。就说你和歌的才能不同于其他。"

"可是这样一来,她便知道我说了什么,不好吧。"

"母亲大人不会那么不明事理。剩下的诗稿别撕了……"

加代被丈夫的亲切关怀所打动,小心翼翼地将撕剩的诗稿收了起来。

翌日晚,直辉来到母亲的住处。母亲几天前开始做缝制布头的针线活儿,这会儿刚好做完了,正用烙铁熨烫。她缝制的物品像是个小小的坐垫。问其何用?说是给加代用的暖肩。

"那个寝室很冷嘛。她身体又那般羸弱。我想她睡觉时可以把垫子垫在肩下。"

"哦,她一定会珍惜的。"

说着,直辉微笑着说:"母亲鉴谅。我有句话想跟母亲说……"

"怎么了?"

"那个像是加代敬送给母亲大人的。"

"可我身体很好啊。"母亲苦笑道。

若无爱,便不会注意那样的细节。直辉确信自己看到的正是母亲对加代的爱。于是,他提起和歌之事,以平静的语气,婉转表达自己的看法。他请求母亲:加代习作已达很高的水平,即将获得认证,她在这方面的确才能出众,因此希望在不影响家政的情况下,让她继续学下去。

四

母亲默不作声,直到直辉说完,也未表示反对,只随口说了一句"也行啊",就顾左右而言他。自然而然,直辉也便安心离开了母亲的居所。

第二天早晨,直辉进城不久,佳纳说"苍龙"已绽放,想去赏花,加代便来到婆婆居处。或因连日温暖,嫩枝、树梢的花蕾约四成一齐绽放,加代不禁感叹:"啊!好漂亮啊!"她正要坐在窗外廊下赏花,婆婆却招呼她进了房间,跟她面对面坐下。加代立即反应过来,原来婆婆叫她过来不是为了观赏梅花。婆婆那跟往常一样的温柔目光中,透着威严。她察觉到自己要为和歌之事受训斥了。婆婆还没开口,加代已感觉胸口像是堵上了什么似的。

"今天想跟你说点儿过去的事情。"婆婆慢条斯理地小声说。

"老年人的唠叨罢了。我迄今没有跟人说过,这都是让人难为情的故事,你能听听吗?"

"好的,媳妇聆听母亲大人教诲。"

"你别太紧张,坐姿放松些听吧。"

微微春风送入阵阵梅花清香。佳纳在梅花的淡淡香气中娓娓道来。

"我嫁到多贺家时十六岁。我娘家身份低,没能如愿养成女人的教养技艺,所以真是什么都不会的蠢媳妇。嫁过来十年,就像在漆黑的夜中摸行,每天都有度日如年的感觉。但婆婆是一位深情、体贴至微的人。只靠她一人传授,我依然学会了掌管所有的家政。婆婆过世后,我必须一个人操持了,悲哀与不安无以言表。一段时间里,我完全不知所措,但后来我意识到这样下去不行，便开始有了一个想法：不能愧对重臣之妻的身份。为扩展心胸，我决定学习教养技艺。获得丈夫的许可后，我便开始学习茶道。"

婆婆停顿下来，眼帘低垂，像在回想什么似的。过了好一会儿，又静静地继续叙述。

"自己说自己，像是在自卖自夸。我的茶道研习获得好评，朋友、师傅都认可了我的技艺才华，眼看就要出师了。我却断然停止了茶道的学习。"

"……"

加代盯着婆婆。

"丈夫觉得很可惜，亲朋好友也都劝我继续学习，但我还是停了下来。接着，我又开始学习宝生流①的笛子吹奏技艺。笛子之后是手鼓、连歌、赋诗、绘画，诸如此类。其中一两项亦跟学茶道的时候一样，显现得极具才能，大家也都劝我学到底。但无论是哪一项，我都没有学到顶级水准，达到九成就放弃。亲朋好友惜才，亦有人笑我无常性。连丈夫也时不时说些刺耳的话，说我见异思迁。加代，你认为我这样不断改变学习内容的原因是见异思迁吗？"

佳纳平静地望着儿媳妇，像是要给对方考虑的时间，一字一句顿开继续说："武士家的主人为主君献身奉公是其本分，为主奉公不能有点滴疏忽，家政亦不可有丝毫马虎。主人奉公不惜生命，妻子守家掌管家政亦须牺牲自己。或许你觉得

---

① 传统能乐的流派之一。

料理家政没有怠慢,伺候丈夫守住贞节,便是尽了主妇之责。可那是形式上的,真正重要的是其他方面,在没人看见、没人察觉的方面。除伺候丈夫、守护家庭外,还要有祛除一切杂念的妻子的心。"

"……"

"学问技艺各有其'德',习之乃为精神食粮,能提高人的素养境界。但是若要深究,则会在'妻心'上生出罅隙。无论多么优秀的猎人,都不可能同时追逐两只兔子。妻子牺牲自我护家侍夫,不可心有旁骛,虽问题尚未显露,亦属不贞。"

"母亲大人……"

加代突然跪拜于婆婆面前,发自内心地跪伏,肩背微微地颤抖。

"我错了。"

"……加代,"婆婆点头说,"不用说了。老年人的唠叨多少起点作用,再好不过。还有,如果那些道理你已懂,深习和歌亦无妨啊。"

婆婆平静地微笑着,上了年纪的面容没有丝毫阴鸷。作为武士之妻,生存方式有着严格的规范。严于律己的生存方式体现了无私献身。无人所见无人所闻,却像凌傲霜雪绽放深山的馥郁冬梅。

"我缝了这么个东西。"

过了一会儿,婆婆拿起布头连缀缝制的肩膀暖垫,轻轻推到媳妇的面前。

"你卧房冷,睡觉时把这个垫在肩膀下,很暖和的。"

当日,直辉外出回来,惊讶地发现妻子面容明朗,跟早晨判若两人。

"怎么?像是有什么好事情啊!"

这一问,让加代忍不住把心里的愉悦都说了出来:"母亲大人给了我这个。"

"……什么?"直辉明知故问。

"暖肩呀!您不知道吗?"

不用说,加代的语调是喜不自禁的。

"睡觉的时候,垫在肩膀、枕头之间。一般是老年人使用。可母亲大人体恤我的身体,亲手给我做了一个。"

"值得这么高兴吗?"

"男人不会明白的。"

加代说着,抬起头来,反省似的说:"我也要像母亲大人那样,将来给自己的儿媳妇做暖肩,做个好婆婆。"

甜菜

一

"就像豆腐的凝固一样。"只听得夫君这样说道。

"豆子碾碎制成的是稠浓豆汁,但是用卤水一点,便可将能够成为豆腐的物质与不能成为豆腐的物质明确地区分开来。可制成豆腐的精华凝聚起来,形成明显的豆腐状。"

"那么,不管怎样做,卤水都是必需的吧?"那是宅邸中的与市大人的声音。

"是的。否则就做不成豆腐。"

夫君跟与市大人都是一本正经的腔调。

菊枝只听到刚才的对话,却不知他们为何谈论豆腐的制作方法。她想起常听人说,男人有时会对孩子气的事情发生兴趣,不由得独自窃笑。菊枝因为出神没听到夫君召唤,直到第三声丈夫提高了嗓门,她才惊慌地站起身来。

"再倒杯茶来,在干什么呢?"

三郎兵卫厉声训斥,声调里像是插满了刺儿,眼神也像换了个人似的极不友善。菊枝感觉出乎意料,禁不住血往头上涌。夫君可怕的样子险些把她吓呆。

这是事情的开头。嫁过来快 4 个月了,她一直以为夫君是个寡言少语的平静的人。打那以后,她眼看着丈夫开始有了变化。丈夫变得言语苛刻,态度冷漠,对待她就像对待外人。无论多么细微的过失,他都不会放过,斥责的话语里充满了尖刻。婆婆也时不时教训她。

"你得多用点儿心啊。家里人不多,你这个样子不行啊。做事得像个样儿。"

婆婆上了年纪后双目失明,所以行动不便,从一早起来到夜晚睡觉,都需要菊枝照顾。婆婆性情温和,也很体贴人。然而涉及三郎兵卫,她则完全不会同情菊枝。是啊,做事得像点儿样子。菊枝也小心翼翼,尽量避免出现过失,让夫君和婆婆满意。但这样过于紧张的心理,反倒容易产生过失,丈夫的责备隔三岔五,菊枝的神经绷得过紧,以致不时在夜里失眠。

进入春天后,某晚,九点多了。三郎兵卫突然要喝酒,便命妻子拿酒,如果家里没有就去外面买。武士的妻子夜晚去买酒是丢人现眼的事情,何况时间也很晚了。菊枝稍有迟疑,三郎兵卫便高声嚷道:"磨蹭什么呢!店掌柜睡下的话,就叫他起来!快点儿去买!"

丈夫暴跳如雷,菊枝几乎是不顾一切地跑出了房屋,她感觉呼吸困难,膝盖不停地打战。菊枝正要奔进厨房,又听见婆婆叫她,尽管心里焦急不已,她还是折返回来,打开了隔扇。

"茨木屋酒店就在下面的路口。"婆婆背朝着她说道,"酒是要常备的啊。这个时间外出买酒很丢脸的。"

菊枝答了声"是",眼泪差点儿流出来。她一边道歉,一边慌慌张张地从厨房后门跑了出去……虽说已入春,但二月初的夜晚还是很冷。米泽四面环山,冬季较长。街上的路面留着污秽的残雪。白天道路融雪泥泞,到夜晚又结了冰,一不小心,就会摔跤。菊枝心急火燎,加之不习惯走夜道,绊了一大跤,脚踝扭伤了。刺骨的伤痛,使她不由得跪在了冰冻的地面上。疼痛加上日常的忍气吞声,她的感情像是决了堤一般,不顾一切地痛哭了起来。

事后没过多久,媒人蜂屋伊兵卫来到菊枝家中,好像是丈夫叫他来的。伊兵卫来第三次的时候,悄悄招呼菊枝小声道:"你们多半是不能白头到老了,做好思想准备吧。"

菊枝顿时脸色煞白,浑身哆嗦了起来。

二

菊枝的父亲仲泽庄太夫是藩主上杉家的卫队长,现已隐退,长子门十郎承继父业。登野村三郎兵卫是通过蜂屋提的亲。登野村的先辈出自五十旗组,俸禄少,家境一般。但因政务官千坂对其赏识,便让其在部门任要职。三郎兵卫不嗜酒,性情温和,头脑机敏,很被看好,因此父兄对其很满意,让他们结了亲。可是,菊枝嫁进门半年左右登野村家便要离婚,令仲泽家的人非常生气,两家已经背着菊枝几次交涉,最终还是决定了离婚。

"我不回娘家。"菊枝哭诉道,"有什么不足我改正,一定符合夫君家风。如果一定要我离去的话,请再等等,至少让我再待一个月。我一定会让你们满意的。"

可夫君根本不予理睬,婆婆也未劝解说和。

那是很久以前的事情了,菊枝回想起当时的绝望,仍感觉毛骨悚然,庆幸自己竟挺了过来,没去自尽。其实,她当时想去死的。但哥哥劝她想想父亲大人的悲哀,并说若是她死了,登野村家与仲泽家就会发生殊死的争斗。她保住了脸面,却在两家间埋下祸根,这与妇道决然相悖。思前想后,菊枝眼泪汪汪地回了娘家。

以后的日子里,时间静静流逝,花开报时也好,嫩叶观赏也罢,菊枝对那些已全无兴致。母亲早逝,还好家里有嫂嫂美代,家务皆由嫂嫂来做,菊枝只需管好自己,别无他事。

"你吃苦头了,好好放松休养一下吧。"

嫂嫂事事如此安抚,父亲、兄长也一直为她鼓劲儿,让其尽快忘掉伤心事。一家人无微不至的关怀,让她伤感落泪。梅雨过后的一天,她开始一点点整理婆家带回的什物。从行李中突然掉出一个放有种子的小布袋。是什么?种子吗?菊枝用手指轻轻推动着手掌上小小的黑色种子,沉思了一会儿,终于想起来了,这是甜菜种子。

"对了,是婆婆喜欢的甜菜。"

甜菜又叫不断草,可不分季节播种,一年四季都可收获有着柔和香味的菜叶。登野村的母亲最喜欢吃甜菜,曾再三嘱咐说:"这个菜可不能断啊。"

"她老人家那么喜欢,可现在谁来照顾那些菜田呢?"

想到双目失明、行动不便的婆婆,菊枝不由得低声呜咽起来。明明是丈夫向我求的婚,可才过半年多便要离婚,为什么呢?我不懂事吗?丈夫性情突变也是因为看我不顺眼吗?想起这些,菊枝生出一股绝望感。她不懂规矩,无可奈何。但她已竭尽全力了呀,为何仍旧得不到认可?往事历历在目,她觉得这个世上无甚可信,甩开收拾起来的什物,又俯身痛哭起来。

进入盛夏,烈日炎炎。某夜闷热,蚊虫也多。菊枝悄悄来到院内乘凉。院里长满了胡枝子草。院子对面是父亲的居室,从那里传出了说话声。没错儿,是蜂屋大人的声音。她怅然片刻,本没想听他们说话。突然,"登野村"三个字传进她的耳朵。菊枝一愣,赶紧竖起耳朵倾听。

"登野村平日是千坂的心腹,这次在劫难逃啦。现在想来,菊枝离了婚倒是万幸。"

"说万幸有点儿过了,不过也的确如此。我早就觉着他有点不对劲儿嘛。"

"真是在劫难逃。"伊兵卫不停地强调说。

"这次处置绝对会干脆利索。您一定会慨叹幸亏离了婚。"

菊枝不明白发生了什么事,但直觉告诉她出了大事且危及登野村。到底是什么事呢?菊枝心慌意乱起来……

事情很快便真相大白,以千坂对马执政官为首的七重臣色部修理、须田伊豆、长尾兵库、清野、芋川、平林联袂,要挟藩主治宪。

三

藩主上杉家的幼主弹正大弼治宪是高锅藩[①]秋月家的次子，十岁时作为养子来到上杉家。治宪英明禀赋，继承家业的同时从重臣中提拔了竹俣美作和莅户善政，大刀阔斧地开始了藩政改革。但重臣中有反对者，认为改革对家臣多有不利。他们总结了五十余条诉状，强迫治宪罢免竹俣和莅户，复辟旧时藩政。七重臣联合一致，藩主治宪又年纪尚轻，一时担心不知会怎样收场。不料他英明果断，掌握了先机，终于控制住七个重臣，平息了一场风波。

菊枝获知事情经纬，是在相关人物定罪以后。对千坂对马和色部修理的处罚是没收一半领地，令其退职隐居。须田伊豆、芋川延亲切腹自尽。其他三人闭门思过且没收三百石俸禄。受此牵连革去官职的人中也有登野村三郎兵卫。

"据说他是主动归还俸禄退去官职的。"哥哥门十郎告诉菊枝，"他好像在馆山二十轩有其熟识的农户，便将母亲托付于彼，自己则离开了主君领地。现在想来，你离婚真是不幸中的万幸啊。"

菊枝默默听着，不知为何想起登野村家那天发生的事。

那时夫君说："豆腐成形需要卤水。"当时千坂对马之子与市清高做客家中。他俩聊了很长时间，菊枝只听到这段话，当时莫名其妙，只是觉着好笑。这会儿想起那些，心中

[①] 地方名。

顿起波澜。点了卤水，可成豆腐的物质与无法成形的物质便会截然分开。她不清楚夫君为何那么说，但恍惚觉得与此次的事件相关。菊枝忽然感觉胸闷，什么意思呢？丈夫想要说明的是什么呢？对了，丈夫也是从那时开始发生变化的，莫非……或许夫君知道此事非同小可，早已料想到了事情的结果。他是不想连累妻子才有意离婚的？这么一想，她发现很多事情符合自己的推论。绝对没错。菊枝这么想着，意识到自己不该离开登野村。

这天夜里，菊枝来到父亲卧房，提出自己要去登野村的母亲那里。

"我本来想要出家的，但现在想以出家人的心境侍奉其母终生。"

父亲不是惊讶而是愤怒，从他的眼神可以看出，菊枝像要显示自己的坚强决心，目光没有回避父亲。

"你知道吗？"父亲训斥她道，"那么做，会怎样败坏仲泽家的名声？"

"本来就是离家之人。出家也好，照顾前夫无依无靠的母亲也罢，总之不久我是要离开这个家的。请父亲大人恩准。"

"我不准的话，你要怎样？"

菊枝的脸色一下子变得苍白，她痛苦地低垂下眼帘，斩钉截铁般地回答说："我跟家里断绝关系。"

看着父亲的拳头在膝盖上打着哆嗦，菊枝强挺住自己的身体。父亲与菊枝断绝了父女关系。一天，菊枝拿了几件换洗衣服，悄悄离开了家。她很快打听到了要去的地方。城南边的连绵丘陵地带，有个名叫二十轩的村子，村里有个名主叫长泽市左卫门，与登野村是远亲。左卫门拥有大片田地山林，很大的宅院里还有两栋织机房，雇人织出大量的米泽绢织。

菊枝见到主人，毫无隐瞒地告诉了对方事情原委，请求对方允她照顾登野村的母亲。

"不过，婆婆大人若知道是离了婚的儿媳妇，怕是不会答应。请您保密，勿说出我是何人，拜托您了。"

"你会感动老太太的。"

倒是市左卫门先擦拭了眼角。

"好的。应该是我拜托你，请你好好照顾她吧。我不会告诉她。"

"啊，总算有了活着的理由。"菊枝道谢后，悄悄拭去了泪水。

四

登野村的母亲住在另外一栋老人独居的房里。屋前有个庭院，庭院对面是主房。屋后有一片松林。厨房里的用水是通过引水筒从松林那边引过来的，清澈的涓涓细流不间断地流淌。跟着市左卫门一同来到那栋独居房屋时，婆婆正坐在榻榻米铺席上，手里摇着团扇。菊枝看到她那寂寞孤独的样子，心里一酸，一股热乎乎的东西忍不住涌上来。

"总算找到可以照顾您的人了。"

市左卫门这么说着，催促菊枝进了房间。

"她姓屋代名秋，是个没有双亲姐妹的可怜姑娘，请您接受她。"

"啊呀，真可怜啊。"

婆婆将膝盖转向了这边，摆出用手摸索的样子，又说道："我这个样子，眼睛看不见，很多地方要给你添麻烦的，拜托了。"

"实在不敢当。我叫阿秋，很不懂事，请您多多包涵。"

菊枝怕被发现，一边小声说，一边在套廊叩了头。市左卫门在一旁擦拭眼泪，点头赞许。

第二天一早，天还没亮，菊枝就起来了。老人独居的房屋旁边有片田地，她先去那片田地的一隅，把带来的甜菜籽种了下去。田地后面的松林一带朝雾浓浓，小鸟叽叽喳喳地在林间飞来飞去，像是黄道眉鸟，那清脆优美的鸣啭声在林间回荡，和着顺水筒流下的潺潺流水，使人生出身处深山老林似的恬静心境。菊枝对着刚刚播下的种子，发自内心祈愿道："哪怕一颗也好，祈求发芽啊。发芽了，就证明我可以待在婆婆身边了。"她的新生活就这样开始了。

或许是经历了一场巨大的不幸吧，婆婆的感觉像是比从前更加迟缓，可以自己进食，但站立坐卧诸般行动需要帮助，半夜更需要菊枝照料。最让菊枝惦记的还是婆婆是否会认出自己。看来她并未怀疑，总是阿秋小姐这样阿秋小姐那样地随意招呼。菊枝做任何事，她都心甘情愿地配合。这样就好，菊枝总算放下心来。一天，她突然发现田地一隅播下的甜菜种子发芽了。"啊！我如愿了！"菊枝心头顿时涌出一股热流，她心里充满了喜悦，激动得热泪盈眶。几乎所有的种子都发了芽，田地一隅铺满了草绿色柔软的嫩叶。菊枝发誓要好好培育甜菜，不让其生出一片枯叶。甜菜在土壤里扎了根，就意味着自己的生命也在这片土地上落下了根。傍晚时分，她侧耳闻听茅蝉哀鸣，秋天来了。不久，夏天雾霭迷蒙的松林里，树干上的蔓草叶渐渐变得火一般通红，夜晚横穿上空的风声也带来阵阵寒气。一天一天，冬天已近。

就这样，时间流逝着。一天夜里，菊枝将第一次收获的甜菜烹饪好，然后拿给婆婆吃。

婆婆刚吃了一口，似乎就察觉到了什么。她总是面无表情的脸上突然肌肉紧绷，接着放下了筷子一动不动，像是在倾听远方的声音。菊枝心里一惊，婆婆从来没有这样过。她想："莫非被她发现了？"

但是过了一会儿，婆婆平静地说道："这是甜菜吧？"

"是……"

"好像也叫'不断草'，我最喜欢了。'不断草'的名字很好，对吧？不断永存……我很久没有吃到了。"

"您喜欢，我很高兴。"菊枝松了口气说道，"这菜叶子柔软，我想着适合您老人家，便拿来种子播撒下去。看来这里的土壤适合它生长，已经长成了一片……不过，不知能否抵御住风雪。"

"冬季盖上稻草好像也能挨过去的，不过还是移到向阳处的好啊。"

说完，婆婆一口一口地品尝着甜菜，看似十分受用。那天深夜，松林深处不断传来狐狸的叫声。

某夜，狂风呼啸了一整夜。黎明时分，屋外落满了枯叶，颜色形状各不相同，很多叶子拿在手上细看，美不胜收！菊枝不禁手持耙子伫立观赏。这时，市左卫门走近前来招呼道："一大早就这么精力充沛啊。"

五

"有老太太的信件。"

市左卫门说着，走进老人独居的房间。他刚离开，正在院前扫拢枯叶的菊枝就听到婆婆的呼唤："你来一下。"

她立即洗了手，向婆婆的房间走去。菊枝瞥了一眼市左卫门走出院子的背影，进了婆婆的房间。只见婆婆面前放着一封信，等着她来。

"请你给我读读这封信。"

"好。"

"刚才市左卫门君送来的。是我儿子的来信。"

老太太说罢，轻轻地将书信推到了菊枝面前。菊枝一下子脸色煞白，这是夫君的来信，是任何人都无法替代的夫君的来信。怀念之情，悲哀之心，一股难以言表的情绪涌上她的心头，接过信件的手指不住地颤抖。

"……怎么了？"婆婆焦急地问。

"啊，马上读，这就读……"

菊枝努力控制自己的情绪，用颤抖的手拆开信封。

那封信发自越前。菊枝全神贯注地读了一遍，却没大理解信里内容。拭不干的泪水，仿佛要卡住喉咙的呜咽，她竭力抑制着不想让婆婆察觉。婆婆也不断用衣袖拭着泪水听她念信。婆婆听完信后，长时间沉默不语，像是在捕捉儿子的面容。过了许久，她才擦拭着眼角说道："先放在那边的佛龛上吧。之后还想让你念给我听。"

菊枝按照吩咐做了。可旋即产生一个强烈的欲望，想要拿过那封信，独自一人再读一遍。刚才一气读完，却不知字面含义，她想再好好确认一下。字里行间蕴含着夫君的气息、夫君的呼唤，她甚至感觉信里也有关于自己的内容。从那以后，每当她进出房屋时，都会不由自主地将视线投向佛龛，甚至夜半醒来，也有"趁机去拿信"的冲动。可是她忍住了。也许婆婆大人还会让自己读信。她这样期盼着。但老太太打那以后，再也没提读信的事，菊枝也最终没能下定决心去偷偷拿来阅读。

那一年就这么过去了。新年后不久，菊枝白天到这家的织布间做工。藩主上杉治宪的革新政策以促进农业为主，机织业也是改革的一大环节。婆婆为顺从旨意，便让菊枝去做工。菊枝则想在夫君返回前，尽量不给别人添麻烦，并赚出钱养活婆婆跟自己。市左卫门起先带有怀疑的态度，笑着说道："这活儿看起来比你原本做的事费劲儿啊。"但菊枝一个劲儿地请求，市左卫门见其决心坚定，才逐渐松了口，让一个手艺高明的绢织姑娘手把手地教授她正规的织布方式。那年菊枝没去赏花，早晨天还不亮她就起床，做好婆婆跟自己的早饭，收拾停当便去机房。中午回来她就准备两人的午饭，饭后又立即回去做工，直到傍晚才回家。晚饭后收拾完毕，还有其他琐碎的家务等着她做，如拆拆缝缝、浣洗衣物等。半夜里，她总要起来两次照顾婆婆。不觉中春去夏归，时光流逝。

第一封来信后，时而也有三郎兵卫的来信。他的居住地点每次都有变化，有大阪的来信，也有纪伊①的来信。第三年，他从四国到了中国②，再去长州③，然后又返回京都。每次来信，他都询问母亲安恙，却闭口不谈自己的详情。有时从字里行间可以隐约推测出，他似是受人委托在诸藩国考察产业情况。即便不是如此，无疑他也是在做与米泽藩有关的事情。"的确是出了什么事情……"菊枝渐渐确定了此事，好像是出了大家不知情的事情……若真如此，夫君或许可以回来吧。就这样，不知从什么时候开始，菊枝开始充满期待，她的日常生活也一点点有了盼头。

时间飞转，五年的岁月眨眼间一晃而过，到了安永六年（1777）秋，连绵不断地下了四五天雨，空气突然无比清冽，松林那边吹过来的风也带来了寒意。这天，从下野的宇都宫传来消息，称三郎兵卫卧病。来信系借宿旅店托人代笔的，详细描述了五十天前的患病情况，还说现已基本恢复，不必担

---

① 地名。
② 指日本的中国地区。
③ 地名。

心云云。菊枝念信时，只感觉胸口发闷。婆婆听完后像在思索，一会儿又静静地抬起失明的双目说道："你去照料他吧。"又说："羁旅他乡卧病，肯定是精神问题啦。我这里不打紧。你快去吧，你去了，他不会再意气用事的……"

菊枝倒吸一口冷气。婆婆的语气平常自然，似是早已清楚知晓她是三郎兵卫的妻子，这完全出乎她的意料。莫非自己听错了？菊枝没有马上应答，情绪显得有些混乱。婆婆或许亦有觉察。

"你很吃惊吧。你以为我没有发觉是你吧……"这么说着，她微微一笑，端坐后一字一句地说："可以告诉你真相了。其实五年前，我们无论如何都得那样做啊。为按主君意愿励精图治地改革，必须除掉那些挡道的老臣，但又无法明确真正的拥护改革者和反对改革者。于是千坂大人竖起反对改革的旗杆，把不利于主君的老臣们聚集到一起。"

听到这儿，菊枝想起了制作豆腐的对话……原来如此！卤水便是千坂大人，真是话中有话啊！

"那时，无千坂大人挑头，反对势力不可能根除啊！"老太太继续说道，"幸好那件事解决得干脆利落，新政改革顺顺当当地成功推行了。三郎兵卫离开你，是因为知道自己会有变故，不想连累你跟你的亲人们。他跟我其实都在内心里流着泪水，感到对不住你啊。不过……"婆婆说到这里，立即并拢了膝盖，两手轻轻地伸出，霎时，菊枝握住了那双手。婆婆紧紧地攥住菊枝的手说："不过，我啊，菊枝，移居于此便想过，你一定会来。"

"婆婆大人……"

"一定会来的……我了解你的品性啊。"

菊枝忍不住扑倒在婆婆膝头,老太太抬起一只手,轻轻抚摸着她的肩头。伴随着菊枝的抽泣,屋后传来萧瑟秋风的呼啸。

附记

三年后的安永九年(1780),千坂家解除了禁闭处罚,千坂大人的儿子与市清高被任命为江户家重臣。不用说,登野村三郎兵卫也返回了家乡。

竹林

一

"今天离开这里,你就只有安倍家,别再惦记父母兄长。"父亲图书如是说。

母亲眼含泪水看着女儿,只说了句:"遇上无法解决的难题,就回家商量。"

兄长源吾像往常一样,漫不经心地说:"可惜我今晚当班,不能参加婚礼了。哎,好好儿的,安倍是值得信赖的男人,你肯定会幸福的。"说完微微一笑。

作为女人,一生中总会听一次这样的激励。无论是怎样的表述,哪怕是司空见惯的平凡话语,也会让听者感慨万分,难以忘怀。父亲的严厉教诲、母亲的温柔关爱、兄长的亲切祝福,都不是什么特别的言语,却犹如殷切的期望,深深铭刻在由纪的心里。她终于坚定地做好了出嫁的心理准备。

嫁去的婆家无须忧虑。夫君安倍休之助奉职于金银财库部门,年俸两百多石,主管金钱谷物。据传口碑颇佳,为人谨慎正直,性格温和,家里唯老母一人,生活稳定朴实。由纪见过其母纳和一面，小个头儿，沉稳祥和，脸上总是挂着微笑。对由纪来说，唯一担心的是自己生在年俸九百石的大总管家，在父母兄长的厚爱中长大，至今过着快活悠然的日子，全然不知人世间的辛酸。娘家的生活虽说不上富裕，可也算得上小康。跟以往的生活相比，操持两百石的家政绝非易事，日常生活中也会遭遇各种习惯上的不同。她担心自己能否顺利地融入那样的生活圈子。

黄昏时分从三丸下的娘家出发。安倍家在名叫寺街的武士住宅区尽头，轿子到达已是掌灯时分。由纪在媒人吉冈赖母夫妇的引领下走进一间房屋。屋内是新换的隔扇，烛台上的灯光明亮炫目……婆婆纳和致礼招呼后，又进来四五个女人先后向媒人夫妇点头施礼。接下来便是人进人出、熙熙攘攘，来往穿插着从轿上卸下嫁妆搬进屋里的声音，由纪戴着新嫁娘的白色棉帽一动不动地稳坐着。周围忙乱的气氛仿佛来自另一个世界。不知过了多长时间，周围的嘈杂声消隐，所有的声音戛然停止的刹那间，突然听到有谁嘟哝了一句"这么晚了"。有人站起身来走出房间，母亲跟赖母太太在小声嘀咕着什么。这时，由纪才察觉到母亲就在附近。她忽然生出想要看看母亲的冲动。不一会儿，刚才出去的人又折返回来。

"刚才已派人去衙门迎接了。"

"怎么回事啊？"接着是赖母的说话声。

"那边说是有什么紧急事务需要查明，离开衙门晚了。适才打发人来告知，六点前一定会回来。已经派人去接了，很快就会回来的。"

"公务？没办法。"

是父亲的声音。

"武士的职责啊，即便在父母临终之际，正值公务也无法离开。我们耐心等待吧，急什么！"

说完父亲笑了起来。就在这时，传来了慌乱的脚步声及人们的惊呼声。屋里顿时一片寂静，所有人都屏住了呼吸。

"快叫医生来！"

呼喊声像飞石一样穿过瘆人的寂静，直接撞入人们的耳膜。

出什么事了？出了什么意外事故吗？由纪脑中闪过这个念头，顿时感到头皮阵阵抽搐着疼。赖母慌忙跑了出去，父亲也被叫了出去。由纪听到周围压低的说话声和脚步声，紧张而沉闷的空气弥漫屋内。她感到呼吸困难，用力支撑着颤抖的身体，闭上眼睛，垂头丧气，像是等待命运的宣判。这时，父亲和赖母返回房间。

"出什么事了？"母亲迫不及待地问。

"休之助受了伤，回来了。"父亲情绪激动地急促应答。

"有人发现他倒卧在大竹林处，便用担架抬了回来。他看起来伤势很重，咱们只好先把由纪带回家。"

"那到底是怎么回事啊？"

"他现在无法开口，完全不清楚。不管怎样，先回家吧。你扶由纪站起来。"

"那可如何是好……"

母亲伸出颤抖的手。

但由纪平静地将她的手推了回去，说道："我不回去。"

二

由纪表明了态度后，用哆嗦的手摘去了新嫁娘的棉帽。虽然她面容苍白，却神色严峻地看着赖母太太。

"对不起，请允许我更衣，我想换上平日的装束。"

"可是由纪啊，你别……"

"不。"

由纪坚定地摇了摇头。

"虽然未喝交杯酒，但我迈进了这个家门，便是安倍的妻子。父亲大人也曾这么教导我。这家人手少，我想帮点儿忙。"

这么说着，她自己脱去礼服外面的长罩衫，冷静地站起身来。那行动显示了其坚定不移的决心。赖母太太像是受到感化一样，转到她背后，帮她松解和服带子。

那时，父亲、母亲以及一旁的在场者以怎样的心情看待自己，自己又是如何更衣的，由纪全然没有记忆，犹若梦中一般。再次回想时，她只有头次走进丈夫房间那一瞬间的印象……休之助仰卧在榻榻米上，面部冷冷的，像石头一样僵硬，紧闭的双唇干巴巴的，没有一丝血色，两三缕头发耷拉在面颊上。这个场面一下子吸引住由纪的视线。休之助枕边坐着三个年轻的武士跟他的母亲纳和，但由纪几乎完全没有注意他们。她只是目不转睛地看着休之助的面容，并不断对自己说"这是我的丈夫"……

那天夜里，由纪始终未合眼。医生处理了伤口。伤口大而深，左侧腹部缝了三十多针。休之助不喊疼，昏迷中三次嘟哝道："没成、切腹没成。"或许是他受了重伤，头脑混乱了吧？还是事出有因，确实想切腹却未成功呢？听者不知那话的真实含义，疑惑重重。大家商量，决定暂且向上面呈报休之助患了急病。确定他没有生命危险后，年轻的武士们回去了。就这样，连婚礼交杯酒也没喝，在狂卷怒涛一般的突发骚乱中，由纪度过了新婚第一夜。天亮后，父母及媒人也走了。所有人离去，只剩下两人的时候，婆婆轻轻拉起由纪的手，说了声："谢谢啊。"这一句话，饱含着怎样的情感啊。无论多么漂亮的言辞，都不如这句话传达的感情更直接、更真实。周围鸦雀无声，在极其慌乱的嘈杂过后，家里突然恢复了静谧。早晨白灿灿的阳光照射进来，清爽的光芒就像验证着这家发生的不幸。

"不能哭！"由纪想要忍住泪水，却还是泪水盈眶，"我不懂规矩，请不吝指教……"

话一出口，她便克制不住地呜咽了起来。

一切仿佛都藏在谜团里。在回家参加婚礼的路上，新郎官受重伤倒下。事发地点是三丸到武士住宅区的半道僻静处，道路的一侧有片竹林，通常被称作"大竹林"。休之助倒在了大竹林的背阴处，右手握着拔出的刀，刀尖上只有一丁点儿污痕，看不出与别人拼斗过。关于这个事件，目前仅了解这点儿情况。除了"切腹没成"这句像是昏迷中的胡话，当事者噤口不言。大概也是没有目击者吧，没有任何相关的传言，一切似在雾中。由于情况特别，探视者也只走到门口，便请返回。休之助保住了一条命，医生嘱咐道："一段时间内禁止他与人面谈。"可七天后的一天，没想到金银谷物的总管泽本平太夫来了，宣称"事关公务"然后被领进寝室跟休之助长谈，不知说了些什么。总管亲自前来非同寻常，肯定不只是探视。纳和忍不住露出坐立不安的模样，平太夫刚一离去，便立即赶到枕边详细询问。休之助跟往常一样平静地凝视着天花板说："有些过失，弄不好会给您添麻烦，不过母亲大人不必担心，不是大事，我想会过去的"。然后，无论母亲再怎么问，他都默不作声了。

三

一天深夜，由纪蹑手蹑脚地拉开门探视夫君，休之助用眼神招呼她近前来。由纪的心咚咚跳着，膝行至夫君枕边。嫁过来后，她还是头一次单独面对丈夫。休之助的目光仿佛充满情意，许久凝视着她。

"母亲都告诉我了，我想跟你道谢。但感谢前有件事先要托付你。"

"哦……"

"三天之内，你去筹集八十两金。"

丈夫突如其来的托付完全出乎由纪意料，她心中惊诧，却不假思索地答道："知道了。"

休之助轻轻合上了眼睛。

"我知道,不加说明让你筹集巨款不合情理。但我什么都不能说,相信我,去办吧。"

"嗯……"

"母亲明天会去善光寺,每年惯例,来回需三天。这期间拜托你了。"

"嗯,我知道了。"由纪内心主意已定,她斩钉截铁地应道。

春季与秋季的彼岸①,婆婆总会跟亲近的夫人们结伴去善光寺参拜。因休之助发生意外,原打算今年不去的,但却愧对期盼同行的夫人们,休之助便劝她照旧。可她还是放心不下。她思前想后,觉得休之助重伤的事不能外传,医生也说已无大忧,于是再三嘱托了由纪后离开了家……

婆婆出发后的当天晚上,由纪唤来仆人让找买旧货的商人来,然后把嫁妆中值钱的东西都拿出来卖掉。那些多是一次也没穿过的新衣裳,还有母亲精心为她准备的各类生活用品等。她一样都舍不得卖。眼见着那些邋遢的旧货商毫不客气地翻弄,由纪心里很不舒服。不可思议的是她竟没有丝毫犹豫,能帮助丈夫使她产生些许自豪感。这样就抛弃了娘家带来的什物,蜕去旧日躯壳,一切重新开始了。她这么想着,冷眼观望旧货商翻弄。和以往一样,旧货商的话语殷勤,出价却很低。由纪把原想留下的一面镜子也加了进去,才勉强

---

① 指春分、秋分前后三日,合计七天。

凑够五十两金。准备嫁妆时,由纪想着家里不必铺张的,现在又后悔没多带些嫁妆过来。此时无计可施。夫君说亦可当掉自家的什物,她当然不想那样做,只好回娘家找母亲想办法了。

第二天,她便回到了娘家。正常情况下,本应推后几天回娘家接受祝福。由纪不想让大家知道,于是悄悄走进母亲房间,随意喝了两口茶,便跟母亲小声说明了来意。母亲大惊,注视由纪的目光里,与其说是怜悯女儿,不如说怒不可遏。

"请您什么都别问,由纪一辈子就这一次请求,母亲大人,求您了。"

"唉,等等。"母亲的声音压得比由纪还低,"既如此,钱是可以给你的。不过由纪啊,这婚姻恐怕该结束了吧。"

"……为什么?"

"详情我也不知。休之助好像在公务上失误了。为此泽本大人来过两次,跟你父亲商谈。想必吉冈大人很快就会去安倍那儿。"

由纪脸色陡变。母亲见状难以再说,便安慰道:"钱这就给你,别忘了我刚才跟你说的话。你现在只是有名无实的媳妇,一切听你父亲和我的安排就可以了。"

"……嗯。"

由纪点点头,强忍住内心的落魄感。母亲起身,由纪也跟着站起来走进佛堂。彼岸时节,佛龛点着烛火,香烟袅袅。由纪点燃一根线香供上佛龛,然后跪坐在佛龛前。她双手合十抬眼望着佛龛里的佛像,那尊佛像,据说制于天平时代,是尊五寸大小的金铜释迦佛,家里祖辈上传下来的,皆由主妇供奉。烛火光亮照不到佛龛里,让佛像显得神秘而庄严。由纪小时候常常膜拜。渴望漂亮衣服、新的玩偶时,希望路上躲过欺负人的小朋友时……此时她的愿望是什么呢?以往天真无邪的少女与当下的自己天壤之别,此时由纪的内心充满了深深的感触,她呻吟般地叹了口气。

四

回到家后,由纪将自己当物所得外加从娘家要来的金钱合在一起,拿到了夫君枕边。夫君会心地直直望着她,声音微弱得几乎听不见。

"对不起……"

他眉间镌刻般的痛苦皱纹以及那轻声嘀咕似的一句,传递了多深的谢意,由纪深有体会。过了一会儿,休之助说:"辛苦你,把金钱包起来,送到财库总管那儿。"

"泽本大人吗?"

"是的。通报名字后,他会见你。这事不能经由旁人,一定要见到他本人,直接交给他。拜托了。"

由纪答应后,立即站起了身。

来到泽本家后,她见到了平太夫。由纪转达了丈夫的托付后,将包裹着金钱的包袱递呈上去。平太夫打开包袱清点了金额后说道:"没错。"收下后,他依旧神情冷漠,仿佛面对着一个陌生人。眼前这个人跟娘家交往甚密，跟兄长及由纪本人也时常随意搭话的。他那尖腮总是泛着潮红，像是喝醉酒一样，再配上一脸浓浓的胡须，兄长曾给他起了个绰号叫"辩庆螃蟹"。可眼前的平太夫像是忘记了往日的亲密，态度冷淡疏远。本想见了面或可知道一些情况，哪怕不是详情只是一丝线索呢……由纪是抱着这样的幻想来的。可平太夫表情僵硬，绷着个脸，什么也没说。由纪只是从他仅有的那句话判断，事情总算是告一段落了。她觉得这样算了结了一桩心事。她离开了泽本家，回来后告知夫君事情顺利。休之助点了点头，然后合上双眼长长吁了口气。那情形，就好像身兼重负、疲惫不堪的人总算卸下了包袱。那天夜里，他终于安然入睡。夜半时分，由纪坐在被褥上听着他舒舒服服发出的轻轻的鼻鼾声，小声自语："那几天他真是忧心忡忡啊。"同时她也祈愿，自出嫁的当天夜里至今，令人窒息般压在心头的一切到此结束。那天下午，婆婆如期从善光寺返回。媒人吉冈赖母来访。由纪一开始就已下定了决心，只在门口应酬而没有迎他入屋。

"有话在这儿说吧。不过前几天已听母亲说了大致情况，所以我先申明，如果是有关离婚的事，我是不予理会的。不管是什么原因，由纪是安倍休之助的妻子。请您在此前提下说吧。"

她的身体禁不住有些哆嗦，声音也打战。赖母看着她的脸平静地注视了一会儿，像是要分辨她的言语是真心实意还是出于一时的激动。过了片刻，他轻轻点了点头说："好大的决心。听了这番表述,我没什么好说的了。令尊像是也猜到了,说是你不答应的话,就将此信面交。你过后看看吧。"

说完,他递给由纪一封书信,默默行了礼便离去了。由纪回到房间立即展开了书信,那是父亲的笔迹,信上写着暂时不要和娘家有任何来往,意味着断绝关系。如此一来,她也不能去见母亲大人了。虽然由纪决心已定,但并未想到会断绝关系,因此心里很不平静。想到母亲断肠般的伤悲,她不禁觉得眼前昏暗。但由纪将这一切都藏在了自己心里,既没有告诉丈夫,也没有跟刚刚回来的婆婆说。出嫁了,便意味着要与亲人离别。与娘家断缘也不是什么悲哀的大事。本来已婚女人就是如此,除了婆家,别无其他。这样一想,由纪觉得自己今后生活的意义、希望乃至一切都容纳在这个家和丈夫这边,自己作为女人从此才开始真正的生活。

大约过去了五十天,休之助被解除了公职,俸禄减半。通告称是"主君旨意",并未说明罪责及缘由。已是入冬时节,很快便是年末,这时俸禄减半意味着家政危机。半年的欠款如何是好,明年的开销怎么筹措……不能去见娘家的母亲,又不想让婆婆担心,如何才能摆脱困境呢?想到这些,由纪便惶恐不安,心生暗云,时不时彻夜失眠。

五

松本在信浓国,乃地势较低的地区,风夹着雪不断从北部的信浓丘陵上刮过来,阴历十一月至翌年二月异常寒冷。

为贴补家计准备过年,由纪四处托付以前的好友,帮忙找到在五家教授古筝的工作。武士家庭不合适,五家都是商人家庭。对于此事,由纪对丈夫、婆婆只能敷衍:"有不错的老师,想请老师再给我一些指导。"说定了每天午后教三十分钟,家近的还好,家远的,由纪每次来去都是一身汗。有时冷风彻骨,有时连日下雹子,道路泥泞。她不止一次地想:这么辛苦也赚不了多少钱,不如算了。一天,由纪平时常走的道路翻整,她只好绕道,来到那片被称作"大竹林"的地方。由纪不禁停下脚步四处张望。只见这里一边是茂密的竹林,另一边则稀稀拉拉地生长着几棵树木,还有一片荒草空地。顺着竹林往右斜拐,道路不远的前方看得到三丸那边高高的石墙一角,后边则隔着一条街,那便是武士住宅区。距离不远,但这里是旁人看不见的死角,乃属僻静地方……夫君就是倒在这里受了重伤,无法动弹直到有人找到了他。由纪恐惧地看着脚下这片黑暗潮湿的土地。在这片竹林的背阴处发生了什么呢?这里的竹林、树木还有冰冷的土地,都曾见证了彼时发生的事情。到底是怎么回事呢?由纪久久伫立于彼,忘记了时间……后来,道路修整完毕,可她好像放不下那片土地,仍会绕道去那里,回到家里,眼前也会忽然浮现出竹林背阴湿漉漉的黑土地。

进入十二月,雪花纷飞的日子多了起来。早晨天空还是阳光普照,中午一过便乌云密布,没一会儿工夫就飘起细雪,可又下不了多长时间,不会积雪。夜晚的天空群星闪烁,但黎明时分又下起雪来。连日都是这样的天气。婆婆的态度发生变化也是从这时开始的。她看向由纪的眼神变得严厉,话也有些尖酸刻薄。由纪教课回来稍稍晚了点儿,没到时间,婆婆便到厨房准备晚饭,有时做缝纫活儿到深夜,像故意为之。由纪心眼儿直、年轻,婆婆原本那么沉静,眼看着变得喜怒无常,由纪只觉着紧张且不知所措。某日下午,跟往日一样,由纪正准备外出教习古筝,婆婆走过来问:"还要去学很长时间吗?"

那声调明显带着颤音,凶狠的眼神令人惊恐。

"是的,打算再学段时间。"由纪答道,她因撒谎而涨红了脸。

"快到年底了,休之助总是睡睡起起,未能痊愈,你学古筝固然重要,可是……"

婆婆话说了一半,不等由纪答话就转身离去。由纪这才明白了,婆婆为何变得尖刻易怒。由纪感觉无奈、悲哀,逃也似的离开了家。

那么做合适吗?回想婆婆近期的态度,由纪控制不住内心的情绪。自己是为了贴补家里,才给商人家的女儿教授古筝。自己出生在八百石大总管的家庭,在父母及兄长的关爱下无忧无虑地长大,做到这些已属不易。而且,为了不让丈夫、婆婆察觉,自己付出超常的努力,身体也承受着诸般痛苦。由于自己瞒着他们,婆婆不能谅解也是自然的。可既然是一家人了,婆婆从自己的言行举止也能猜得出呀,至少不能那么毫不顾忌地讲话嘛……想到这里由纪火冒三丈,不禁回忆起将嫁妆一件件卖给了旧货商,悄悄回娘家跟母亲要钱的事情。付出了那么多，结果还是被误解，全是徒劳。她越想越觉得伤心，甚至想一走了之。就这样，她不管道路如何，不顾一切地走着。

六

远近山峦，皆被皑皑白雪覆盖。山峰上方笼罩着悔恨般的乌云，不断刮来的凛冽寒风夹着细雪。由纪夜半突然醒来，厨房那边传来柱子上冻冰"啪喳啪喳"的冻裂声。她披紧了被头，心想，转眼就是年末，能否平安过去这个年关呢？她时不时地唉声叹气，怀着在某种窘迫中度日的逼仄感。

连续降了三天大雪，这在当地实属罕见。这天夜里大雪终于停息，来了位名叫濑沼新十郎的客人。来者与丈夫同龄，由纪头次见到。他高个头儿，宽肩，外貌引人注目，却像患有什么疾病，面色苍白而憔悴。

稀客到访，休之助立即起身换衣服。由于他尚未痊愈，伤口还疼，和服的带子系得宽松，也没穿套在外面的和服裙裤。

他径直来到门口迎客。

"欢迎欢迎，快请进来吧。"他这么说着，看似高兴地将客人迎进会客室。这会儿婆婆不在，由纪给客人备茶。她盯着水壶烧水。突然，从会客室里传出不同寻常的高亢的说话声，她不由得竖起了耳朵。

"那个不能说，没必要。"

"不，必须说。"

传来客人哆嗦的声音。

"我要说，不说我会憋死的。那天，我躲在大竹林旁边趁黑袭击你，是因为你发现了我做的坏事。我花掉财库一百两金，想着马上就能还清的，也相信自己做得严丝合缝，不会出问题。最终却因意外的差错，如意算盘泡了汤。那天被你发现了，我便觉得万事俱休，一旦公之于众，自己就完蛋了。我心慌意乱失去了理智，便想杀了你，将罪责推到你身上。"

尽管声音颤抖低沉，但那只言片语的坦白，如同落雷一般震击着由纪的耳膜，她差点儿惊呼出声，膝盖像灌了铅似的定在原地，不禁倒抽了一口气。

"得知你切腹自杀的消息是在第二天早晨，听说你受了重伤，但无生命危险。完了，这下一切都完了，一切都会被揭发出来！今天？明天？我就这么惊恐万状地等待着，却没有决心切腹自杀，白天黑夜，我痛苦万分，不断地自责忏悔，就像脖子后面架着刀，分分秒秒挨着日子。你能想象那有多么痛苦吗？"

客人停了下来，可能是在哭泣吧，那边传来大口喘气的声音。过了一会儿，客人又说："之后几天，我不断得到各类消息。你把我的不检点揽到自己身上，那样的巨款你竟默默偿还，败坏了自己的名声，不顾自己的脸面，为我把罪名揽到自己身上。怎么可能有这样的事情？简直难以置信。我一直认为人的度量再大，心胸再宽，都不可能如此毁损自己。当我听到那样的事实时，你能设想我当时是怎样的心情吗？"

客人像是再也按捺不住，撕心裂肺地哭泣起来。

"不要再说了，够了。"良久，丈夫平静地说。

"我之前听说，你像是被奸商套住倒卖大米。当时我并不是没想要劝你，但最终却掉以轻心没有过问，想着你会很快收手。作为朋友，不该那样不负责任的，意识到了就该立即说出来。人是脆弱的，战胜欲望和诱惑不易，谁都有失败和犯错的时候，相互支持帮助才是真正的朋友。明知那时出了状况，却没跟你提出自己的看法，我觉得自己也有一半的责任，所以想尽量帮助你，多少为你的重新振作起点儿作用……"夫君的话里没有丝毫的傲慢，平淡如水。那不加修饰的平静语气，反倒让人感知了一个超凡的事实。

"你毕竟重新振作起来了。听说你被提升去执行官署奉职，我微不足道的帮助起了作用，别提有多高兴了。这是值得骄傲的事情。无论多大的错误，都是可以弥补的。好了，一切可以重新开始了。听说你是去江户本藩的官署奉职，到那边以后也不要松懈，像现在这样好好干吧。期待你的成功啊。"

由纪想起大竹林背阴处湿湿的黑土地。竹林背阴处，竟隐藏着这样惊人的事实。这就是世间所谓的替友顶罪、两肋插刀，友情在此竟如此伟大。丈夫闭口不谈，从无一丝暗示，如果不是这会儿濑沼自己坦白，事实就会永远尘封无人知晓。由纪感叹："人心竟会如此深不可测！"可是最近的自己怎么样呢？不过卖掉了一些衣物和生活用品，不过去外面教教古筝，就觉得为安倍家做了很多事情。被婆婆责备时，不是反省自己而是怨天尤人，觉得人家不理解自己，自己的努力都是徒劳。自己到底做了什么了不起的事啊？哪一件可跟大竹林事件中的夫君比较呢？这样想着，由纪感觉浑身发热，因羞耻而攥紧了拳头。

"母亲大人还没回来吗？"

休之助说着走了进来。

"是的，还没有……"

"我想要点儿酒。"休之助像是难于启齿地小声说，"朋友提升江户官署奉职，来告别，只是象征性的，略表祝贺。"

"噢，知道了。"由纪仰起脸来，看着丈夫回答说，"我先上茶，然后就去准备。"

"这个时候要酒，很抱歉。因为以后一段时间我们都见不到面了，所以……"

休之助话里念及家中开支困难，抱有歉意。由纪听着心疼，安慰自己坚强些，再坚持一段时间，无论有多大的困难，都要稳住，成为真正可以支撑夫君的妻子……她一边在心里这样起誓，一边面对转身正要返回会客室的丈夫背影，默默地点头致意。

纺车

一

"杜父鱼喽,来买杜父鱼啦,杜父鱼喽。"

听到背后传来叫卖声,阿高停下脚步。一个十三四岁的少年背着鱼篓快步赶上来。阿高叫住他:"给我看看。"

鱼篓里的杜父鱼十分诱人:五寸长短,一般大小,大概刚从水里捞出,滑溜溜的,鱼鳞闪着光挤成一堆儿。有些鱼像是想起什么似的不停地张合着嘴,有的则啪嗒、啪嗒地跳跃。千曲川河水的气息扑面而来。

"五十钱,我全买啦!"

说完,她发现没拿袋子。怎么办?四下看了看,发现对面有家杂货店,她想起前几天正想买一个竹篓来着。

"我要到那家店里买个东西来装鱼,你跟我来。"

"您家不远的话,我给您送过去吧。"

少年睁大机灵的眼睛看着她说。阿高微笑着表示不用,迈腿前行。

阿高将杜父鱼装进新买的竹篓里。回家的路上,她抑制不住莫名的幸福感，心里雀跃不已。为何这么高兴？为何那么兴奋？她多次询问自己。因为在村公所受到夸奖？因为买到了父亲喜欢吃而好久没吃到的杜父鱼？还是因为天空蔚蓝呈现出盎然春意？反正心情愉快啊。喜悦使她不禁要确认一条条的理由。就连那些擦肩而过的外人，或也看出了她的喜形于色。这种意识一露头，她便禁不住羞红了脸。父亲依田启七郎是信浓国松代藩主下属五石两人扶持的下层武士。他忠诚老实，性格敦厚，从不粗声粗气地说话，但是两年前因患中风辞去了公职，现仍卧床不起。十岁的弟弟松之助名义上继承父业，但尚未成年的他只能拿到一半俸禄。母亲在松之助三岁时去世，家庭成员只有他们三人，父亲生病，弟弟年幼，家境困苦。阿高今年十九岁，自父亲病倒以来，她看护病人，照顾弟弟，忙完琐碎的家务活儿便抽空拼命地纺织棉线，用来补贴家计。松代藩的重要产品是菜籽油和棉线，藩里鼓励身份低的家庭把纺线作为副业，专设村公所提供工具借贷、技术指导乃至成品收购等，她每隔十天便把做好的成品拿过去。今天也和往常一样，阿高把纺好的棉线送了过去，接活儿的总是一位目光锐利的白发老人，他隔着眼镜边儿打量着她，夸奖她线纺得好。

"短短时间就纺得这么好。听说你纺的线，批发店都夸奖呢。这该是一个孝敬父母的功德吧。"

对于恪尽职守的人，没有比自己的工作受到褒奖更高兴的事。尤其这工作不是普通副业，而是藩内的重要产业。因此阿高感到了巨大的喜悦。"我要纺出更好的棉线。"阿高这么想着，回家路上又碰巧买到了杜父鱼。父亲中风以后，起初戒了酒，但在医生的劝告下，现在隔三天喝一次酒，每次只喝一小盅。杜父鱼是最好的下酒菜。阿高想着把杜父鱼烤干了也不错，便用从村公所领到的工钱多买了几条。生活贫穷节俭度日之人，会因一丁点的喜悦产生极大的幸福感。阿高步履轻盈地回到自家的长屋。

"我回来了。"

一进门，对面便是两铺席的房间，她向在那里温习功课的弟弟打了一个招呼后，抬腿迈进了屋里。松之助用书本遮住自己的脸，没有应声。那时她也没察觉到什么，拿着竹篓走进父亲的卧房。

"回来的路上碰到卖杜父鱼的，就买了点儿回来。"

阿高跟父亲打过招呼后，立即拿鱼给父亲看。

"您看，还这么活蹦乱跳着呢。"

"嗬，这可稀罕。真不错！已经到杜父鱼上膘的季节了啊。"

启七郎伸出有些颤抖的手，露出高兴的样子戳了下竹篓里的鱼。

"买这么多啊，挺贵的吧。"

"不，没那么贵，今晚的下酒菜给您做甘露煮和鱼田，剩下的可以烤了晒干。"

"总让你这么操心，真是……"

阿高像是没听见父亲的小声嘟哝，站起身来。

"嘿，得准备做饭了。"

说着便往厨房那边去了。

阿高觉察到父亲的口吻及态度与往常不同,弟弟也像变了个人似的。怎么回事啊?自己外出的时候发生了什么不好的事情吗?阿高霎时感觉到不安。为了打消自己的不安,她去招呼弟弟过来。

"松之助来啊,看看好精神的杜父鱼哟。"

松之助却像不愿搭理她。

"在学习呢,等会儿……"

松之助只给了这么一句应答。阿高方才兴高采烈的情绪渐渐泄了气,她拿起菜刀开始做鱼。

二

晚饭后收拾完毕,阿高开始纺线。不一会儿,父亲招呼道:"给我揉揉肩吧。"

父亲坐在被褥上,背朝着她。一旁是纸罩座灯,光线映照出父亲消瘦的颧骨,看着令人心痛。阿高立即帮父亲抓揉背部。

"您不冷吗?"

"酒劲儿还在,热乎乎的很舒服。不必太用力,那么揉揉就可以了。"

"嗯。这里吧?"

阿高的手顺着父亲的背部往肩膀方向慢慢地揉。松之助不一会就睡着了,静悄悄的大长屋一隅,像在庆贺什么,传来了沙哑的哼唱小曲声。

"你明天……去松本吧。"父亲像是突然想起来似的这么说。

"说是松本的梶夫人病了,想见你一面,要你去个四五天,他们已派人来接你了。"

"父亲大人……"

阿高刚一开口……

"手别停啊。"

父亲笑着摇了下肩膀,那笑容显得有些僵硬。

"梶夫人生病了嘛。你至少去个四五天,又不是很长时间。这次听话,去吧。你不在的时候,我已托付石原家太太来帮忙了。你多少也可以歇一歇。"

听父亲这一说,阿高想起弟弟方才爱理不理的样子。原来是有这么一茬事儿啊。松之助还是个孩子,听说后不知会有多难过呢。阿高这么想着,不由得感到心痛。

阿高的生身父母是信浓国松本藩属下,父亲西村金太夫以前身份低微,生活贫穷,却跟妻子梶夫人生养了很多孩子,以致难以承担所有孩子的养育,便托亲友帮忙把阿高送给了松代藩的依田启七郎。后来,金太夫不可思议地走了红运,渐被重用,几年前荣升为五百五十石会计出纳官。发迹后全家过上了幸福生活,出于父母情感,自然觉得送出去的孩子可怜。孩子过得幸福另当别论。他派人打听,得知依田启七郎的妻子已经过世,带着一个收养阿高后出生的幼弱孩子,正过着极端贫穷的日子。夫妻俩商量再三,决定偿还养育费并领回阿高，于是找了个适当的人在中间跟依田交涉。阿高初次知晓了自己的身世，启七郎毫无保留地将事情的来龙去脉告诉了她，还劝其回家："回松本的家是为了你的未来。"阿高想都不想就拒绝了，最后躲在房角里不住地哭泣，说什么都不回答。见到当事人阿高这样的状态，负责交涉的人也毫无办法，结果不了了之。

"梶夫人像是病得很重。"过了一会儿，父亲又说，"一是可怜天下父母心，念及母亲想见女儿一面的心情；二是考虑作为亲生女儿，哪怕一次呢，也得对老人尽尽孝心吧！你别犟了，回去一趟为好，也就那么几天嘛！"

阿高应道："嗯。"

那声音细微得几乎听不到。按道理说，这事不能无理拒绝，病重卧床的生母想见孩子一面，这样的话语深深打动了她。据说，阿高断奶后就被立即送到了松代，所以对生父母的模样没有记忆。万一有什么意外，自己连生母的面容都不可能知道了，只见一面吧。她这么一想，便答应了下来。

阿高将走后的事儿仔细托付给同住大长屋、关系密切的石原家太太和女儿。第二天一大早，由松本派来的女佣及老仆带路，阿高心神不定地离开了松代。已是春暖花开的季节。远处的山峦还看得到残雪，但广阔的山丘原野上，松软的土地在阳光的照射下暖暖地舒展着肌肤，小河里咕嘟咕嘟地流淌着积雪融化的河水，田畔依稀可见出土的嫩草。大约二十里的路途，却因雪融后道路泥泞，一行人骑马乘轿竟然走了三天。这天下午，在冬天般的寒冷中，他们终于到达了松本城下。

三

西村家在名为"和泉"的地方。穿过长屋门便是气派非凡的大宅邸，跨进院门则是前院，院里有六七棵杜松，树形好看，配置高雅。阿高目瞪口呆地看着眼前的情景，这跟依田家大相径庭。老仆人引领她走向了边门，一位五十来岁的妇人出现在门口，像是久候着这边的动静一般，露出哭也似的笑容迎了出来。

"哎呀，长途跋涉，累坏了吧。快洗个热水澡吧。"

她一把拉着阿高进了门，心不在焉的阿高也没有说话的机会。茫然失措的阿高一下子醒悟过来，莫非她就是梶夫人，生病是假话？梶夫人……阿高脑子里出现的是这样的称谓，无论如何她都想不到与母亲有关的词汇。阿高此时感觉到，假话里一定隐藏着其他复杂的事由。她无动于衷地看着这位夫人。

梶夫人像是接待贵宾一般，催促仆人们服侍阿高去洗澡且三番两次派人询问"水温如何"，等阿高走出浴室，外面早已备好全套崭新的高档衣裳。

"不知你的喜好，只好请年龄相仿的女孩帮忙……这是我给你选购的。"梶夫人一边帮她穿衣一边说，"你穿着像是素了点儿啊。那件小花纹的可能更合适。唉，今天先这样吧。"

她像是自言自语地嘀咕着，目光摩挲左看右看，仿佛看不够阿高的容姿。阿高默不作声地由她折腾。问到什么，便"唉"或"是"地应答。她从不主动搭话，装作没看见梶夫人时时露出的热情眼神。

晚饭时，父亲西村及兄弟们相聚一堂。父亲比想象的年轻。最年长的哥哥已结婚，育有一个男孩。二哥不久便要另立门户，沉默寡言的三哥连面容都没让人看清楚，四哥在江户办公处值班，弟弟保之丞还未成年，高高的个头儿很是扎眼，面部还挂着孩子特有的晒出的腮红。弟弟到底是孩子，跟哥哥们比起来，倒是对阿高的到来表现出饶有兴致的样子，在一旁不停地望着阿高，没话找话地不断跟阿高攀谈。筵席设在大厅，并列悬挂的照明烛火明亮耀眼，绘有日本风景画的屏风色彩醒目、绚丽异常。大厅里置有几个火盆，让人感到暖烘烘的，惬意舒服。各色菜肴品种繁多，足可用"奢侈"二字形容。加上无忧无虑的父母兄弟和睦欢聚的情景，阿高意识到这是自己真正的家庭，这些人是自己的亲生父母和同胞兄弟，这正是自己当仁不让的位子。阿高这么想着，尽量融入大厅里的氛围。可是烛台灯火太过耀眼，绘画屏风过度绚丽美艳，炫目得让人难以心静。名目繁多的菜肴，材料高档，精心烹制，阿高却感到莫名的生疏，完全没有品尝美食的感觉。她将眼前的一切与松代家比较，感受到了一种揪心的痛楚。

打了补丁的纸拉门、年久失修变成深茶色的隔扇、包边儿磨破的榻榻米、冻裂弯曲失形的柱子、烟熏得污黑的纸罩座灯，摇曳的灯光下映照出那个狭小、贫寒的房屋景象，清晰地浮现在阿高眼前。仅有的一个火盆里，只是象征性地放有丁点儿煤炭，今天这寒冷的夜晚该有多冷啊！依田父亲和松之助两人现在正在那贫寒的房屋里，面对着简单的饭菜。平日里，一个菜碗，甚至汤碗都很少摆上桌子，只有那装有咸菜的小碟子每每装饰着餐桌。看着眼前这些丰盛的美味佳肴，想起那贫穷人家的餐桌，实在是令人悲哀。但那仅有的一个菜，也是她用心制作的呀。父亲跟松之助每次都是那样心满意足地享用她做的饭菜。啊！托付的石原家太太及女儿，都是心细周到、亲切和蔼的人，父亲的口味也大致告诉了她们，今天的晚饭会是什么呢？父亲会喜欢吗？父亲是否会喝多了酒呢……阿高脑袋里装满了这样的担心，没记住自己都吃了什么，也不知道大家都说了什么。饭后，她立即将自己关在据说是为自己准备的房间里，梶夫人像要跟她说什么，但她回绝称自己"累了"，天才刚刚黑下来，她便钻进了被褥里。

四

翌日清晨，梶夫人看到刚起床的阿高眼睛红肿，好可怜的样子。她大吃一惊地问："怎么了？"

阿高凄凉地一笑："可能没睡好吧。有点儿睡过了头。"

"那就好……"

梶夫人确认般地看了看阿高，紧接着像是想起了什么别的事，告诉阿高准备一下，今日要去山里的温泉。

"从这儿出发，往山里走一里路，温泉水好，景色也不错，是劳累后的疗养胜地。"

"谢谢。不过……"

阿高低垂眼帘，小声说道："今天可能的话，我想去菩提寺。"

"啊，那就在进山途中，稍稍绕一下路，一起去吧。"

"不。"

阿高摇摇头。

"我今天只去参拜菩提寺，因为是头一次。"

头一次参拜祖先，却是游山玩水时的顺道，她觉得那样不恭敬。于是她明确地表态了。梶夫人不禁有些不好意思。

"那，明天去山里吧。"

他们决定先去给祖先上坟。

从菩提寺回来的路上，阿高提出想去看看自己出生时的家。梶夫人看似不想带她去，但同行的保之丞弟弟率先带路，在一个名为"深志"的边缘地带，有一片下层武士居住的住宅区，其中几栋贫寒破旧的房屋，便是他们曾经的家。仅能遮挡过路人视线的院墙内，有个小小的院落，无精打采的歪扭的松树立于门边。木瓦屋顶裂开，像似干朽的松塔，窄小的门口护墙板经风吹雨打，鼓起了木纹。屋檐倾斜、弯曲，除四周有些许空间及房间的间数较多，其他与松代的家大致相同。

"我在这里长到五岁喔。"保之丞露出无忧无虑的笑容，饶有兴致地说，"那扇窗户下好像有个蚂蚁地狱，捉住蚂蚁放在手掌上让它爬，结果那家伙却想要钻进皮肤里，弄得人痒痒的，很好玩儿。您知道吗？"

阿高顿时觉得，比之现在的大宅邸，这个弟弟说不定更喜欢眼前的穷家。

过了一会儿，一行人折路返回。

翌日，梶夫人带阿高去了山里的温泉。在城东北向的山麓中，一个流水清澈、峡谷景色优美的地方。母女俩一起浸泡温泉，品尝配有香喷喷的山中芽菜的乡土料理，然后给家人买了些罕见的土当归作为礼物，才回到自家邸宅。第三天，阿高在家跟兄弟们聊天，观看了他们引以为傲的器具。那天晚上，在给自己使用的房间里，阿高与梶夫人相对而坐，她请求翌日返回松代。梶夫人似乎料到她会这么说，默不作声地离开房间，很快又拿着一封书信返回来。

"这是依田大人给你的信，不管怎样，你先读一遍。"

她这么说着，将信递给了阿高。阿高接过来一看，正是依田父亲写给她的。

> 这次让你回松本是我考虑再三后做出的决定。西村家提出付给我相当一笔金额作为至今为止的抚养费，有了这笔钱，我可以备置自己的耕田，与松之助安稳度日，你也可以作为西村家的女儿过一辈子幸福的生活。因此这次的选择，于我们、于你都是正确的。本想直接告诉你事情原委愉快分别，但想到面对面时，你未必会下决心，我只好狠下心，说假话骗你启程。你这次无论如何都不要任性，接受安排吧。愿你回到西村家孝敬双亲，与兄弟和睦相处，未来幸福。

大致内容如上，确是依田父亲特有的笃实笔调。

"你清楚了吧。"梶夫人等阿高读完信,恳切地说道,"事到如今,把你要回来,或是我们独断专行,但是请你设想一下,父亲和我这做母亲的心境,生你的时候父亲身份低,孩子又多,每天的日子都很难熬,真是羞于启齿。身为父母,不得不把刚断奶的孩子送给人家,这是多么悲哀心酸啊!等你有了自己的孩子就会明白的。剜去自己身上的一块肉,都不能表达当时的痛楚。"

五

"那真是撕心裂肺地难过,很难承受,但到底把你送了出去。我也想过,一家人饿死也好,必须把你要回来。父母无时无刻不在惦记着你啊。冻着没有?热着没有?在哭泣吗?生病了吗?"

梶夫人久久地用袖口挡住眼睛,声音哽塞。

"你父亲时来运转,终使我们过上了无忧无虑的生活,他一直跟我商量接你回来。我们派人去松代一打听,得知你要照顾长年卧病的依田大人和年幼的弟弟,还要纺线维持家计。因为贫穷将你送予他人,却使你至今仍与贫穷搏斗,我们更觉得无法安然享受安逸的生活,必须为你至今的辛苦做出补偿。作为生身父母,内心的歉疚无以言表。我们的想法绝非加害于依田大人。阿高,回来吧,回来做西村家的女儿,好吗?"

阿高紧紧攥着自己放在膝盖上的双手,面部僵硬地低垂着头。待梶夫人说完后,她抬起眼睛平静地回应道:"您的意思我都明白了。真的非常感激。不过我还是要回松代。"

梶夫人的面部微微地抽动了一下，说："可我们跟依田大人已谈妥。依田大人不是也说了嘛，无论对谁，这都是最佳的选择啊！"

"您认为那是出于真心吗？"

阿高眼看着梶夫人，轻轻地摇了摇头。

"依田父亲那么说，您没想过是出于情谊吗？您刚才说了，作为父母将自己的孩子送给别人的痛苦是不堪忍受的。断奶为止的亲情权且如此，一起生活了十八年的亲情，您觉得不会痛苦吗？"

阿高诉说着，回想起那天夜里依田父亲让自己去松本，背对着自己，让自己给他揉揉背，同时提起了这样的话头。他无法正视阿高。不难想象他当时的心情。啊，那会儿说出让女儿去松本，他该有多痛苦啊！阿高感到内心如针刺一般。

她平静地继续说道："依田家贫穷，靠我纺线勉强糊口也是事实，但并不像您想象的那么烦心。这么讲或许有些不妥。若没有现在这茬事儿，我甚至觉得自己生活得很幸福。依田父亲是世上少有的好父亲，弟弟也亲如骨肉，甚至把我当成母亲一般。我无法忘记那个家庭，现在要我跟父亲和弟弟分别，那是做不到的。"

"你那么重情重义，不能站在我们的角度想想吗？"梶夫人紧追不放地说，"我们想好了，这儿将是你住的房间，我们重新裱糊了隔扇，布置了家具，修整了窗户，新制并染了和服与和服带子，我们高高兴兴祈盼，总算能够过上一家人团聚的日子。这也正是你父亲发迹的意义所在啊。你能想想这些吗？"

那声音充满了苦苦哀求。阿高听着，似有撕心裂肺的感觉，她知道这是父母的爱。为自己的孩子，出于对孩子的爱，什么都可以不顾，这便是父母心啊！父母的爱没有退路，悲切、悲壮。阿高的心中产生了动摇，几欲扑入母亲充满温暖爱意的怀抱。父母为自己备好房间，备置家具新衣裳，这统统饱含了父母的深情与爱。眼前的一切，都伸展开臂膀迎接着她的归来。但阿高拼命稳住了自己即将崩溃的心情。她不能接受这份爱，离开依田家接受这份爱是不合道理的。她鞭笞自己，再三告诫自己——必须返回松代。

"看到大家生活得非常幸福，即便今后不再相见也没有遗憾了。您就当此世没有阿高吧。以后请忘掉我吧。"

梶夫人默默站立着，弟弟保之丞立即走了进来，紧接着是金太夫和长兄，大家一再劝说她留下来。阿高却一声不响，呆呆地耷拉着眼皮，僵着身体一动不动地坐在那里。那时真像是接受审讯，苦闷至极。

六

第二天清晨天还没亮，阿高启程离开了松本。来时的老仆及女佣与她同行，梶夫人和保之丞一直送她至城外一里名为"中原"的街上，在那里的路旁茶馆同她喝了茶，难舍难分片刻后终于离别。两人一直目送阿高消失在弯道，阿高却没有再回头,直直地朝松林方向走去。

阿高一行匆匆赶路,第三天上午到达松代。一看见城堡下的市街,阿高便心潮澎湃,擦拭不尽的泪水不断地涌出,仅仅数日离别,起伏的山峦及千曲川,都让她无比怀念,收入眼底的树木、山丘、梯田甚至路上的石子儿,都令她颇感亲切。她多想深情地呼唤:我回到故乡了……松之助学习尚未回来,家里只有启七郎一人在煎熬中药,他听到老仆叫门,来到大门前看见阿高走进门来,不由得大吃一惊。

"我回来了。"

阿高简短招呼了一声,随即进里屋洗漱,并招呼陪同的两人进门,让他们住一宿再返回。但两人只在门口传达了西村家的口信,放下礼物后没进屋便离去了。

"为什么回来了?"面对面坐下后,启七郎将煎好的中药倒入茶杯问道,"带去的信没看吗?"

"看了呀。"

"那你该明白是怎么回事呀。我可以安度余生,你今后也可以一生幸福,出于这样的考虑我才做出了那样的决定啊。只顾眼前的任性,你打算毁掉好日子吗?"

"请您恕罪,父亲大人。"阿高盯着父亲说道。

然后,她两手伏席赔罪。

"我会更加努力,保证您吃得上药,您喜欢吃的,我都做给您吃,把家里打扫干净,让您顺心舒服。请您让阿高留在这个家里吧。"

"你是不明白我的心啊。我会有那些不满吗?我决定让你回西村家，是因为……"

"我知道，我明白，父亲大人。"阿高打断了父亲的话，"我明白。但阿高已是过继于人的孩子，刚断奶就从母亲怀里送出。父亲大人，您不觉得我可怜吗？如觉得可怜，现在就不要把我再送人了。"

"但是，西村夫妇是你的生身父母啊。回到西村家，你会幸福。"

"不，幸福是与家人在一起，即便穷得喝一碗粥……那也是最大的幸福。阿高只有您一个真正的父亲，去世的母亲对阿高来说是真正的母亲，这儿是阿高的家，此外没有别的家。请您让阿高留在这儿吧。别把我送给旁人。父亲大人，女儿在这儿求您了。"

"父亲大人！"

松之助哭喊着跑了过来。许是学习回来，在外面听了两人的对话吧。他泪眼盈眶地进来跟姐姐并排坐下，抽泣着说道："请您让姐姐留下来吧！父亲大人，姐姐都这么请求您了，千万别让姐姐到别处去，求您了！"

启七郎双目紧闭，低俯下苍白的面孔，两手放在膝盖上默不作声。那是承受巨大痛苦的人才有的神态。良久，只有阿高与松之助的呜咽声在这贫穷的房屋内回荡，像是要渗透进墙壁和纸拉门中。

"……那就留在家里吧。"过了一会儿，启七郎呻吟般地说，"给西村大人的回信由父亲来写。你不必去松本了。"

松之助扑在姐姐的膝盖上，蹭着被眼泪打湿的的小脸放声哭泣起来。

清爽的早晨,阳光洒满隔扇,这是春天特有的明媚朝霞。"嗡嗡"的纺车声回荡在温暖清爽的空气中,像蜜蜂扇动翅膀的声响一样平静柔和。启七郎听着那声音,对松之助说:"你长大后一定要让姐姐过上非常幸福的日子。等你长大就明白了,姐姐为了我这个父亲和你,放弃了来之不易的幸福生活啊。她不是为自己,是为父亲和你。你要是忘了可是没良心啊。"

少年松之助抬眼望着父亲,坚定地点点头。如歌的纺车声仍在"嗡嗡"地作响。

风铃

一

妹妹们到来时，弥生正独自一人待着。丈夫三右卫门去城里尚未归府，与一郎也外出学习未归。弥生带着两个妹妹走进自己的房间，收拾起摆弄的针线活儿，打开了面朝过廊的隔扇。她以为妹妹们会欣赏院里风景，可她们又像完全没有意识到姐姐的这番周到，只是莫名其妙地兴高采烈。

"我们今天是来劝说姐姐造反的。"

小松这么说着，进到屋里后，径直走到西边的小窗户边，打开了纸拉窗。

"瞧，我赢了。"她回过头来，面对随后进来的津留说，"怎样，风铃仍旧挂在这儿。"

"啊，真是呀！可真让人目瞪口呆。"

津留靠在了姐姐背上。

"我以为早就不见了呢。这么说来，一切都是原样啊。"

"你们在感慨什么呢？"

弥生张罗着让两人的就座，问道："那个风铃怎么了？"

"我跟津留打赌来着，风铃会不会还挂在那儿。"

"结果我损失了一个蓝贝梳子。"

津留嚷嚷着闹心，突然伸手摘下了挂在房檐下的青铜制古雅风铃，然后直接坐在了窗框上。小松则从妹妹手里夺过风铃，若无其事地摆弄，并继续来时路上的对话。

"……是啊，所有一切都跟从前一样，这个房间里的衣橱、梳妆台、桌子、信匣子、火盆，从前的东西都原封不变地放在从前的位置上，没挪半步，就是这种状态。"

"本来嘛，姐姐就是这性格。不过还有另外一个原因，这个家缺少色彩。是因为这是武士家庭，我们的发型、装束、房间里的家具统统灰暗素淡，完全没有年轻姑娘喜欢的华丽色彩或赏心悦目的颜色。"

"就是说没有青春色调……"小松摆弄着丁零作响的风铃说。

"我觉察到这一点是在嫁给百树，看到婆家妹妹们的平日生活以后。世间姑娘们的生活原来如此，很多事让我瞠目结舌。"

"那是因为百树家的俸禄与这儿不同，对吧？姐姐。"

"那倒未必……"小松打断她的话否定道。

"我说的不是奢侈豪华。而是说，年轻姑娘青春焕发，青春不能失而复得。嫁给百树以后，我要思考如何装饰房间，如何调整家具，甚至要操心婆家妹妹们的衣裳、发饰。其间经历了许多让人不知所措的事情。究其原因，都是因为我没有好好体验姑娘时代的青春年华啊。"

"啊,所以你要找回青春年华是吗?"津留玩笑般地问。

"听说你的日常生活华丽多彩。"

"什么呀,别转移话题。"

弥生一边备茶,一边听妹妹们吵闹。她先是微笑着,渐渐地笑容僵住了,连她自己都清楚嘴角撇了下来。接着,她再也无法默默倾听,便不动声色地插话道:"到底有什么事啊?你俩先说说重要的事情。"

"啊,我说……"

小松把手上拿着的风铃放在小柜橱上,走到姐姐身边坐下后说:"姐姐,城里再过五天便要庆祝重阳节,重阳节过后,我们想三个人一起到枥①尾的温泉休养,这次是来邀请你的。"

"到枥尾休养?我也去吗?"

"是啊。为感恩既往,要招待姐姐呀。"津留直截了当地说。

"姐姐不必操心,空手来就行了。偶尔也得谋个反,对不对?"

"不行啊。你们说得倒轻巧。"弥生尽量语调和缓地说,"你们想想啊,我不在家的话,怎么行?跟丈夫说,你自己做饭吗?"

"把我家的女佣借给你啦。有个机灵能干的用人,你不在的时候,让她来这儿,如何?姐姐,这样行吗?"

津留这么说着,撒娇般地凑到弥生身边。

---

① 日本汉字。

二

弥生给妹妹们沏茶,拿起刚才收拾起来的针线活儿放在膝上。见此状,津留觉着没希望了,像泄了气的皮球似的,说道"时间不早"便匆匆回去了。小松则说再待会儿,留了下来,看那架势,像是还想再说点儿什么。弥生像是被谁堵住胸口,心里沉甸甸的。小松看着姐姐手上的针线活儿,忽然感叹般地说:"姐姐这么缝缝补补的针线活儿连接起来,该有多长啊?姐姐辛苦。冬天风吹枯叶深夜火盆熄灭时,夏天炎热坐着不动正午冒汗时,姐姐都曾为我和津留缝补衣裳。现在伺候的则是姐夫和与一郎。日常之中,洗衣做饭用了多少水?烧水洗澡备置火盆砍了多少柴?烧了多少炭?谁人知晓?这样下去,不久姐姐就变成小老太婆了。"

小松这么说着,摇摇头,像是在责备一般。

"姐姐就这样结束一生吗?没完没了地缝补、煮饭,家庭琐事缠身,这样的人生有意义吗?"

弥生停下手上的活计,吃惊地看着妹妹。只见她面色潮红,三姐妹中最标致的那张脸上露出严峻的表情,秀目炯炯有神。

"姐姐必须改变生活。"

小松有些湿润的声音还在继续。

"仆人、女佣能做的事情,可以让仆人、女佣做!姐姐要把自己的生活安排得更有意义才行,要过得更快乐更充实,您不这么想吗?"

"你以为加内家可以用仆人、女佣吗？"

"那要看姐夫的想法了。"小松不客气地说，"若去百树早先荐举的总务处，姐夫辛勤工作出人头地，家里雇几个仆人不是什么困难的事儿。百树也说过，没有问题。还有，秋泽君说是背后使劲儿。姐姐，光明就在眼前，伸出手抓住就行了。"

"话是这么说啊……"弥生迟疑地辩解道，"加内不是说了嘛。现在的工作适合自己，才推掉了那份工作。而且公务方面，女人是不好插嘴的啊。"

"姐姐的这个想法，还有姐夫的工作什么适合不适合，都是这气氛郁闷、毫无生机的家庭造成的……"

小松一只手在房间内比画了一个圈儿。

"首先要改变生活状况呀。姐姐，有时试着改变房间的模样，摆点儿鲜花，挪挪家具位置，新裱一下隔扇，姐姐也偶尔换换装束化个妆……家里的气氛就会变得有生机，心情自然也会轻松起来。姐姐的顾虑，姐夫的想法，都会变的。那样一定会生出新的希望和愿望。"

在弥生的内心，这些统统羞于启齿。她想否定妹妹的说法，却又必须维持姐妹的亲近感或诸般关爱。小松回去后，弥生面对摊在膝上的针线活儿久久发愣。打开隔扇，另一头是逼仄的小院，银色的芒草穗儿在下午西斜的阳光下浮动，胡枝子柔软的枝条上盛开着白色的花朵，像洒满了雪花一般。说是院子，其实徒有其名，十分狭小，没什么值得观赏的东西。唯有芒草结穗儿、胡枝子开花的这个季节，院里才有美丽景观，秋情浓厚，让人百看不厌。妹妹们尚未出嫁时称此景为"嵯峨写照"，她们为之感到自豪。刚才两人进院，弥生特意打开了这边的隔扇，料想她们会像从前那样高兴，赞叹不已。但两人看都没看一眼。即便看到，想必也不会像从前那样兴奋不已。恬静的秋日阳光下，望着芒草、胡枝子垂枝，让人不由得生出一种伤感。这种情结，现在的妹妹们不会再有。弥生这么想着，一种无法释然的孤独、寂寥笼上心头。

"怎么了？"

突然背后传来声响。

"身体不舒服吗？"

弥生"啊"地叫了一声，身体哆嗦了一下，一回头，丈夫三右卫门站在那里。

"您回来了。"

弥生惊慌地红了脸。

"恍恍惚惚的，自己也不知在想什么……"

她慌乱地应答着，跟在丈夫身后走向房间。

三

第二天打扫房间，弥生看到小柜橱上的风铃，是妹妹们从屋檐上摘下来，放在那儿忘记了。弥生拿起风铃看了一会儿，然后把它放入柜子的抽屉里，茫然若失地坐在那里独自陷入了沉思。从那以后，弥生沉思的日子多了起来，屡屡忆起逝去的二十九年岁月。

父亲去世时弥生十五岁、小松十一岁、津留九岁。父亲去世的几年前，母亲已逝，家里的一切突然落在了弥生肩上。不要说掌管家政、照顾妹妹们，按照武士家规，若无继承人，则会丧失家名，所以加内家决定招赘同为家臣的松田弥兵卫次子为女婿。当然，起初只是举行了喝礼酒的仪式，婚礼是三年后举行的。承受如此家庭变故，就弥生那个年龄来说实在太早。舅舅是监护人，但弥生明白要尽量独立，"从今往后自己便是成年人了"，她这么跟自己起誓。不管怎样，她扛起了加内家的担子，生活贫穷异常。十石多俸禄，因继承者未到，实际上减掉了大约一半，本来就是节衣缩食勉强维系生活，更不要说衣裳、家具，一切日常生活用品都告缺。买一片咸鱼，不，甚至连购买甜酱、酱油的钱都没有。那样的生活，年仅十五岁的弥生竟靠自己的智慧挺了下来。跟丈夫结婚后，生活仍旧捉襟见肘。三右卫门是个沉默寡言、性格敦厚的人，成为加内家女婿之前便在出纳所奉职，俸禄增加至十五石多，职务为征纳官时，直接跟农民打交道，时常去辖下的乡村视察，自然会增加零碎开支，家计反倒更加拮据。这种状况下，最令人心疼的是妹妹们。在失去双亲的贫困生活中，为了避免使她们产生自卑感或变得性情忧郁，要尽量让她们生活得轻松愉快。为了她们将来不会被人嗤笑，还要教会她们读书识字、写文章、识礼法。这些对于年纪轻轻的弥生，每一样都难上加难。但弥生不容自己那么想，无论多么艰辛，都要克服困难实现预定的目标。

小松十八岁时如愿嫁到了百树家。百树家是俸禄二百五十石的总管，丈夫靱①负在诸侯家做会计，才华出众。小松的标致模样符合对方的要求，可身份的悬殊却使她不安。不过凭着小松的灵活脑瓜，适应了婆家生活，没想到这竟是一桩如意姻缘。之后过去了三年，津留也结婚了，百树做的媒，对方名叫秋泽继之助，是侍卫队首领，俸禄三百石。这样一来，两个妹妹都喜结良缘。送她们出嫁时，弥生明白自己的辛苦没白费，仅此而言，也算是得到回报了。自己那年轻、毫无经验的思维，加上家境贫寒，总算努力做到了这一步。想必过世的父母也会满意。她坚信，妹妹们有朝一日明白了自己吃的苦头，定会感谢自己的。

妹妹们一点点发生了变化，或许是因为环境变了，这本身并不奇怪。但每次妹妹们来到加内家，弥生都感觉她们鄙夷穷家的情绪逐渐强烈。有时甚至带着娘家贫穷让她们感觉羞耻的语气。弥生明白，自己是不能轻易发火的，妹妹们这样想，证明她们现在的生活富足美满，如果她们留恋娘家的朝夕相处，便意味着她们现在的生活不如意。弥生这么一想，也就坦然了，没想去和她们计较。可妹妹们对姐姐的这种态度，反而日益感觉不满。姐夫三右卫门一直在出纳所奉职，让她们在婆家亲家的交往上感觉脸上无光，于是对姐夫说三道四——该有抱负，该有进取心……最近甚至过来商量说，由小松的丈夫百树靱负推举，让姐夫换个部门去总务处奉职……紧接着津留的婆家也抛出同样的话题。三右卫门通通

---

① 韧的异体字，多见于日本人名。

谢绝了。

"我已经习惯于现在部门的工作,这份工作适合我的性情。"

每次想起这些,弥生都感觉自己的努力是徒劳,往后还会更加失望。小松、津留结伴来访的那天,说道"我们失去了青春少女时代"。弥生听了,心中充满了痛切的悲哀。本以为妹妹们会有一天明白自己的苦心和辛劳。可恰恰相反,她们像是对自己一肚子怨气。弥生拼命抑制住自己的愤怒,身体在颤抖。如此说来,自己为她们做的事情全无意义吗?自己的艰辛、努力对妹妹们全无价值吗?

"姐姐过不了多久,就将变成小老太婆了啊。"小松说。

唉,弥生呻吟般地叹了口气。含辛茹苦,辛勤劳累,自己真的只能这样一辈子吗?这样行吗?这样的人生有意义吗?她这么思索着,陷入灰暗绝望的心境中。

四

芒草穗儿可怜地蔫巴了,胡枝子花也开败散落。早晚时分,到了冰冻寒冷的季节,洗刷完毕,手指就冻得红肿。打那以后,弥生开始一点点挪动起家里的什物,柜子靠墙,梳妆台跟书桌调换了位置,两扇不常用的屏风搬到了屋外,待客时则搬出高脚小餐桌。这一来,真的产生了焕然一新的感觉,自己的心情也发生了很大变化。九岁的与一郎见状说:"好像进了别人家一样。"说着,他好奇地在家里四下打量。弥生还不时改换身上的和服及和服腰带，且下了很大的决心开始化淡妆。由于常年不化妆，皮肤不适应，步骤顺序也总搞乱，来来去去重复多次仍旧不满意，最终还是擦掉了。可是当身上飘出脂粉、胭脂、香油的芬芳时，一种雀跃的心情油然而起，让她不禁忘记了时间的流逝。

三右卫门并无特别的表示。只有一次，弥生妆化得不错，他微笑着上下打量一番说："不错嘛。女人化妆跟男人穿和服裙裤一样，据说是能调整心情。以后也这样化化妆吧。"

弥生那时满足极了，甚至有些羞涩，到丈夫跟前时，她悄悄瞥了眼镜子。但这些未能继续下去，家具的位置不可能时常变动，即便调整了位置，也不会总有新鲜感。在拮据的经济状况下购买化妆白粉、胭脂，也会太过奢侈。她也没有时间过度折腾，不知不觉便又将其恢复原状，衣橱、梳妆台、书桌等都回归到原来的位置。三右卫门见状松了口气："改变房间是可以改换心情，但家具各有其适应的位置啊。我觉得这样很舒服。眼前的变化不过是短暂的，我总觉得不该折腾。"

"想着多少住着感觉好点儿。"

"粗茶淡饭，平凡为好，不要为这些伤脑筋。"

所有尝试最终化为乌有。天寒地冻的早晨在厨房洗刷，北风呼啸的夜晚温暖冻僵的双手缝补，弥生时不时一边干活儿一边思考人生的意义。这便是自己的生活吗？就这样一辈子，拆拆缝缝同样的和服，不懂游山玩水品味美食，日复一日地伺候丈夫养育子女，为当月的拮据开支身心俱疲，一无所获地衰老下去……这样行吗？弥生打了个寒战。她小声嘀咕着问自己："永无止境地克服困难有意义吗？真的存在更有意义的人生吗？"她心乱如麻，不知不觉小松的话又浮现脑海——"这么缝缝补补的针线活儿连接起来，该有多长啊？"或许，长得无法想象，并且这份苦劳不会留下痕迹。做饭洗衣用水、洗澡水的用柴用炭，或许也是惊人的数量。这些辛苦都不会有什么遗留给后世。然而自己历尽艰辛照顾的妹妹们，却不知感恩反倒责怪自己，自己理所当然也会怀疑究竟为何要吃这些苦头。弥生第一次这么左思右想辗转反侧，想必任何人都会考虑这样的问题……

"你最近看着情绪低落啊。"一天夜里，丈夫这么问道。

"身体哪儿不舒服吗？"

"啊……"

她想说没事，闪烁其词。但情绪有些激动，只是默默地低垂眼帘。

"哪儿不舒服吗？"三右卫门有些诧异地看着她。

"如果真是那样，不要勉强，得去看医生、吃药……"

"不是身体不舒服，不知为何打不起精神来……"

"没有精神，不会是没有缘故的，去看看医生吧。"

"唉。"

弥生抬起头来，心想：索性把一切说给丈夫听吧，许是丈夫也有他的看法，听后会解除我的烦恼呢。要说，就趁现在的机会说。可话到嘴边还是没能说出来——丈夫是男人，女人的这类烦恼跟他说了他也不会理解的。弥生悲哀地放弃了那般想法，装出若无其事的样子掩饰了过去。

五

在北方，进入霜月^①后，山野已经覆盖了皑皑白雪。白天阳光照射，弥生想着头天的降雪会融化掉呢，可第二天一早又是雪花纷飞，黄昏时便积了五寸厚。周而复始，不久便会开始降起连续四五天的越冬雪。那年与往年不同，越冬雪来得较迟，十一月中旬，很多地区仍依稀可见越冬雪。一天，季节像倒转回去了一样，天空晴朗、大地温暖。这天下午，许久未见的小松领着手捧包袱的女佣来到姐姐家里。

"我终于去了那次没能去成的枥尾温泉。"小松精神焕发，调皮地说，"还是邀了津留一起去的，说是到了下雪季节客人不多，反倒玩得开心喔。我们吃了好多山鸡料理。"

接着，她绘声绘色描述了她们如何毫无牵挂、开心愉快地玩了四天，旅馆房间面对着美丽的涧溪，景色宜人，每日尽情地浸泡温泉，带着温泉的余温舒舒服服地进入了梦乡。

"不过，津留真是让人大吃一惊！四顿晚餐，她竟顿顿喝酒。据说因为总陪秋泽喝酒，上瘾了。"

"你也喝了吗？"

"只是陪她喝了一点儿。"

小松再次露出淘气的笑容来。

---

① 在日本指农历十一月。

"不过,这像是个小秘密,很愉快喔。姐姐下次也一定来呀。"

"干了坏事啊……"

弥生嘴上这么讲,心里却想自己若是也能那样,该会多么愉快啊,一定能解除长期的身心疲惫。知道自己做不来,弥生更感到难以忍受的寂寞。

"今天时间有限。"

小松坐了一会儿,换了换姿势,吩咐女佣把带来的包袱拿近前来。

"我给您带来了山鸡,零花钱不多,所以只能给您一点儿土特产啦。"

说着便开始解开包袱。

这时,门口传来说话声。弥生出去一看,是出纳所长官——冈田庄兵卫老人。

"在吗?"老人用一贯的柔和语气问。

弥生说丈夫今天不当班,午饭后说要去河边转转,带着与一郎出门了。

"那,很快会回来吧?"老人露出稍有迟疑的模样。

"还是请您等一等吧。"弥生这么说着,便让他进了屋。等她回到自己房里,小松正要离开。

"哪儿来的客人?"

"冈田大人。"弥生边答边准备给客人上茶。小松一听冈田二字,便露出知情的模样。

"还是来了啊。"

"啊？你知道他要来？"

"是喔，一定是为了那事啊。"小松悄悄放低了声音，"姐夫有可能要换工作呀。几天前，百树直接去跟冈田大人商量来着，他一定是为那事来的。唉，姐姐，这次姐夫可得加把劲儿哟。为了加内的家运嘛……"

弥生送走小松，端茶敬上。冈田老人正在火盆前暖手，然后随意拿起一本手抄书。大概是从桌子上拿的吧，题签为《妙法寺记》，是丈夫半年前从菩提寺借来抄下的，丈夫借来的抄本上附有"抄"字，大概也是从什么抄本上抄录的吧。丈夫抄完后装订起来，统共六本有余。老人不胜感慨，自言自语地嘟囔着翻阅……过了一会儿，三右卫门带着与一郎回到家里。弥生去给客人换茶，回来时，两人正议论着那本手抄书。

丈夫拿着抄本解释说："起初是在书库看到的《分类本朝年代记》，上面有关饥荒的条目太多，便找了找类似书籍，想做一个详细的年表。因是忽然想起，所以什么准备工作都没做。且单靠一己之力，不可能搜集大量参考书籍，因而考虑先整理基础资料类。"

"你本来就忙，怎么想起做这等困难的事啊？"

"这个……这个表格里有个示例。"

三右卫门说着打开了另一部抄本。

"这样列出年表可以发现，饥荒年的发生一般是周期性的。当然，这个表格不全面，但很多示例表明，大多在歉收年后的第一年持续饥荒，五至六年后又重复发生。我想，如果完成了这个年表,明确总结出周期规律来,会对藩里农业政策的制定起到重要的作用。"

"的确如此。"冈田庄兵卫用力点头赞同。"那样,也能弄清自然灾害的规律,改善耕作法,同时可以防备灾荒年。不过一个人独自完成很困难吧?务必将之变成整个出纳部门的工作……"

老人激昂地说,希望出纳所的所有人员都注意到这样的问题,这关系到执政者的良心云云。

六

那场对话结束后,两人开始下围棋,冈田老人与三右卫门是棋友,老人时常招呼三右卫门博弈,有时自己也会找上门来。因此,他今日登门来访并非什么稀罕的事儿。但因听了小松的那番话,弥生不自觉地有些心神不定,动辄就想侧耳旁听两人的对话……两人下围棋下到了傍晚时分,晚饭时,弥生切了小松拿来的山鸡摆上餐桌。饭后,两人又接着下棋。弥生照顾与一郎睡下后,为暖暖身子,做了碗藕粉汤。那时,仍传来两人饶有兴致地摆放围棋子儿的声音。"小松想多了,若为调换职务,不可能下这么长时间的围棋。"这一想,弥生心里不禁产生虚惊一场的空落落的感觉,她凑近方形纸罩座灯,默默继续做自己的针线活儿。

不知过了多长时间,听不到布棋声了。可两人在说话,弥生不禁侧耳倾听,听见老人说到"总务处"的字眼儿。弥生不由得停下手上的活儿，膝盖往二人方向蹭了蹭，仔细倾听。

"即便没有百树大人、秋泽大人背后用力，只要在奉行所充分发挥才能，就不至于像现在这样生活拮据。"老人平静亲切地说道，"我本不该这么评说自己管辖的部门。但在出纳所确实没有发展前途，工作辛苦报酬又少，完全是无名英雄啊。我也觉得你换换工作为好。"

"我也考虑过，但还是觉得现在的工作适合自己……"

"你真的感到满意吗？机会可是难得的啊。你确信过后不会后悔吗？"

突然话音中断。万籁俱静，秋意微寒，雨声穿过夜晚的寂静，沙沙地拍打屋檐。弥生意识到"啊，下起雨来了"。这时，传来三右卫门平静的语音。

"熟练掌握奉行所的所有工作内容并不容易。出纳所也一样，特别是关乎每年的缴纳征收配额，异常重要，必须时常与农民亲切交往，详细了解特定乡村的情况，绝对需要相当的工作年头与经验，仅是区分丰产歉收，我就花了八年的时间。现在不用我的话，没人能胜任这项工作……抑或有人能来接替这个工作？"

"说实话，无人可以替代你。"

"……此事的来龙去脉，推举我的人怎么想的，我心知肚明。"三右卫门继续说道，"那些人觉得我很可怜，干着不起眼的工作，过着贫寒的日子。的确，住大宅、穿暖衣、食美味的生活令人艳羡。人们的确嫌贫爱富，追求奢侈的生活。为何如此呢？因为贫穷的人常常认为富贵的人生才有意义……他们认为享用美味佳肴、游山玩水、漂漂亮亮地过随心所欲的日子，比粗茶淡饭、粗布寒衣、没日没夜的劳作更有意义。但是果真如此吗？如愿以偿获得了富贵和安稳，就能心满意足过上更有意义的生活吗？"

弥生打了个寒战，面色苍白。因过度紧张，她面部变得有些僵硬。轻轻击打屋檐的雨仍未中断。气温不断下降，她的膝盖、手指、脚趾像要冻僵了。

"……恐怕，那样并不能让人感受到人生的意义和满足。人的欲望没有止境，获得了富贵与安稳，便会产生新的贪欲。"

丈夫的声音低沉有力。

"其实更重要的，并非人的身份高下和贫富差异。生而为人，活着便是自己生存的意义。自己的生存对社会多少有益，便是自己的生存意义。问题是能否带着这般自觉由生至死。人总有一死，无论怎样有权有势大富大贵，都无法逃避死亡。我也一样，明日或死，那时会因调换工作到奉行所而心满意足吗？俸禄增至一百、二百石，过上丰衣足食的日子，就能心满意足地面对死亡吗？不，我会留在出纳所工作，至少在临死之前没有遗憾。"

弥生顿觉膝盖僵硬，低垂着头，怎么也控制不住身体的战栗。与其说感动，不如说是惭愧，丈夫的话就像一把锋利的刀子捅进了她的胸膛，要把她劈成两半。何为人生？这个烦恼长期占据着她的头脑，三右卫门的话语为她的内心带来了一缕光明。她将那一席话比作真正的、黑暗中的光明。丈夫说了，贫寒之人会时常想，只有大富大贵的人生才有意义。自己思绪混乱，究其原因，乃因看到妹妹们生活好且听她们说三道四，便觉得她们的生活比自己更有意义。这是多么肤浅无知啊！其实，生命的意义与缝补、烧饭、伺候丈夫、照顾孩子这类琐碎家事无关，关键是一件件事情是否有益于他人。作为女人生于此世，为人之妻，则于家庭、丈夫、孩子是无可取代的重要人物。惧怕生老病死，怨天尤人，不会产生更多生命意义。那么，自己对于这个家，真的是无可替换的角色吗？自己的存在无论如何都是必需的吗？弥生没有自信也没有勇气认可自己。

没错。她抬起了头。至少对丈夫、对孩子来说，自己应该成为那样一个不可或缺的人。她这么小声地嘀咕着，不知为何身体内顿时涌出一股力量来。弥生站起身，从衣橱的抽屉里拿出那个青铜风铃。秋天时，妹妹们将之摘下，她怎么也没心思把它重新再挂回去。自那时起，她的情绪开始波动。不过数十天来的心理乱象，并非毫无意义。正是因为经历了那样的一场情绪波动，她才确定了自己的人生道路。这么想着，弥生推开了小窗户，外面不知何时开始飘起了雪花，灯火照射下，美丽的雪花纷纷扬扬、飘洒飞舞。弥生不禁感叹道："啊，终于下起来了。"她将风铃挂了出去，在若有若无的微风中，风铃发出久违的清晰悦耳的丁零声。此时，传来了丈夫的呼唤声。

"弥生，客人要回去了。"

尾花川

一

"那么昂贵的东西,吃不消喔。买那条鲫鱼吧。"

太宰去书库取书,刚进门就听见妻子大声说话的声音。他在走廊尽头停下脚步。听声音像是常常乘船来卖小鱼的老渔夫,名叫弥五,只听他絮絮叨叨地说:"您可别那么说,想着是请府上的老爷品尝的。我路过别家都没进去,径直来的这儿呀。"

"反正就买鲫鱼,能行的话,就要往日的分量。"

"这样啊。我还指望您会买的。多买几条吧。对您府上来说,这价钱也不像您说的那么贵呀。"

老人絮絮叨叨。不一会儿,他背着鱼篓从厨房出来。那儿连通庭院,出了庭院,架有一座通往湖泊的栈桥。桥旁干枯了的芦苇湖边依稀可见老人的小船。

"喂,弥五!"太宰站在走廊上招呼道,"今天拿什么来了?"

"啊,老爷。"老人吃了一惊,用手摸着脑袋说,"我捕到了一些稀罕的鲩鱼，听说您喜欢，便拿了过来……"

"那可真是稀罕，有多少？"

"不多，四五十条吧。"

"都要了。"他向妻子大声地说道。

"我说弥五，正月的鸭子怎么没送来啊？"

"哦，那个……"

老人面露难色，支支吾吾地看向厨房。果然如此，太宰不由得提高了嗓音。

"说好的，怎能言而无信？莫非你弄不到？"

"那倒不是。不过，数量本来就不多啊。"

"这四五天里有客来。请你费心哟，行吗？有辛苦费……"

说罢，太宰走进自己的房间。

这日破天荒，宅邸无客。只有一个宇都宫藩①来的青年鹿岛金之助，无须特别招待，他似已在此住了四十余日。太宰想着今日可悠闲读书，便去书库拿回两三本，可真要面对书桌，却又感觉定不下心。他有意买下厨房拒买的鲩鱼，显然是因为心中不悦。回想起一个多月来妻子的怪异举止，他心情沉重。

太宰本姓户田，是近江国膳所藩老臣户田五左卫门的第五个儿子，三十岁时他被过继给了园城寺山家的有司②池田都维那家。妻子幸子那时三十二岁，原本也是彦根藩③饭岛三太

---

① 地名。
② 官吏名。
③ 地名。

夫医师之女，幼时过继给了池田家。作为池田家的女儿，迎来倒插门女婿太宰。幸子体态肥胖臃肿，话不多，做事干脆利索，有包容力。无论是从年龄还是性格角度讲，作为老臣家五子长大成人的太宰，一开始便有一种面对姐姐的感觉，无论幸子怎么伺候，不，越是悉心伺候，越是让人感觉到一种难以言表的威慑力。池田都维那很快就开始侍奉园城寺山家，于大津尾花川的琵琶湖对岸修建了自家宅邸，同时购置了许多田地山林，过着隐居生活。但是没过多久，池田便过世了。太宰继承了所有遗产，在池田逝世后不久改姓为河濑，开始侍奉圣护院宫①，成为圣护院宫的有司。而世态在那时开始突变，外国船只频繁来航，同时国内各处蜂拥而起的"尊王攘夷"，使他作为一名侍奉皇族的官吏也毅然奋起。

太宰奔走于国事，尾花川公馆的来客多了起来。那里远离闹市，是面临琵琶湖水背靠如意山岳的闲适地带——"采钓亭"。宅邸格局宽阔，适于同仁志士会合，对于逃避幕府官吏追捕的人而言，这儿是极好的隐蔽场所。幸子对丈夫的志向十分理解，捐予同仁志士的巨额钱款，都是由掌管家政的她慷慨拨出。客人来了，她也总是用心款待。体态白胖臃肿，笑容满面，寡言少语，却是诚心相待……幸子的所作所为打动了访问尾花川公馆的所有人。来客们常说："来到这儿，就像回到了自己家一样。可谓百日辛劳一夜散。"

---

① 指圣护院宫嘉言亲王，系江户末期的皇族。

二

受到往来志士如此爱戴、感激的幸子，最近不知怎的，发生了变化。来客的酒宴招待水平下降，不如从前那般守着琵琶湖备齐酒菜。最近烤鲫鱼、鱼干、腌菜等简单的下酒菜多了起来。酒水也是喝不上两盅，也不言语一声就上饭。让她晚点儿上饭，她却回话"不巧酒已罄"。这几年费用持续增加，但比之先父留下的遗产，不过微乎其微，尊王倒幕，他已做好用罄遗产的思想准备，妻子也该是明白他这个想法的，可妻子为何突然起了变化呢？不仅仅是待客时，就连日常餐饮都明显地节俭起来。按从前的习惯，幸子是跟用人们一起吃饭，最近的饭菜竟变成了烤干货和腌菜……与其说是节俭，莫如说是变得近乎吝啬，太宰完全无法理解妻子的这种心理变化。

坐在书桌前，面对摊开的书籍，太宰茫然沉思。"来客人了。"妻子的声音使他恍然回神。"泉君与两位同伴光临。""好。"他点头应了声，立即又叫住妻子说，"用刚才的鲤鱼备点儿酒菜。"说罢站起身。

客人名叫泉仙介，是越后国村松藩的志士，两人交往甚密。

"久违，介绍一下两位同志吧。"仙介转过晒黑的面膛，像是迫不及待等着太宰落座似的说，"这位是赞岐的井上文郁，这位是长谷川秀之进。"

"长谷川……"太宰寒暄后问道，"与长谷川宗右卫门大人有血缘关系是吗?"

"是宗右卫门的儿子。"名叫秀之进的青年旋即垂下目光,"……说实话,是庶子。"

宗右卫门长谷川秀骥乃高松藩首屈一指的保皇派。得知其乃秀骥之子,太宰顿时来了兴致。泉仙介立即扯出正事——打算集合若狭的梅田源次郎等同志,夺取彦根城堡,起兵倒幕。高松藩有长谷川秀骥周旋,可能的话计划由藤田东湖说动齐昭侯……"尊王攘夷"很快指向了现时的"攘夷倒幕",即需有人通过某个事端昭示公众,才可打开局面。这一点太宰也很清楚。但他不赞同突攻彦根城堡,几人长时间激烈论争,不久已届掌灯时分,上了酒菜,主客双方才停止了争论,气氛缓和下来。

"上次来时见到的那个宇都宫年轻人怎么样了?"喝酒时,泉仙介像是突然想起来似的问,"……说是因脱藩罪遭追捕,名字像是'鹿岛'什么来着。"

"在呢。"太宰也因提起,想了起来,"只顾说话,忘记了。叫他过来跟大家认识认识吧。"

鹿岛金之助被叫了过来。他住在离宅邸主房有点儿距离的另一处房屋。因与井上、长谷川头次见面,相互报了姓名后,便热热闹闹地互相敬酒……过了约莫半个时辰,长谷川秀之进严肃地招呼鹿岛金之助道:"你是宇都宫的,知道冈田真吾吗?"

"唉,知道。"金之助眼睛一亮,"我们常常一起辩论来着,我从没见过那么喜欢喝酒的人,虽然我也喝酒,可他……"

"不，喝酒无关紧要。"秀之进皱了一下眉头，"那松本锒太郎呢？也是知己吗？"

"倒说不上是知己。"

太宰不知秀之进为何这么不住地问。他更关心的是好一会儿了还不见上酒。他烦躁地想：会不会又像前几次那样，闷不作声地上饭呢，如果那样，今晚一定得发话了。这时突然听见秀之进认真地叫了一声"主人"。

"此人不对。"秀之进指着金之助说道，"这家伙是假志士，赶他走。"

"假志士……"太宰不太明白那是什么意思，"那，可是……"

"号称'尊王攘夷'派的志士，其实是吃客，什么宇都宫藩士啦，因脱藩而被追捕啦，纯属谎言！"

三

"我去年在高松见过这家伙的。"秀之进继续说道，"那时他自称是仙台藩士，正好有个白石①人在场，揭穿了他的谎言，最近这类家伙到处乱窜，要当心啊。"

"真的吗？"泉仙介比太宰抢先一步，"喂，你小子，是这样吗？"

鹿岛金之助低垂着头，面色苍白，双手发颤，紧攥和服裙裤一言不发。这样子无疑是不打自招。

---

① 地名。

"真的啊！"仙介的手伸向了长剑,"走！到外面去！这种家伙,不该让他活着,杀了他！走！"

"对！杀掉！"井上也跟着嚷道并站起身来。大概是在隔扇那边听到了动静,幸子快步走了进来,说道:"请等一下。"

"大致情况我都听到了。身为女人,请容我多管闲事。成败与否……且慢,抱歉让我处理吧。我家也有责任……"说着便插到中间,利索地拉起金之助,将他带出了房间。男人们或也并非真有杀意,并未追杀,只是怒斥道:"再让我们碰到,你死定了！"

幸子把年轻人带到另一个房间让他吃饭。可他不动筷子,只说:"对不起,能把这饭做成饭团吗？"幸子说:"另外再做饭团给你,先把这些吃了。"说罢到厨房里给他做了饭团。不知受到何等良心谴责,他颤抖着手拿起筷子,只吃了一点儿便停下来。幸子默不作声地看着他。他似乎无法承受幸子的目光,拿起包好的饭团儿说:"我准备一下。"便往院子另一头自己借住的房屋走去。

幸子吩咐用人收拾餐桌,又走进自己的房间,从文件盒里拿出一些金钱用纸包上,再次回到刚才的房间,见青年仍未返回,便去大门口看了看,然后快步往那边的房屋走去。在没有掌灯、昏暗的房屋里,月光静静地钻过开着的一道隔扇洒下。她几乎是跑返回来,指使用人给客厅上饭后,自己又径直跑了出去。

"既然让我做饭团就说明他不会去大津，一定是由坂本①去往比叡山了。"幸子相信自己的判断，于是朝这个方向追了上去，结果正如她所预料。外面像是下霜了，月光稳稳地跟着她，她沿白色霜冻的道路一路小跑追去，终于在尾花川细流渡口追上了青年。"请等等！"听到幸子这声呼唤，年轻人似有逃走的架势，但又立即停住了。

"我的一点儿心意。"幸子将包着金钱的包裹递给了年轻人。"我什么都不说了。希望我们再次相见，好吗？请再来我家吧。做一个男子汉，无愧于任何人……我们约好了啊。"

年轻人手捧包裹低垂着头，突然他踉跄般地坐在地上，手捂着脸哭泣。幸子伸出手来，又停住了……身边尾花川的流水声好像冰冻了，冷飕飕地冲击着夜晚的大气。从紧紧咬住的牙缝中吐出年轻人凄切的恸哭声，伴随着冰冻的流水声痛彻心脾。

"我有话跟你讲，也有问题要问你。"良久，幸子平静地说道，"不过，都等下次见面时再说吧。你一定会成为真正的武士、国家栋梁。我坚信……不要忘记今晚的泪水，好吧！"

这么说罢，幸子留下正在呜咽的年轻人，悄悄地转身回返。

她回家一进门，发现前院有人站在那儿，在黑暗中被吓了一跳，但很快反应过来那是丈夫。

---

① 地名。

"去哪儿了？"太宰低声问道，"去追鹿岛了吗？"

"是的……"

"给他钱了吧。"

幸子又做了肯定的回答，低下头去。太宰说了声："等会儿有话跟你说。"便扭头快步进了屋。

那天深夜，客人们都入睡了，幸子被丈夫叫了过去。两人围着一个小火盆，面对面坐下后，太宰沉默了很长时间，开口问道："给了多少？"

四

"我自作主张，给了十金。"

"我弄不明白。"

太宰咬牙切齿，醉意未去的脸庞扭曲着。

"为什么？最近给来客上的酒菜寒酸粗陋，听说家里吃的饭菜，也尽是什么烤干鱼、酱汤、腌菜……如此节俭，你竟给那样的骗子十金？这么过分，到底什么意思？"

"做了过分之事，非常抱歉。"幸子恭谨地低垂着头，"今后……请宽恕我。"

"我不是要你道歉，是在问你，这样做是什么意思？"太宰克制住自己的烦躁追问，"最近这近乎吝啬的做法以及今晚这十金之差，你到底是怎么想的？我需要知道。"

"那个年轻人……"幸子低着头慢慢答道，"我知道不该那么放掉他。他或许至今都在行骗，但即便行骗，也是口口声声'攘夷倒幕',所以我想,加以诱导的话,他必定会成为同志……哪怕多一个人也好,现在需要有人愿意为国捐躯。"

年轻人坐在上冻的路面掩面恸哭的一幕,仍历历在目,那泪水绝非作假,幸子非常清楚。

太宰紧追不放:"有那般心情……不能用来对待家里的客人吗?都是背井离乡、出来为国献身的志士,不求名利,不期升官,只为王政复辟之大业,义无反顾。幸好家里有许多资产,接待相聚于此的志士,抚慰他们的内心,不是我们应尽的职责吗?他们理当有所耳闻,来此可忘却百日劳苦。如果有施舍给鹿岛的心情,为何不能像以往那样接待来客呢?"

"我是想竭尽全力的。抱歉失礼了……"

太宰尖锐地打断了她的话:"不要闪烁其词。你已经不是二十来岁的年轻人了,应该清楚地回答问题。听完你的话,我也有自己的考虑。今晚把你的心里话说出来吧。"

"您这么讲,我其实不知如何回答才好,不过……"幸子的头垂得更低,长时间盯着自己的膝盖,露出悲哀的神色。丈夫的话她也有自己的考虑,这使她进退两难。幸子像被那句话逼上了绝路。过了一会儿,她平静地继续说道:"勉强说出来的话,是在去年十二月初,长州藩的广冈君来这儿住了两天。"

"广冈晣[①]来住过,怎么……"

"我在一旁接待,谈话中提到了皇宫式微。"

[①] 同"哲",日本名字用字。

幸子说到此，将两手平俯在榻榻米上，太宰也赶忙正襟端坐。

"他说到种种诚惶诚恐的事情。去年年初，天皇驾临新年酒宴，用筷子从清汤①中夹起烤豆腐说道'这是今年的鹤②啊'……"说到这儿，幸子的喉咙被什么堵住了，停顿了一会儿又接着说，"天皇御厨惶恐万分地进言道，'无论如何都无法像往年一般，按惯例呈上鹤肉清汤，只好用烤豆腐替代'。还有前几天，所司代理酒井若狭守大人进宫晋谒天皇，说到供奉神佛的食物，天皇便备上筷子用托盘赐其进食供奉神佛的食物。他不胜惶恐地拜受了异例荣光，却发现烤鲷鱼已经变质无法食用，遂询问近旁的殿上人③，得知敬神敬佛仪式必不可少鲷鱼，但御厨匮乏经费，无法敬奉新鲜鲷鱼。因而无法品尝……"

幸子双手支在席面上，呜咽着禀报。太宰放在膝盖上的手也在瑟瑟颤抖。此时，夜空高处传来鸟啼声，或是大雁掠过。

"天下之君，且如此隐忍……听了广冈君的话，我悲痛万分。为国献身的志士们日夜辛苦，只要是来到家里，我便想尽可能地招待他们，至少让他们留宿一日尽心慰劳，虽有不到之处，仍是备下美酒佳肴招待……但广冈的一席话让我意识到'家有财即为之'乃不可宽恕的僭越行为。连皇宫都如此

---

① 日本传统料理中的清汤，用酱油、盐调味，汤里放蔬菜、鱼类等。
② 旧时日本曾将仙鹤肉清汤视同吉祥。
③ 九世纪后，天皇日常起居于"清凉宫"。此"殿上人"乃获准可登入"殿上间"者。

艰辛，吾等贱民却享用美酒佳肴……真的难于启齿、无地自容。何况非常时期，旁人也罢，我们自己也罢，都该撙节节约才是，将所有的一切都奉献给王政复辟之大业。我是这么考虑的，狂妄冒昧之言……"

五

广冈晰的话，太宰也记忆犹新。当时的自己也曾一时间情绪激昂。现在听妻子重新描述，他像是受到鞭笞一般懊悔莫及。闻知皇宫式微，自己却豪饮狂吃，此乃无可抗辩的事实。志士不该有任何特权，应比他人更加谦虚，俭朴度日，应搏斗于艰难困苦之中，成为完成大业的基石。太宰低声叹息，良久垂首……

"幸子，我明日出门。"好像他的内心中有什么在召唤，过了一会回头望着妻子说道，"现在不是闲居湖畔安逸度日的时候，明早我跟泉等一道出发去京都。把我刚才说的话忘掉吧。"

"我才是自不量力，贸然多言，请当作耳旁风吧。"

连身为女人的幸子，听广冈一番话都立即付诸行动，谨言慎行，觉悟到悲愤慷慨无济于事。

"……弥五可能会送鸭子来。"太宰平静地微笑着说，"请跟他道歉，就说这鸭子我们不要了。"

"不。"幸子脸上也浮现出笑容，"这是您特意弄来的，且您明早要出门，何时归来亦不得而知。我好久未掌厨了，这次我来……"

"可我明天一早就走,怕是来不及吧?"

"傍晚已经送来了。"

太宰吃惊地笑道:"弥五动作真快啊!"

他换了一下姿势,摇头道:"不,还是不行。"

"上鸭子来……"

桃井

昨晚六点过后,长桥奶奶咽气了。她也算是长寿,活到了八十七岁。听说她临终时如涨潮自然退去一般平静。我已在两天前跟她道别,可仍为当时没在场感到遗憾。润唇施水时,我禁不住哭了起来。有人在一旁说:"已是长寿了……"岂有此理。父母子女、祖母孙儿,期望老人活过一百岁、二百岁乃人之常情。怎么可以说已是长寿呢?我非其孙辈,与她亦无血缘关系,但她的去世仍意味着我内心的支柱倒塌,我心里充满了说不出是悲哀还是惋惜的感情。吊唁者络绎不绝。我不能长久地陪伴在遗体旁,来到过道上,出于平日的习惯,我看了眼院子尽头的那口桃井。自春天开始到初冬,那桃井总是在潺潺溢水,现在则完全被积雪覆盖,涌水井口处可以看到些许水纹,旁边的桃树像是上了冻,默默地伸着光秃秃的枝条。我能有今天,跟这口井有着深深的因缘,每次来到这个家,我总习惯伫立在井台边回想以往。奶奶去世后,我不再常有这样的机会了,将来或许也会渐渐淡忘这心中的记忆，因为忘却本身有着不可抗拒的力量。我忽然想到，该把发生的事情大致记录下来，作为对奶奶的纪念。我好久没有握笔，怕是撰写不出文章来了，只能将真实的情况记录下来。或许这也是一次机会，使自己重新坚强地振作起来。丈夫和孩子都已睡下后，西愿寺的钟刚刚敲了九下。我往火盆里添加些木炭，然后独自一人静静地拿起了这支笔。

我的父亲名叫保持忠太夫，曾是藩奉行评定所文书总管，位及寄合组①，年俸二百余石。起初是在本地奉职，之后据说去了江户事务所。我出生于芝爱宕下诸侯宅邸。出生时，上面已有三个哥哥，我是最小的，又是女孩，因而受到父母兄长溺爱，虽未至娇生惯养、不受拘束的程度，但自己的愿望，似乎大半可以获得满足。自己非容姿秀丽之人。这一点，我早就明白了。母亲屡屡这样说："琴的容貌若及良二郎一半就好了……"良二郎是我二哥，三个兄长中我最喜欢他，但有时会因母亲的这句话，顿时生出怨恨、忌妒的心情。

时至大净院治世初期，崇尚学问，父亲除现职外，还奉命开始筹备创立藩制学校，自然而然，我也很早便对书本产生了亲密感。记得自己七岁时，还曾在父兄面前模仿小学的课堂授课。有传闻说，保持家的琴小姐是个才女，而自己又知道一个悲哀的事实——自己天生貌丑。自稍稍懂事的时候起，便唯有读书、写字才能感受到乐趣。那时，宅邸北边儿有片被人忘却的橡树林。背阴潮湿的地方满是苔藓，十四五

---

① 官职名。

棵橡树长势不良，即便到夏天，树上的叶子也稀疏枯黄，当然无法引起任何人注意，我也不过偶尔路过，只觉得风景萧索凄凉。某年树林被伐，盖起了武士长屋，但那也没什么特别吸引人的。之后过了很久，我忽然想起那里曾是一片树林，想到再不能于此世看到那片橡树林、阴暗的地面及无精打采的枝丫时，顿时一种强烈的窒息感涌进胸腔，心被堵得不堪忍受。自己的感物伤怀或许始自于此……十六岁那年秋天，邻家有个比我年长两岁，名叫"茜"的姑娘，给我看了《奥义抄》。那是一本关于和歌诗赋的入门书，序言中"和歌发生于天之太古……"一段话，我至今仍记忆犹新。以后的日子里，《休闻抄》《水蛙眼目》《深秘抄》等，凡可以看到的书籍我均倒背如流。起初我只是学着凑齐诗赋字数，不知何时起，我开始正经八百地作诗，不久在茜的引荐下，竟能请来湖月亭大人点评批改，也不知出于何等偶然性，竟有不少拙作被刊载出来，随着拜读意外人士写的相闻歌，竟觉得自己也能成为出色的和歌诗人。

那段时间，家里也发生了种种变化。某年早春寒气回归，母亲因风寒离世令人难以置信。紧接着像是追随母亲一般，大哥也弃世而去。连续的不幸使父亲瞬间老去。我们克制住自己的悲哀，首先要安慰父亲，请他一起去游山逛景，还举行了家庭和歌赋诗会。实际上，父亲那时还遭遇了另一桩不幸。二哥良二郎接替大哥，翌年晚春娶了同为诸侯臣下的杉田继之助之妹，之后不久父亲改回诸侯领地奉职。后来才知道，根本原因是父亲苦心筹办的藩校，因政治方面的因素受挫，最终停办了。一百石附大米约一百二十俵的俸禄，前不久减至一百俵还时时颁令征借。政治方面的影响我们亦有察觉，但是做梦也没想到，会以这等方式影响我们。"这下，卸下担子了。"父亲笑着说道。但那灰心沮丧的模样，令人于心不忍。

终于定下返回故乡的日子了，得父亲允准，一日，我去和湖月亭大人道别。赐教两年，尚未拜见一面，想到离开江户后不会再有相见的时候，我犹豫再三还是决定登门拜访。先生那时闲居于小石川目白台。住所居于高坡上，四周松林环抱，有简朴的小篱笆围墙，远处传来大洗堰河坝落水处的水声，周围茂密生长着的是胡枝子、芒草类，在闲适空气的笼罩下，我不禁怀疑自己到了某处深山老林。幸好没有其他客人，大人也显得非常高兴，亲手为我沏茶。那时谈起了大人门下的各色人等。大人说："这么说，你们那儿有个名叫长桥千鹤的人。我和她在京都时便是雅友，虽素未谋面，但书信往来十多年从未间断。你回去后，一定拜访一下……"我心神不定，未能久留，谈话仅半个时辰，便告辞了。

四月末离开江户，五月中旬一家人回到故乡城下。出生后十八年，我连家门都很少出去，一路上好奇地观赏风景的变幻，如同孩子般瞠目感叹。半年前，三哥过继给了旁人家，一路上同行的有父亲、哥嫂，还有两个仆人。我不觉得旅途劳苦，越山岭时乘轿，清冷雨天借宿，高原平道骑马，不知不觉踏上了故乡的土地。但是当我在城北的家里脱去草鞋，花了五天的时间整理出搬运来的行李时，才第一次感觉到离开江户后渐渐泛起的寂寞和抑郁情绪。家里的东西全部收拾停当后，总算安静地待在了归自己使用的房间。这时，那般情绪更加强烈起来。想起曾经居住的宅邸一隅已被砍伐掉的橡树林，心里的憋闷、寂寞真是无以言表，屡屡泪湿衣衫。故乡的所见所闻、一切的一切都与江户截然不同，我总觉得天空的色彩过于鲜亮，吹起的风也过分狂猛。看惯了隅田川入眠般的河流，信浓川梅雨时的水位涨高则令人惊恐。此外，我很难习惯当地的口音，总觉得心神游离，还在旅途中。

就这么恍恍惚惚地，夏天过去了，到了山野披上秋色的季节，我知道自己已一点点逐渐适应了本地的水土。一天，事先也没打招呼，一个老妇人前来造访。

"说是姓长桥……"嫂子这么通报。可我不知她是何人，总之先请她进来。我们面对面坐下后，老妇人以她特有的低音说："收到湖月亭大人的书信。"我也终于想了起来。"一直在等候你的到来，总也不见来访，便贸然前来造访……"听她这么一说，我不好意思说是忘了，立即面红耳赤，支支吾吾地道歉。那时她已七十多岁，但肤色白皙、眉眼清晰，留着乌黑垂直的短发，完全不像是那个岁数的人，显得很年轻。她便是虽与我无血缘关系，但后来被我唤作"奶奶"的千鹤夫人。这是我们的初次相见。我们在一起说了很多话，湖月亭大人去世的消息，我也是在那时得知的。然后，她说了声："愿意的话，来我家玩儿吧。"便回去了。我为自己遇到了意外的知己而高兴，顿时觉得身边的一切都变得亮堂了起来，那天夜里我拿出久置的诗稿，心生喜悦，不觉过了夜半。

就这样，我开始常常去拜访长桥奶奶。长桥家是藩医世家，千鹤夫人的丈夫及儿子都已不在人世，名叫"道意"的孙子现在当家。长桥家位于玉藏院的住家院落很大，但她离开家人，单独住在杉林中。房屋是草顶屋檐很深的传统建筑，过廊自东向南环绕，在十张榻榻米大小的会客房里的北面设有书院窗①。卧室有六张榻榻米大小，镶有地炉，各类大小用具置放在伸手可及的地方，没用仆人，日常诸事基本自理。站在南边过廊上，看得到对面杉树林中尽是辛夷树。我起初觉得，庭院完全未经设计，但是后来当我发现卧室前面的水井时，终于渐渐领会了意味深长的雅趣。水井被石头围砌，上面密密麻麻地长满了厚厚的青苔，不断涌出的井水总在浸泡它，使其色泽美丽。翡翠也好，琅玕也罢，皆难与之媲美。水井及井边儿幼嫩桃树的剪枝，背后静寂伫立的杉树林，这一切构成了一幅山家情趣图——好似经历了几代人家，我凝神静望，渐渐地，内心明静清澈，仿佛能清晰听见远山溪流的水声。有一次我跟她提及风景，奶奶笑道："不用思虑过重，放松些心情为好……"实际上，前面冗长的絮语都是这句话的铺垫。从此以后，我的生活方式发生了巨大的变化。当然，当时我并没有立即明白话里的含义。思虑过重？这话反倒使我有段时间感觉不快。可是此话却成了我变化前后的分界线，我对事物的看法、想法的变化都是天翻地覆的……

那是第二年春天的事。气候温暖，花季过了，桃花漫天飘落，覆盖于涌出的井水表面。散落的花瓣乘在井水波纹上

---

① 书斋里设置的窗户。

打着转儿，争相追逐，又从井口边溢出。清澈的井水与墨绿的青苔以及粉红的花瓣，色泽搭配优美无限，我忘乎所以般地陶醉片刻。奶奶像是突然想起了什么似的说："你不打算嫁人吗？"我顿时身体僵住，不知如何回答是好。在江户时，家人曾提过几次婚事，却因自己容貌欠缺，自诩为天生的和歌诗人，皆未理会。我想成为自己喜欢的和歌诗人，这是我最大的愿望。奶奶像是看出来我的想法似的，过了一会儿，平静地继续说道："你大概是想一辈子只是作歌赋诗吧，你有那样的才华嘛。当然那也好。但是，不该把美丽的诗赋与婚姻这桩事情分开考虑啊。结婚生子，女人才能知晓世事，才能真正明白哀愁喜悦是怎样一回事。曾经说过你'思虑过重'，由于你原本打算一人度日，因此便落下了遇到细微琐事也立即端起架子的毛病。这样即便你能够咏出格式正确的诗文，但要想创作出打动人心的优美诗歌……"

话说到此，她停住了。女人嫁人这样的话，过世的母亲也曾说过，并非特别新鲜的讲法，但是奶奶最后的结论却总是回荡在我脑海里。而且奶奶的话很有力度，记忆中我有一个月没再去她那儿拜访。

续弦给萩原直弥的婚事是哥哥提起的。起先觉得"开什么玩笑！"，当听到是正式的提亲，我不由得感到悲哀。听父亲跟哥哥之前议论说，萩原的职务为计测副官，说是参与藩主家政务，一年前妻子过世，留下了两个男孩，一个七岁，一个四岁，欲求一位后妻，能在自己与藩主参勤去江户时，好好管家并照顾好孩子们。闻听之后，我倒是同情其家中不幸，可是要让我续弦去照顾两个孩子，实在感觉意外，当时便没有吱声。过了四五天，父亲和我提起同样的话题。"或许你不愿意做后妻，但是女人幸与不幸取决于她今后的作为，再说你也早已过了适婚年龄……"话里没有强求的意思，却让人感到话中有话，还是应承下来的好。

习惯故乡水土后，转眼过了两年，我已经二十岁了。在江户，这样的年龄并不起眼。但在故乡，按当地旧的习俗就是大龄晚婚了。话是这么说，可我根本不想去做后妻。跟父亲谈话后的第二天，我去长桥奶奶那儿征求她的意见。"我觉得挺好啊……"奶奶听我说完情况后这样说，"没经历阵痛就有了两个孩子，你赚了呢。有人一辈子都没孩子呢。"说罢，她微微闭上眼睛，自言自语般地继续说："女人都有一个共同的梦想，不用说就是结婚。没出嫁时拼命用美丽的幻想装饰那个梦想，不厌其烦。恐怕所有的女人都是这样吧。即便明白那是不可能实现的，也不会主动放弃那种梦想。最终，或多或少都会经历失望。为什么呢？因为姑娘们幻想的那般美丽空间其实并不存在，那是要靠自己的努力去创造的。梦想的终点不是结婚，结婚只是实现梦想的开端，而一切要靠妻子的努力……"这话放在一年前，闻之我会很难受，但此时我已变得十分坦然。美丽空间其实并不存在，那是要靠自己的努力去创造的。这句话深深地打动了我，甚至感到自己的内心深处萌生出一股奇迹般的力量。

我决定嫁给萩原，不仅出于上述原因。我当时还极其迷恋写诗。奶奶曾敲打过我："人们夸你，是因为你和歌的格式正确，实则缺少动人心弦的美感。"这一点，我也曾模模糊糊地有所认识。嫁人育儿，品尝世上真正的喜怒哀乐，才能创作出打动世人的美妙诗歌……说真的，这种愿望变得更加强烈了。

婚礼的日子定下后，以前从未体验过的不安情绪瞬间重重地压在我心头，因为想到了怎样对待那两个孩子的实际问题。伺候丈夫可一心一意，但照顾孩子并不简单。若孩子意识到自己非亲生母亲而是继母，想要弥补就难上加难。这么一想，我恍然大悟，决定这场婚姻成败的要因在此，顿觉走投无路。起初，我想着是否有办法应付，设计了诸多方案，结果心烦气躁，最终只好去长桥奶奶处讨教。

奶奶也说："那可是个难题……"说罢，默不作声思考良久。我心神不定地看了一眼院子，井边儿的桃树正值盛期，并无风吹，树下却散落一地花瓣。"不打算嫁人吗？"奶奶头次问起这样的问题，恰逢也是桃花开始飘落的季节。不知不觉又到了同样的季节，我不由得仔细回顾起一年的光阴，想厘清自己发生了怎样的变化。

过了一会儿，奶奶抬起了脸说："我也不太清楚。"她接着说："不论多么巧妙的方法，最终都改变不了继母与前妻孩子的事实。所以思想准备也好，应对方式也罢，我想一开始是不必考虑的，自然处置为好。对于前妻的孩子，谁都希望视同亲生，但说难听点，实际上那是虚荣。你与其维持现状，不如认真考虑如何建立最美好的继母与子女的关系……"我好似明白了，却又感觉更加困难。"只有一点，似可明确表示……"奶奶说着站起身来，让我跟她一起过去。来到过廊边，她手指着水井问我有什么感想。水井被厚厚的、墨绿色天鹅绒般的青苔包裹，跟去年一样，飘落下来的粉红色花瓣在水纹的追逐下打着转儿，从井口不断溢出。背后配有寂静无声、暗色调的杉树林，衬托出无比鲜丽、栩栩如生的春之图。

"是啊，这口井虽然看上去……"奶奶点点头，"不过，若要使用井水，会变成怎样的光景呢？你到那跟前去看看。那口井的井底很浅，桃树枝垂悬在旁边，落入水井的不仅有花瓣、病害的树叶、腐烂的果实，甚至还有毛毛虫。虽然大多会溢流出来，但也有不少会沉入井底……你会用那井水沏茶吗？"说着，她眼睛盯住我，不等我回答就继续说道："你仅仅是看着美丽图案就感到满足。实际上要想使用那井水，首先要使井水保持清洁，为此不惜破坏美丽的图案，对吧？我模仿湖月亭大人的"山井"，戏称它为"桃井"，中看不中用。切记！不要为了让水井变美便让其最终沦为无用之井。应切记的仅此一点……"她这番比喻从各种意义上讲，都深深地铭刻在了我的心头。

武士妻子的家庭生活，没有什么新鲜事可写。萩原是个沉默寡言的人，也是一个非常优秀的父亲及丈夫。如奶奶所言，没有美丽梦想的我也不会有什么特别的失望，我出乎意料地适应了夫家平凡的生活。不过仅有一次，发生了这样的事情。夫君左耳后生了个赤豆大小的瘊子。我无意中发现，便非常担心，于是婉转地告诉他用白茄子的蒂部擦抹患部，便可以去除。说了两三次，丈夫全然不当回事。可我末了却说：

"只要无碍切腹……"武士这种永不松懈的戒备心，作为武士女儿的自己理应明晓，却不过脑子脱口而出这种话。现在只记得为自己的肤浅悔恨不已。

那年藩主外出参勤，正值入秋时节，丈夫也侍奉着一同去了江户。跟孩子们正面交往是从那时开始的。弟弟贞二郎还好，哥哥欣之助七岁了不太好办，他神经衰弱睡不安稳，半夜会突然醒来哭泣。我也不知该怎么哄他，最后，自己也跟着哭了起来。

这样不行。有一次，我对欣之助说："你的亲生母亲已不在人世。母亲虽然死了，但绝不会离开你，现在也在你身边守护着你。你不要生病，勿要犯错，将来要成为一名优秀的武士。所以绝不要忘记自己的母亲啊。"欣之助吃惊地仰起脸来，看着我说："可父亲大人说了，不要再想已经死去的母亲大人……"我坚定地摇摇头说："不对。对你来说，死去的母亲是你唯一的母亲大人。永世不忘，时时念及才是孝。"我怎么想便怎么说，既然继母跟前妻子女的关系无论如何都无法改变，不如引导孩子怀念生母。欣之助微微一笑，叮嘱般地说："不要告诉父亲大人啊……"孩子的眼里显现出纯真、安心的神色。这种变化极其重要。自那以后，欣之助与我亲近起来。"昨晚梦见母亲了。"他凑近我，贴着耳朵，小声告诉我这句悄悄话。他的举止变化让我感觉到无以言表的欣慰之情。

岁月如梭。欣之助十一岁时，笑着对我说："您让我不可忘怀母亲大人，结果现在倒想不起来了。在那之前，早晚满脑子都是死去了的母亲大人。"吾非能工巧匠，当时只是觉得说那样的话，孩子跟我都会感觉轻松一些。如此良好的结果一定是出于偶然，但我至今仍想感激那个偶然。

翌年初冬藩主返回，这一年较之过去的十年，许多经历使我获得了成长，尤为重要的是我懂得了应如何为人妻。家庭好似妻子的一面镜子。说得夸张些，自己内心的明暗喜忧，会即时反映在家庭日常中。不要说孩子们及家中的用人，就连家中的空气都会随妻子的心情而变化，这些令我感觉震惊。因此，我更加努力地建立自己的人生价值观。守护家庭并非一件事务，而跟赋诗作歌一样乃是一种新的尝试。世上不知有多少家庭，家庭的形式绝不会如出一辙。好也罢，坏也罢，林林总总。这就好像以"樱花"为题赋诗，仅仅三十一字的结构，百人赋诗便有百首差异。赋诗失败可弃置，生活逝去却无回返。一天里发生的生活内容将原封不动地镌刻在时间的碑上。无形的事物自然不留痕迹，但父母传给儿女、儿女又传给孙辈的血脉延续、心的连接却不会中断。言及创作，不会有比这更加意义重大的创作。姑娘们凭着想象的空间装点的美好婚姻，其实只是虚构。美好姻缘几乎全凭妻子婚后的努力创造才可拥有。奶奶就是这样跟我讲的。我相信正因丈夫出门在外，我才获得了那般良机。说来可笑，在听到家门外水沟里咕嘟咕嘟的流水声时，我才察觉临近了融雪季节。

康三郎的出生是在嫁给萩原后的第三个冬天。分娩意外地顺利，加之头胎男孩，那段时间我按捺不住在众人面前自豪的心情。生子的幸福与喜悦不必多写。打那时起，时常有人赞誉我"变漂亮了啊"，就连自己的父亲也这么说。照镜子时，自己竟也不时感觉"好美"。当然我的容貌并未发生任何变化，至关重要的是别样因素——难以具体表述的其他因素……我开始发胖，母乳足够，孩子的发育也好。康三郎不足百日时，欣之助做了一只竹蜻蜓拿来，贞二郎也不甘示弱要做竹叶小船儿。哥儿俩的架势，真是互不相让呢。

之后的一年比逝去的任何一年都快，我们顺利地为康三郎过了周岁生日，亦迎来丈夫外出的第三个正月。正月十五那天深夜，根据以往的习惯，我半夜起身查看孩子们的睡眠及门户关闭情况，那天也是先去看了楼上的两个孩子，再次确认上了锁的门户。我回屋后正准备钻进被窝，又看看睡在旁边的康三郎，心想"不会冷吧"，便起身拿来薄被来。就在我想要给他盖上被子时，突然屏住了气息。武士家的孩子绝不能天热脱衣、天冷加衣，弱不禁风。对欣之助和贞二郎，这一点要求绝对严格。对那两个孩子严格要求的事情，自己现在在无意识中却要违背——给康三郎添加被子。为什么呢？不用说，因为是自己身上掉下来的肉，出自本能的爱无意中使自己忘记了对孩子的训练。本应最大可能地避免区别对待，现在的自己却几乎违背了初衷。在自己没有意识到的地方，是否也发生过类似情况呢？……

很久没去拜访奶奶了。翌日下午我去了长桥家。这天风雪交加，奶奶眺望着庭院里的雪景，正往地炉里添柴。我俩喝着茶聊起了头天热闹的"左义长"[①]。稍稍定下神来后，我跟

---

① 日本的一种节庆活动。

奶奶说了头天晚上的事儿。奶奶默默颔首听我讲述，没说什么，而是拿过木柴来，将它们码齐了便于燃烧，又起身添茶。在这过程中她一直沉默不语。我望着身披白雪的桃树，稳住神、耐心等待着。终于我忍不住了，开口请求奶奶告诉我该当如何。"我从未责备过你……"过了一会儿，奶奶看着我说道，她锐利的眼神像是带着枪刺、矛头，"但是今天我要责备你。你生长在武士家庭，竟连这样的事情都不明白吗？什么前妻的孩子、亲生的骨肉，都不是你的呀。生在武士家庭里的男孩，都是要为国献身奉公的，他们不过是在那之前，暂时托付在你这儿，培养他们成为值得骄傲的武士乃父母的职责。对于一开始即为'托付'的孩子，有亲生他生之区别吗？你好好想想……"她的话伴随着"啪"的一声折断木柴声，好似鞭笞一般。

这以后，我又多次得到了长桥奶奶的教诲。其中也有一些内容，很想记录下来。但天色已近黎明，窗框那儿透出了白色，贞二郎就要起来了，那孩子起来得早……搁笔之时，略做一回顾，自己曾经有望成为出色的和歌诗人，可彼时今日，同是自己却有了巨大的不同。所谓幸福，乃指没有察觉的一种状态。现在的我竟连考虑那些的时间都没有，一心盼望有朝一日三个孩子成为优秀的武士，成为国家的有用之才。我将自己的一切都奉献给丈夫和孩子，看到丈夫及孩子身上体现出自己所有贡献的喜悦，只要这般喜悦属于我自身，便希望几度人生皆为女人。

墨丸

一

阿石被铃木家收养是正保三年（1646）农历十一月。她手持父亲的书信，由两个家丁陪同自江户而来，平之丞那年十一岁。头次见面时，平之丞感觉她是一个黑不溜秋的丑孩子。

"阿石小姐是你父亲老友的孩子。"那时母亲这样给他介绍说，"父母亦过世，无依无靠怪可怜的。你今后就算有了一个妹妹，要好好照顾她。"

阿石听母亲说完，双手并拢说："拜托了。"说着抬起头来，那眼神跟致礼可不像五岁的孩子，显得十分老练。平之丞是独生子，曾希望有个弟弟或妹妹。可是个头儿矮小、又黑又瘦、头发黄巴巴的阿石，在少年看来实在不像样。说是有了妹妹，可这样的妹妹有什么值得炫耀的？他这么想着，只是默默地点了下头。

阿石是个活泼伶俐的孩子，虽不够漂亮，但她有一双明亮清澈的眼睛，说话时会目不转睛地仰头看着对方，好像是为了将自己的话语准确无误地传达给对方,同时也要认真听取对方的言语,一旦被她睁大的、纯净透彻的眸子一眨不眨地注视,不知为何就会感到羞涩,不由得想要避开那目光。阿石举止端庄,丝毫没有给人以孤儿的印象,毫不怯懦地说自己想说的话,做自己想做的事,她是一个天性明朗爽快、刚正不阿的女孩。当然在平之丞这个年龄,那些是不会进入他的视野的,本来他就对阿石没有兴趣,只是那其貌不扬的印象在不知不觉中淡化,约莫一年后竟隐约生出一种类似爱情的情感。铃木的家在上马场仲小路,院子地形由五个坡段构成,小山、树丛、泉池等富于变化,无须人为加工,因此同龄的朋友相聚多来此肆行无忌。他们开始也没去理会阿石,但逐渐了解到她的性情后,便开始有了好感,有机会也愿意带上她一起玩儿了。这群孩子中跟阿石最要好的是名叫"松井六弥"的少年。松井家和铃木家同是藩主重臣,宅邸离得也近,松井亦是平之丞的好友之一,他有一个跟阿石差一岁的妹妹,所以熟悉跟女孩交往的方式,也知道她们喜欢什么,有时便会带给阿石裱糊着漂亮书画的香盒儿、娃娃道具、贝壳游戏玩具、小香粉壶等。但就连那么喜欢阿石的六弥也不时叹息:"肤色怎么黑成这样啊?"其他少年出于那个年龄常有的淘气,背地里给阿石起了绰号——黑姐儿、乌丸等等。平之丞对此也不太在意。可是有一次,他忽然觉得阿石挺可怜的,横竖要起绰号,不如自己给她起一个,于是跟大家说:"肤黑就叫'墨丸'如何?"这个绰号挺顺耳,猛地一听,甚至有种古雅余韵。就这样,少年们都开始这么称呼起阿石来。

那以后的第六个年头——庆安四年（1651），任江户藩所总管的父亲惣①兵卫回了冈崎。因是藩主重臣，回来后兼任"吟味役"一职。因长期在外的父亲回来，家里的日常便起了变化，显然阿石的存在也变得清晰起来。起因是惣兵卫盼咐阿石去做某事——以前她基本待在母亲的身边，打那以后，宅邸里无论何处，都能看到阿石在勤恳地忙活。她也常来平之丞的房间，转达父亲大人的旨意或告知到了吃饭时间，一切琐事的传达都成了阿石的工作……自从一起生活，平之丞渐渐对她有了一种亲近感，甚至把她看作自己的亲妹妹，产生了手足同胞的感情。当然并无深意。那年成人节一过，平之丞仍对阿石毫无兴趣。

那是阿石年满十三岁的早春。她突然来到平之丞的房间里坐了下来。平之丞问她有什么事。她与往常不同，显得忸忸怩怩，说："能不能借用一下你的镇纸？"

"阿石你没有吗？"

"不，我有的……"

她刚一开口，便好似被光线晃了眼，又垂下了眼帘。

"既然你有，那还借吗？"

平之丞这么一问，阿石不管不顾地点头称是，并说："我想借用你常放在信匣子上的那个镇纸。"

---

① 同"总"，多见于日本人名。

二

平之丞看了一眼信匣子上面的镇纸,那是过世的祖父送给他的,长五寸余、宽七分的翡翠,表面凸起、有牡丹花和叶子的浮雕。说是翡翠,但也不算什么珍贵的玉石,不过上带琅玕深绿的纹路,呈现出很美的流水线条,亦有滑腻冰凉的触感,质量适度有稳重感,以上特点皆令平之丞喜欢。这显然是他非常喜欢的物品之一,阿石是知道的啊。她露出不安的眼神注视着平之丞,有一股非要不可的劲头。平之丞苦笑了一下说:"不许弄丢了啊。"说着,拿起那块翡翠给了她。

父亲回来后不久,阿石便随国学老师椪①尚伯学习。那时,她已学会了创作和歌。当然只是处于模仿阶段,能凑足字数而已。母亲却时不时拿她的作品出来显摆,认为作得不错。但那样的和歌连平之丞都感动不了。他想象着阿石一旁放着那块镇纸,像模像样阅读诗集的模样儿,不由得露出了一缕苦笑。后来,他还多次看了阿石的诗歌,一次看到一首以"芒草"为主题的和歌,发现落款处竟记有"墨丸"二字,便问母亲。

"那孩子说是自己的雅号。"母亲笑答,"说是因为自己皮肤黑。我认为像个男孩子似的雅号未必合适。她却说,老师也觉得很有趣。结果就那么定了下来。"

"……"

---

① 日本独有汉字。

平之丞忽地觉着内心一阵刺痛。看到那字便想了起来，那是自己给阿石起的绰号。若被大人知晓，自己一定会挨训。所以除了朋友之间，绝对不敢外传。阿石当时一定是听到了自己的话并记在了心里。她当时会是怎样的心情呢？已满十九岁的平之丞想象得出，阿石当时的内心有多么苦痛。没有比容貌受贬更让女人痛苦的了。阿石虽年幼，但失去了双亲的她相当敏感，听到男孩们背地里那样称呼自己，怎么会不在乎呢？仿佛自己做了什么坏事。平之丞这么想着，十分羞愧。从那以后，他对阿石的态度温柔了很多。

时有羁旅画师或书法家滞留铃木家中。惣兵卫喜欢他们留宿，专门为之备有客房并备膳食招待。这些人在逗留期间，会受到十分周到的款待。因羁旅四方，他们虽说是画师、书法家，但并非了不起的知名人士，不过偶尔也会留下卓越的作品。对惣兵卫而言，没有比这更让他高兴的事了。某次，这些人当中有个被称作什么检校①的著名琴师，看似六十出头，瘦骨嶙峋的身材如同仙鹤，下垂的雪白的厚厚的眉毛，像似用作遮掩凹陷下去的失明的双目，并因为特殊的眉毛，使其整体面貌显出与众不同的风格来。那是怎样的人生，又经历了何等遭遇，除了惣兵卫，家人皆一无所知。检校在铃木家逗留了四年多，期间他教阿石弹奏琴乐。起初他并没有兴致，可是不久，好像产生了兴趣，开始渐渐地变得热心起来。检校也很严格，甚至有时能听到他极其严厉的训斥声。平之丞对

---

① 在日本指以弹琵琶、演奏管弦等乐器、为人针灸、按摩为生的盲人官位中的最高官位名称。

古琴没有兴趣，听到后不过觉得：又在学琴啊。有一次，他跟父亲还有那个检校一起用餐，听到检校不断夸奖阿石有天赋，不由得吃了一惊。

"学习音乐，区分音声并不难，掌握音符前后的韵味则非常困难，可阿石小姐却能瞬间领悟，她弹奏的每一个音符前后都有着极其特别的韵味，实在是天赋很高啊。"

"那么，她能否以此道立身呢？"父亲问。

"啊，那大概是困难的。"

检校平静地摇了摇头。

"教人以平易为要。阿石小姐琴艺格调太高。一句话，很难以听力来把握。"检校又提醒道，"拥有特殊天赋的人须特别当心——将来易陷入不幸。"

平之丞难以忘却父亲脸上现出的忧愁神色。说不清为何，就好像检校的话证实了父亲心中的一种恐惧……只见父亲锁眉垂目良久，陷入沉思之中。什么使父亲感到如此悲哀呢？平之丞完全想象不出。谁能料到，获知缘由竟需要漫长的岁月。

三

平之丞二十三岁那年春天，松井六弥设宴赏樱，召集极其亲密的五人参加。松井家除了城郭内宅邸，在大平川临近河畔处还有居宅。邀请前往的是临近河畔的居宅，一直延伸到河边的宽广庭院里种植着三四十棵小樱花树。这时，花只开了四成，含苞欲放的花蕾挂满了枝头，比盛开时还要鲜艳美丽。他们在离河边较近的树荫下铺开毛毡，享受着花枝倒映酒杯的小型酒宴。跟从前调皮嬉戏的时代不同，大家现皆身负要职，其中还有了已婚者，种种话题也大多涉及政治，作为这个年龄特有的倾向，很多话题触及敏感微妙的部分。一个名叫樋口藤九郎的青年突然压低了声音，提起了令人意想不到的话题。

"听说右卫门佐大人是水户胤子，诸位可知？"

右卫门佐即藩主水野家的世子忠春。他是忠善监物次子，因长子造酒之助早逝，家业由次子继承。两年前他满十五岁时来到冈崎，大家曾见面喝酒。

"怎么会有那么荒唐的事啊？"松井六弥笑了。

"我也这么想来着……"藤九郎仍小声说道，"那个传闻据说是可靠的，大家都知道夫人钦佩水户中将（光圀①）吧。因心仪过度，她便向中将请求，所以右卫门佐大人刚一出生，裹着襁褓就被抱了过来。正如大家通常所云——母子生来无缘相见。证据嘛，听说右卫门佐大人的护身刀上有葵纹。"

藤九郎之父曾侍奉忠善左右，话说得有头有尾，这会儿六弥也没了笑容。

"关于此事，还有另外一个秘密。"

藤九郎环视了一眼默不作声的在场各位，继续说道："十多年前，在藩主的江户宅邸里，有个名叫小出小十郎的切腹自尽了，那人在冈崎也相当出名，你们知道的吧？"

---

① 同"国"。

大家自然记得。小出小十郎是岛原之战中有杰出贡献的流浪武士，忠善发现并重用了他。因其刚直不阿一心奉公，世袭重臣都不敢为的谏言，他却心直口快脱口而出，与家臣交往亦廉洁正直，因而颇有名望。十二年前的正保二年（1645），因为惹怒了忠善，被处罕见刑罚——终生禁闭。判刑当天他便切腹自尽了。

"虽属当时重刑，却不明事由。"

藤九郎继续说道："据说，其实是因为直谏右卫门佐大人。当时造酒之助大人尚在，小十郎为保藩主家血统，反复请求废掉右卫门佐大人，改立造酒之助大人为世子。藩主大人暴怒：'岂有此理！'最终下令对他施以重罚。"

"别说了……"

平之丞打断了他的话。

"藩主大人说岂有此理，一定没错。那般流言蜚语，理应拒听。跟着添油加醋，终将留下祸根。说点儿别的吧。"

"没错。我也这么想。"

六弥举手道："大家往那边看，实话实说，那是今天的特别节目。"

经他这一说，大家像是松了口气，转身看他手指的方向。

在宽广庭院的另一边，用窄袖和服连缀的帷幔内设有一片座席。十来个服饰艳丽的姑娘，似绚丽多彩飘零的花瓣。莫非那边也是赏樱的宴席？仔细看去，桃山时代风格的华丽彩绘的屏风前摆着两张古琴，姑娘们起初相让不已，位子定下后便轮番弹奏古琴。樱花树荫下，用窄袖和服连缀的帷幔、鲜艳的彩绘屏风、美丽的姑娘及她们的衣装，以及在这一片绚烂丹青波浪中扬起的古琴声，一切都美妙至极，使得观看的人反倒生出一种哀愁来。说话刻薄，名叫三寺市之助的青年，看来是没有唇枪舌剑的机会了，他"嗯"了一声，便再无言语。过了一会儿，他立起身来说："我想要选一个媳妇。"说完就沿着树荫往近前移动。平之丞一直目不转睛看着姑娘中的一个身影，刚出现时就觉着有些面熟，好像是阿石，他很快明白了，那正是阿石。他不禁瞪大了眼睛震惊不已："长这么大了啊！"

四

平之丞印象中的阿石是一个肤色黝黑、头发赭黄、个头瘦小、不像样的孩子。但眼前看到的阿石截然不同，在十来个姑娘中美貌出众，那种美丽并非缘自发饰、衣裳的衬托，也不是局限于脸蛋儿。阿石的美像是洋溢自整体，不是外在而是内在焕发的美丽。"是啊，十七岁了啊。"平之丞忽然生出一种心境，感叹岁月的流逝，他眯缝着眼睛盯着阿石的身姿。姑娘们弹奏的古琴曲目，应该是各自的拿手曲目，看来皆有精湛的弹奏技巧，就连音乐方面知识贫乏的平之丞都觉得有很多曲目听来心旷神怡。就这样一半人弹奏结束，其中有个姑娘成功弹奏了一首极其复杂的曲子，这曲子与前面演奏过的不同，声调高亢激昂，音色和美，变调巧妙，令人陶醉。

"那是我妹妹袖。"

六弥凑近平之丞小声嘀咕了一声。

"今天打算听阿石小姐弹奏才做了此等准备,但也想让大家听听袖的演奏。也许她也有心跟阿石小姐比试一下呢。"

"我跟聋人一样,完全不懂,袖小姐的古琴听来像是出类拔萃嘛。跟阿石等人比也不在话下吧。"

"哪里,哪里。"

六弥拿过酒杯,说道:"曾住在你家的检校来过我家,袖请他稍加指导,那时检校言及阿石小姐。我不在场。听说真是赞不绝口啊。自那以后,家里人都说,什么时候听一次阿石小姐的弹奏,让袖也弹弹比试一下。想必那边用窄袖和服连缀的帷幔内,母亲也在。"

阿石的古琴演奏竟受到如此赞扬。平之丞顿时来了兴致。袖的演奏已近完美,接下来将是何等身手呢?他振作了一下精神,等待阿石的出场。

袖的弹奏结束后,耳闻一片赞叹声,叽叽喳喳的评论持续了一会儿。接着像是轮到阿石出场了,可阿石并没有起身演奏的意思。周围的人不断催促,六弥的妹妹也到她跟前像是在请求。但阿石稳稳地坐着,只是露出一丝笑容,不停地摇头,无论如何都不肯起身。这时,三寺市之助回到座位。

"阿石小姐不出场吗?"他一边坐回自己的位子一边说,"只说'实在羞愧,没那么高的技艺',真的吗?"

"可能是吧。"六弥微笑着点了点头,"若检校的评价属实,她便不会在那时弹奏。袖想得太简单了啊。"

"不是那么回事吧。"平之丞带着调解的口吻说,"她说自己技不如人也许是出于真心,平时并无那般交流,或也感觉难为情吧。毕竟是'墨丸'嘛。"

"啊,墨丸啊。"旁边搭讪道。

大家想起当时的场景,轻松地笑了。

平之丞对阿石的刮目相看是从那时开始的。看法改变了,便会发现很多以前不觉中忽略的细微之处乃至阿石的性情、表现。他吃惊不已。阿石细腻仔细,精心周到,总在牵挂他人,低调且含而不露。连母亲也不知道,她竟会替用人清扫浴池,跟仆人一起劈柴或去灶间生火。她烧菜做饭样样精通,普通食材也能做成看似高档的精美佳肴。一次,她做了糯米团茶点,酥脆爽口且带乡土气息,真是少有的美味。平之丞都连吃了几小碟。过后问起,原来是稗团子。据说稗子是她从田边捡来的,农民拔草弃置,她捡回后将其晒干、捣碎、碾成粉末制成。

"那孩子做事,有时会令人大吃一惊呢。"

母亲的话里,总是包含着亲切的赞叹口吻。

曾经的黢黑肤色变成了光滑细腻的浅褐色,阿石浑身上下透出一种光艳健康的圆润感。发色也变了,身高甚至超过了一般姑娘。他不断观察着,一件件、一样样都让他瞠目结舌。不用说自然是为之心动。他反复考虑后,相信那是极其自然的,也不会违背大家的愿望,便跟母亲坦率地商量道:"我想,阿石做铃木的妻子不会辱没家门,对吗?"

"是啊……"

母亲像是完全出乎意料,起初面露难色。但是经他这一提，她再次考虑后，竟比平之丞更加起劲儿了。

"我先跟你父亲商量一下。"

听母亲这么说罢，他放下心来，以后的事儿便由母亲去办理。

五

据说父亲开始亦面露难色。

"眼下有桩婚事……"

父亲将此事暂且搁置，后来也觉得可以。母亲便又跟阿石提起。阿石竟不假思索，连连摇头拒绝。

"我想以古琴为生，一生不嫁。"问其理由，她这么答道。

"你的古琴技艺不适合教人。检校不也这么说了嘛。"母亲感到很意外，说道，"即便不是那样，女人单身度日异常艰难。年轻时还好，上了年纪将寂寞难耐。"

母亲耐心地讲了很多道理，望她回心转意。可此时的阿石竟不似平时的温顺听话，判若两人。阿石倔强地坚持摇头不应。

"请您原谅。本打算近期向家里请求，准许我去京都检校那儿的。"

话越说越离谱了，母亲惊讶得愣了一会儿。

"是跟检校有什么约定吗？"

"是的。他离开这儿时，我死缠硬磨地请求……"

"检校同意了吗？"

"同意了……"

阿石紧咬住嘴唇，耷拉着脑袋。

"真没想到。"

母亲眼里冒火，仿佛遇上了没良心的人。

"迄今为止对她的照顾竟被一笔抹消。想必那是本性的问题。按人之常情，怎会有那般绝情的人。绝情也就罢了，竟背着我们私下与检校相约。这不是太过分了吗？"

"您生气也无济于事。再等等看吧。"

平之丞安慰母亲，打算自己直接找阿石谈一次。不料父亲突然病倒。他在城中发病，被人用担架抬回家来，昏迷三天后故去。

悲哀之中，平之丞意识到有件事无可挽回，即无从知晓阿石的身世了。起初收养时父亲只说是老友遗孤，阿石出身于具体什么地方，是谁的孩子，连母亲也不知。平之丞假装若无其事地问过父亲两次，父亲只是回答"过些时间再说吧"，结果却没了机会。不过，在父亲的遗物中或许可以找到什么。他仍抱着一线希望。可因忙于葬礼，加之承继户主、接替父亲职务等事务繁杂，他终究未能抽出时间查找。居丧结束后，阿石旋即离开铃木家去了京都。或许是阿石托付的吧，她的国学教师桱尚伯到家里这样劝说母亲与平之丞："除了古琴，阿石还想钻研其他学问。我正好在京都有位熟识的学者北村季吟，亦与他有书信往来。我去托付，想必他会接受。阿石小姐在国学方面亦有天分。我想，说不定还真的可以赖以为生。"老学者以其特有的木讷口吻继续说道："让她如愿吧。"平之丞觉得已无挽留的希望。母亲亦知别无选择，只好放弃，然而内心却充满了憋屈。

"我已开始讨厌那个孩子了，随她去好了。"

话说得严厉，脸上却掩饰不住悲伤、沮丧的神色。

这一定比亲生女儿的辜负还要令人感到悲哀、痛苦或委屈。临近阿石启程去京都的日子，她忍不住嘟囔道："无依无靠的孩子。"旋即为她置备好了四季衣裳，购齐了各类用品，出门时，还亲自为她梳妆整理发饰。

"落脚后，来信啊。"离别时，母亲拭着泪水这么说，"世间不像你所想象的，异常严酷。不知何时，便会遭遇什么悲哀之事。你永远是铃木家的女儿，遇到什么不要逞强，回家来哟。任何时候，我都会高兴地等待你归来。"

阿石没有落泪，她面色苍白低垂着头，只是"哦，哦"地应道。平之丞在一旁看着，觉得她的心已不在这儿，不禁为母亲感到愤愤不平，跟她也没什么话要说……阿石就这样去了京都，轻松得令人难以置信，恍如旅行者留宿一夜又离去，干脆利索地离开了铃木家。

六

平之丞忘却阿石颇费时日。阿石离去后，他才明白自己多么需要她，她是不可或缺的存在。当然向其求婚，并不单纯是出于喜欢，也并不是那种坚决而又强烈的情感在驱使。从不起眼的孩童到开始创作和歌，再到松井家庭院赏花宴第一次被她吸引,那日夜见惯的身姿在不经意处一心一意地料理着家常琐事,甚至稗团子的美味也离不开她,这一切都比她在身边时更加清晰地映现在平之丞眼前,令他刻骨铭心。她怎么能那样毫不留恋地离去呢?每一桩事、每一件物都能引起他的回忆,令他无法承受。平之丞没出息地不时叹息。偶然间他意识到,自己连其身世尚且不知。于是他细细翻查父亲的遗物,可终究未能找出任何线索。后来,他发现一本父亲年轻时写的日记,字迹小得让人眼睛疼,他一目十行地读了个遍,可还是没有发现关于阿石的内容。他日夜惆然,像在追想出笼的小鸟,每日处在没有着落的状态中。

二十七岁那年春天,他结婚了。当时,母亲显得十分落寞,跟他提起了这桩婚事。他也没有什么可以拒绝的特别理由,便娶了父亲在世时曾经说起的松井六弥的妹妹。婚礼过后不久,六弥前来拜访,一起喝酒时,他笑着说:"还记得那次赏花酒宴吗?其实那次想让你见见袖的,没想到吧?"

"嗯……"

平之丞想起当时光彩夺目的姑娘们,同时想起了阿石的面容,此时已不觉得痛楚,面容也变得隐约模糊。他深深叹了口气,给六弥的酒杯里斟满了酒。

平凡却温馨平静的婚后生活开始了。翌年长子出世,又隔一年后长女也诞生了。袖性格开朗直爽,喜欢热闹。身材圆润的她总是喜笑颜开,周围时常充溢着欢快的气氛。但怀第三个孩子时,她的健康状况陡然下滑,在嫁过来第六年的春天,竟身怀着七个月的身孕撒手人寰。妻子的去世对平之丞是沉重的打击，他被击垮了，不知所措。"我似乎没有夫妻缘。"他这么跟母亲说。这样的述怀显然亦念及阿石。母亲当时便想，儿子或许不会再婚。

时间会改变一切，无论多么巨大的悲哀痛苦，都会被流逝的时间抚平。与阿石的情况不同，从某种意义上说，虽然妻子的死给他带来了重大的打击，不过幸好母亲健在，帮助承担起了两个孩子的养育责任。繁忙的公务，很快使平之丞振作了起来。以后的事无须赘言，正如母亲揣测的那样，他没有再婚。说媒的不少，他却笑而拒之。屡次加俸，却因胃病躺倒半年有余。值得记述的内容如此而已。不，他还遭遇过一次意外的灾难。三十二岁时，他被委任为藩主世子右卫门佐忠春的禁卫长，有人妒忌他的升迁，进谗言，于是遭众老臣问罪，结果因是私人行为毫无根据才不了了之。那次诬告筹划巧妙、居心叵测，完全的"莫须有"使他一度惊慌失措。不过事后他竟获得了重用，成为右卫门佐侍臣中不可缺少的人物。

就这样，平之丞五十岁了。忠善监物已逝，忠春升任从五位①右卫门太夫。平之丞则在五年前成为国老②——藩政的中心人物。那年秋天，他因公务去了趟京都，返回途中，在一处意想不到的地方遇见了一个出乎意料的人。到达离冈崎还有三里的名叫"池鲤鲋"的驿站时，他想起那附近有个著名

---

① 勋位等级。
② 藩主诸侯外出不在时，代理藩主职权的重臣。

的"八桥古迹",以前就想去探访,幸好这次公务很快了结,回去的时间尚充裕,于是他让随同先回,自己独自一人去那儿转转。

他顺着沿海大道往东方向,沿着以前被称作"镰仓道"的杂草丛生的小路走去,来到一个名叫"牛田村"的村落,在那儿附近的松林边上立着一块长满青苔的石标。顺着那块石标向左拐,越过开始抽穗儿的芒草岗,看得到成熟稻田边上流淌着的遇妻川河水……他不由得想起《伊势物语》中的一段描述:"那里被称作八桥,河水如蜘蛛网状分八条支流,每条支流上架有桥梁,故称八桥。人们下马,坐在河边树荫草地上饮食。"此刻,他心里充满了怀古之情。绕过丘陵腹部曾经生长燕子花的小小池塘,看罢"业平①冢",平之丞感到有些疲劳,便找到附近一家古色古香的旅店,请求歇脚片刻。木栅墙内,一棵老松枝干苍劲有力,并不太大的庭院里茂密生长着一片芒草。他一边在心里念叨着《伊势物语》中的"人们下马,坐在河边树荫草地上饮食"来比拟自己,一边推开半折式的院门跨入院内。只见屋檐廊子下有人回过头来,是一位留着短直发的中年妇女。

"我是来探访八桥古迹的,能否冒昧在此小憩?"

那妇人站起身来说:"请坐吧。"立即给他设了座席。

"乱糟糟的,失礼了。请不要介意……"

平之丞一边进院一边暗忖,这妇人的身姿似曾相识。来

---

① 人名。

到屋檐廊下，他不禁吃惊地停住了脚步，且下意识地提高了嗓音问："你是阿石吗？"

妇人瞪大了眼睛看着他，用颤抖着的声音应道："啊。"

她惊呼一声便似崩溃了一般，双腿跪在了地上。

七

日渐黄昏，残阳哀伤地投映于隔扇窗纸。离别二十五年的岁月铺展于平之丞与阿石之间。步入老年的二人的淡淡语声，竟持续了两个小时。

"若是来此二十年，那在京都的时间不长啊。"

"是……"

"因何缘由来此呢？"

"托梏先生的福……"

"你一直未婚，教授古琴至今是吗？"

"没有，从未教授过古琴。"阿石这么回答。微微一笑。"一直教授这一带的孩子读书写字。"

"这便是离家的初衷吗？"

阿石闻言垂下了眼帘。平之丞注视着她眉间，突然改口称她"阿石小姐"。

"……我五十了，你也年过四十。我们已届言说实情的年龄。阿石小姐，你那时究竟为何离开？"

"……"

"我望眼欲穿，母亲也那般期望，你却冷酷拒绝。就为了隐居于此教授私塾吗？阿石小姐，我想知道真实的原因。你能告诉我吗？"

晚风凛冽，庭院内老松不时传来萧瑟呼啸声。阿石像是在倾听那风声一般，长时间默默地低垂着头。须臾，她怯生生地说："阿石不可能成为少主之妻。恕我不敢从命。"

"那是为何？"

"我是重犯之女，父亲触怒铁性院大人（忠善），被判重刑处死。"

"原来如此……"

"不敢相瞒。阿石是小出小十郎之女。"

小出这名字使平之丞震惊。他想起来了，曾经有人在松井家的庭院议论藩主家秘事，也提到了小十郎的死因。

"父亲刚直不阿，闻知右卫门太夫大人乃权贵胤子，不断进谏藩主大人。大概是没有事实根据的谣言吧。据说因言及禁忌的血统问题，藩主勃然大怒，处以终生不得外出的重罚。父亲却泰然处之，若能澄清藩主家血统，个人得失算什么？流浪武士受藩主拔擢之恩，赴死不足报万分之一。言毕，引不敬之罪切腹自尽。"

"……"

"作为武士，绝非耻辱之死。但毕竟重刑，若为君妻，旁人一旦了解实情，便将毁损府上英名。所以我下定决心，无论如何都不能嫁给主人。"

阿石说到这里停住，一根手指轻轻按在眼角。这坦白深深打动了平之丞。他瞪大眼睛凝视了阿石好久，摇着头责备似的说："你是谁的孩子、何等身世，我一概不知，母亲也不曾听说过。父亲什么都没说，死时未留任何证据。你没必要畏惧自己的身世被人知道啊。"

"或许是这样……"

阿石轻轻地点了下头。

"或许如您所言，不会被人知晓。可凡事总会有万一，要是被人知道了怎么办？即便是别人不知，我自己却一清二楚啊。"

没错，这点无可否认。平之丞想起了三十二岁时的那场灾难——受人诽谤且被老臣审问。那时若阿石为妻，阿石身世暴露的话……这么一想，平之丞无言以对。他悄悄低下头，闭上了双眼。

"那么，如果没有那样的事由，你会成为我的妻子吗？"

"我得知自己的身世是在十三岁时，那时才第一次阅读了父亲留下的遗书。之后，我便在幼时的意念中反复地自我告诫：不能爱上平之丞君。现在想来自然是孩子气了。"

说到这里，阿石起身从房里拿出一个紫色小方绸巾包成的包裹。

"您还记得吗？"

说着便将其打开来，里面包的竟是那块她央求借下的翡翠镇纸。

阿石微笑着看着平之丞湿润了的眼睛。

"我不敢说喜欢您，只好要来您珍爱的物品，用它守护自己的一生。"

"唉……"

平之丞嗓音干涩。

"阿石受苦啦。"

"嗯,真的很痛苦。"

赤诚一心,就因担心爱着的人将来或有万一,仅此一个畏惧,阿石就放弃了自己的幸福。现在这个年龄,热情也不似当年,才会老老实实承认当时的痛苦。然而,当时未经俗世风雨,正值专注爱情的生命历程,如何才能甘愿放弃自己的幸福呢?自己或无意识,那样的女人经常是男人的精神支柱。平之丞低着头,内心里如此自言自语。

"天色已暗。"

说完,阿石的视线转向拉窗。

"不介意的话,请在这儿留宿吧。我好久不做饭了,今天给您做个便餐吧,再聊聊墨丸时代的逸事。"

平之丞心疼地说:"真的是太久以前的事情了。"

檐廊拉门和窗外的苍茫与黄昏之色渐浓,院内老松依旧不断在风中摇摆着枝叶。

二十三年

一

"并非那么回事。"新沼靱负平静地摇头道,"绝非阿茅的过失或能力不济,可能的话我是想让她留下的。不瞒你说,现在让她走,我反倒会有麻烦。"

"那么解雇她是怎么一回事呢?"

守规矩的多助正襟危坐,接着说道:"刚才跟她好言商量。可妹妹一个劲儿哭,说什么做错的地方一定改正,一定请主人别解雇自己,还让哥哥我也来帮她求情。她坚持说无论如何都不回家。"

"详细情况已说明,她好像完全不明白,所以才让你过来的。实际上是我们要离开这儿,搬迁去伊予国的松山了。"

新沼靱负是会津蒲生家臣,任职于仓管部门,年俸二百石余,专职保管枪刀。亡父乡左卫门属旧式武士,性格乖僻。父亲的逸闻趣事,无论善意、恶意,终归留下了很多。靱负跟父亲截然相反,性格温厚,没什么出众才能,但做事认真、谨慎正直,受到上下一致好评,虽然平凡,却过着平安无事的生活。六年前,他在二十五岁时结了婚,其后长子臣之助诞生,直至去年秋天次子牧二郎出生,一直过着平稳的日子。但次子出生后不久,妻子右羽患疾,平安无事的生活崩塌。首先是主君被革官职,那是宽永四年(1627)正月,下野守忠乡二十五岁病殁,因无嗣子,会津六十万石俸禄充公。家中人心惶惶,混乱局面不堪设想,幸好没有引发乱世纠纷。大多数人或谋新职,或投他主,各遂已愿离散城邑。但这些人中,也有少数人另有打算。死去的下野守之弟中务大辅忠知在伊予国松山,亦为蒲生家系,俸禄二十万石。因而那些人希望能被所谓会津支系的松山藩主收为家臣,即便身份不高,仅望侍奉的主君依旧是蒲生家族。新沼靱负便是其中一人,他决定跟其他伙伴一道先移居到会津城郊外,等待时机。患疾的妻子搬迁到新的住处后仍旧卧床不起,夏天,医生告诉他妻子没有康复的可能了。靱负那时的情况该是多么糟糕啊。还不到十个月的牧二郎时常在夜里哭泣。他一边抱着哭个不停的婴儿,拙笨地唱着摇篮曲,一边再看看昏暗灯光下昏睡在病床上的妻子憔悴不堪的面容。不知多少个夜晚,他就这么深深地陷入痛苦绝望的心境中,这样的情景无可忘怀地留在了他的记忆深处。但不幸还不仅仅如此。进入初秋阴历七月没多久,长子臣之助患恶性流行病,仅三天骤亡。祸不单行,靱负觉得这话应验于眼前。接着,妻子右羽在臣之助死后三十天也随之离世。

这种情况下,靱负唯一可以依靠的是女佣阿茅。撤离会津的时候,他已储蓄无几,加之是一个携有病妻的流浪武士,其他家仆皆离开，只有阿茅无论如何都不走，紧紧地跟了过来。阿茅十五岁便在家里伺候，如今已二十岁。模样儿不坏、性格又开朗、干活儿努力不知疲倦，妻子右羽像疼亲妹妹一样疼爱她。阿茅父母已逝，唯有一个哥哥多助在附近务农。大约从三年前开始，他不时过来告诉妹妹，有良缘就跟主人告辞吧。阿茅的回答却是为时尚早。一来二去，可以说错过了最佳婚龄，便一直在新沼家服务至今。身边是卧床不起的病妻，怀里是嗷嗷待哺的婴儿，加上要养育五岁的长子，靰负的生活委实不易。因遵医嘱"母亲患疾不能哺乳"，便须一日三次外出讨乳，此外还得自己调制米糊或糖水喂婴儿，稀了、稠了、凉了、热了，那样的调配对于一个男人绝非易事。婴儿的尿布或内衣更换，病人的看护，做饭、洗衣等，实际做起来，都不是男人力所能及的事情。阿茅若是不在的话，会怎样呢？靰负一想到这些，就不寒而栗。

二

当初想去松山蒲生家侍奉的人大多离去，近日又走了两三位。那是因为取得联系的松山藩老臣未能给他们像样的答复，他们感觉不安，不知自己的愿望何时有望实现。因臣之助突然夭折，紧接着妻子病故，一段时间茫然若失的靰负，目送着伙伴们一个个离去。有一天他意识到，不能这么无止境地等待下去。不管希望能否成真，总之应该去松山。在这么遥远的地方待着，煮熟的鸭子都会飞走。于是他和留下的伙伴们商量，大家都赞同他的意见。但真要决定去四国松山，又实在路途遥远。他们决定试试，但万一不顺……又不禁踌躇。鞠负没有那般犹豫，不顺即放弃武士生涯。除了蒲生家，他不打算作为武士去别家侍奉，一开始他就这样下定了决心。

如上周折，使他决定先独自去松山。他跟阿茅说明了详细的情况后，打算辞退她。但阿茅执意不肯，倔强地坚持要同行。鞠负诚恳地开导："可能的话原想如此，但去了松山何时可以侍奉不得而知，储蓄所余无几，身为流浪武士，可能连你的佣金都难以支付，何况你也二十岁了，回家去考虑出嫁的事为好，女人此时应做的是这件事情。"类似的话，鞠负不知说了多少遍。结果阿茅提出：至少到少爷会走路时。她怎么都不听。鞠负无计可施，只好把她的哥哥多助叫来。

"这样啊。我明白了。"

听了事情原委，多助不断恭敬地俯首道歉。

"……这样的话，我再跟她好好说说吧。幸好也有一桩婚事。"

"那更该让她回去了。不过别训斥，别勉强，好好说服开导她。"

"我尽量按您说的去做……"

说罢，多助站起了身。

或是多助开导得好，或是她总算放弃了原先的想法，这次阿茅竟意外地答应了，并且说："路途遥远，天气也渐渐冷了起来，我来给少爷多做几件衣裳。"以后的几天里，她一个劲儿地缝衣、洗衣……已看不出难过的样子。她边做着针线活儿边哄睡一旁的牧二郎。悄然听着那样的绵绵细语，反倒让人觉着像是充满了喜悦。这样就好，靱负点点头松了口气。

阿茅在靱负出发前一天，跟着前来接她的哥哥离家。终于到了要与靱负分别的时候，她几次紧抱牧二郎，忍住了哭泣。但她并未显现出更多依依不舍的样子，果断地跟着多助离去。阿茅十五岁来这儿，已有六年，靱负念及其辛劳特别是妻子卧病期间的辛劳，感到内心揪痛——未能偿付她应得的工钱，就这样分别了。他抱着牧二郎送到门口，目送她的背影反复祈祷：早日喜结良缘，祈愿幸福……可是才过了大约三十分钟，靱负正给牧二郎喂稀粥，多助就气喘吁吁地跑回来了。

"阿茅来了吗？"

"没来啊。"

靱负一听到阿茅，立刻露出了惊慌的神色。

"……怎么了？"

"唉，走半道儿不见人了。"

"她会不会先回家了？"

"不会，行李还在，应该不可能。"

一种不祥的预兆刺痛了靱负的心。他脑子里浮现出村头湍急的大河，又仿佛看到杉树林深处青黑色的水塘。"得先召集人去找……"说罢，便出门去找村里人帮忙。但是没有那个必要了——靱负正沿着水渠往堤坝走去，迎面四五个面熟的村里人用门板抬着阿茅走了过来。多助大声叫着向那边奔了过去。靱负呆呆地站在那儿，旋即返回家里。

"倒在了八幡样崖下……"村里人七嘴八舌地说着,"像是从崖上坠落下去的啊。被发现时像是死了一样,没有呼吸……"

"不过又像是没什么大伤,很快就恢复了气息,身上也没有出血的地方。"

有人立即去请南村一个名叫"名庵"的医生。

"医生很快就会过来的。"

村里人这么述说着,将半边身子尽是沙土的阿茅抬到了靱负家里。

三

骑马赶来的医生尝试了他认为必要的所有措施。阿茅既无外伤,亦未骨折,神志也已恢复过来并不断要爬起身来。虽然没什么大毛病,但……阿茅不会讲话了。

"只有这个毛病,没事吧?"

医生歪着头说:"尚不确定。这会儿看来脑震荡严重。一句话,像是变成了白痴。"

"白痴?"

靱负怀疑自己的耳朵。

"就是说……"

"是的。神志是有的,但完全没有判断力。或是从崖上掉落时头部受到了损伤,不会讲话也是那个原因。弄不好或许终生不愈。"

鞘负又看了一眼阿茅。阿茅仰面躺着,呆呆地看着天花板,眸子无神、恍惚,闭不拢的口唇半张开,流着口涎,并不时从牙缝间挤出意思不明、哑巴特有的喉音。这一切似乎都证实了医生的判断。是的,她成了白痴。鞘负在心里不断重复嘀咕着。不知为什么,他认为责任在自己。

"冰镇头部,让她安静休息,明天我再来问诊。"

医生嘱咐完后,回去了。医生走后,鞘负跟多助忙个不停。阿茅爬起身,无论如何都不肯回到睡铺上去。她还非要背着牧二郎,只好给她弄了个背袋。接着她又拿起为去松山备好的行李,"啊、啊"地用手指着屋外,像是要立即出发。

"这么想要一起去啊。"多助看着可怜的妹妹说,"都说好一起回家,可她半道却又折回,内心还是想留下伺候少爷啊。本想回来看一眼少爷,谁知竟变成了这么一个呆子……您看她这样子,像是要一起去松山哪。"

鞘负无言以对。多助说,先回家一趟带妻子过来。这时,外面下起了阵雨,他小跑着冲进了雨中。然而此时,鞘负的主意已定,决定带上阿茅去松山。正如多助所说,阿茅想回来,是放心不下穷困的主人鞘负还是幼小的牧二郎,不得而知,总之她不想离开新沼家。没准儿她是有意弄出意外灾祸,为着一起去松山。

眼下这状况,阿茅嫁人也没戏了啊。鞘负这么想,不如带到松山去,她内心平静了,兴许会有治愈的可能。

这么钻牛角尖真令人同情。算是回报她长期以来的辛劳吧,虽说有些不便,但带她一同去却是应该的。

"阿茅，"他走到阿茅身边招呼道，"一起去松山吧。让你吃了很多苦，等去松山治好了病，就从新沼家嫁人吧；治不好，就一辈子做新沼家的人吧。明白吗？"

阿茅傻傻地笑了，拿起抱在手中的行李，靱负以为她要哄背上的牧二郎，却见她兴冲冲地跳下房屋台阶来到门前，不住地示意快走。这时雨下大了，天空中乌云密布，在黄昏将近时有些孤寂的昏暗中，冰冷的雨水唰唰地下得更大了。

比预定的时间推迟了七天，靱负他们启程了。带阿茅同行，多助没有意见。"只是成了这么一个不顶用的人，去那么遥远的地方，有什么事我也不能听候吩咐，请您多多包涵了。"多助夫妇不停地唠叨着同样的话，一直送到国界处。入冬时分，幸好旅途天公作美。靱负以前曾伴主君去过江户，但去江户以西还是头一次。他在路上见到不少曾有耳闻的名胜古迹，借着新奇有趣的山野风景和村落风俗，来抚慰旅情。

阿茅不如想象中那么需要照顾，出乎意外倒是帮了大忙。不会说话，理解迟钝，很多事情便做不了，但伺候靱负和照顾牧二郎尽心尽力。靱负常想——要是不带阿茅来……

四

到达松山已是阴历十二月中旬。靱负拜访了以前曾互通过书信的总管。对方倒是见了面，但明显表露出不屑的神情，仿佛他这是"无谋之举"。

"除蒲生家，不想另投新主。"靱负毫不退缩地表示，"倘不能如愿，我主意已定，就在领地内做个百姓。"

"那么住处定下后，请告知。"对方的语气不善，应酬似的回答，"别抱太大希望，如果有什么事儿做的话，会通知你的。"

虽说做好了思想准备，可跟总管见面，明显受到冷遇还是令人沮丧。当然，靱负并未就此灰心丧气，不会因此自暴自弃，但他也心知肚明，今后的生活会变得相当困难。或许对他而言反而是好事。靱负在城东北方向僻远处的道后村落居，他很快就意识到不能坐吃山空，便去寻找谋生手段。道后①自古便是有名的温泉区，各地来温泉疗养的客人一年四季络绎不绝，为游客提供土特产的商店生意兴隆。土特产中有一类土陶娃娃——极其简单的手制陶俑，不挂釉素烧，随意绘彩。靱负找到的就是那种绘彩的临时工作。不用说，自是工钱微薄，但多少可充填日渐稀少的储蓄。忍耐，等候时机。他每日自我激励，并开始用心学习毛刷上色。

可这样的松山生活，平稳时日不多。五年里，靱负病倒三次，曾经一次卧床半年之久。那时，阿茅发挥了巨大的作用。她依然不会说话，白痴状态，可养育牧二郎以及屋里屋外的家务事都料理得井井有条。没准儿平时看得多，学会了绘彩的活儿，在靱负长期卧病时，她自作主张地取来材料干起了这份工作。她一边照顾牧二郎，一边看护病中的靱负，做饭、煎药的间隙，彩绘的活儿也干得毫不逊色。

---

① 地名。

"真是不好意思。"靰负苦笑着带着哭腔说，"离开会津前说，你的病治好了就从新沼家嫁人，治不好就养你一辈子。这句话犹在耳畔，结果怎样？反而要你来照看我啊。早知如此，就不带你来了，让你受那么多的苦。"

不知阿茅是否听得懂主人的话，她只是没反应地傻呵呵地笑，发出的声音空洞干涩，表情、举动同样无任何内容。

新沼家的苦难岁月正好持续到第九年的时候，于靰负最大、最沉重打击的"松山藩撤官职"事件发生，即宽永十一年（1634）八月，三十岁的城主蒲生忠知病故，同样因为没有世子，松山二十万石家财全被没收。靰负的失望与沮丧无须多言，他回想起自妻子在会津病倒以来，接二连三的沉重打击，禁不住浑身颤抖，感到自己尽属徒劳。说到徒劳，在这九年的漫长日月中，他粗绘了无数土陶娃娃。莫非也是徒劳？温泉游客买去的土陶娃娃，大多被塞进了储藏室或格架，兴许业已损坏，连形状都不曾保留。就算是它们完整保留了形状并高高地堆在眼前，也不过和成千上万的土陶娃娃一样普通，丝毫无法证实他经历的苦难日子有何意义——纯属徒劳啊，无以挽回的徒劳。靰负绝望至极，多次冲动地想要去死。

那是一个凉风骤起、中秋八月的半夜。靰负从一个沉重的噩梦中惊醒，像是被某种魔力操纵念叨着"就此了断、了断"，伸手就要拿枕边的刀。几乎同时，他背后响起无法言表的悲痛惨叫及顿足捶胸的声音。靰负像是受到重击，回头看见阿茅站在那里——扭歪的惊恐面孔，双目瞪得圆鼓鼓像要迸发出来。阿茅盯着靰负，浑身剧烈地颤抖，口中"啊、啊"

地发出意思不明的叫喊声。

"阿茅……"靰负像是浑身被冷水浇了一般,小声嘀咕着,"阿茅,是你啊。"

五

那晚以后,靰负再没想过去死。当他看到阿茅恐惧扭曲的面容时,明白自己的想法太浅薄。对一个人来说,重要的不是"怎么活过来"而是"怎么活下去",已有的人生是否徒劳是由他今后的人生决定的。是的,不能死,现在死了,迄今为止阿茅的辛苦就等于零了。他回心转意了,他要活下去,至今为止遭受的苦难是有意义还是意味着徒劳则要看今后,活下去吧……事后回想起来,那时正是他命运的分岔点,就像任何事情都会有了结的时候一样,新沼靰负厄运结束的时间终于到来了。

那年十月,隐岐长官松平定行被封为松山城主,接替被没收了财产的蒲生氏。其为世称久松家的德川近亲诸侯,定行的父亲定胜位居从四位少将[①],是家康异父同母的胞弟。隐岐长官入松山不久,便有使者来靰负家,招呼他去新城主重臣的宅邸。他在那里受到重臣的郑重接待并被问及:"愿侍奉松平家否?"重臣了解靰负原为会津蒲生旧臣,也知道他来松山的目的以及时至今日的坚守。

---

① "从四位"为等级,"少将"为官职。

"听说除蒲生家绝不侍奉他主。我们看重这样的宝贵气节。可惜蒲生家无望再兴。请你深思熟虑,来侍奉现今城主如何?"

俸禄也与从前在会津时一样。这样诚恳的谈话,靱负又回家考虑了一番,最后决定接受。蒲生氏已彻底衰灭,现松平家发出了邀约,自己若坚持"非蒲生家不可",则属执拗、冥顽不灵,还是爽快接受为妥。就这样年俸二百石,他作为马骑警卫开始奉公于松平家。

以后的日子平安无事,没有什么值得特别记述的事情,牧二郎顺利地长大成人,十二岁成为儿小姓①,几年后勤务江户本藩驻在所,十六岁为修学问武艺暂且离职,二十岁再次应招奉职。此番为代理掌管小姓,不受父亲俸禄约束,独自俸禄一百石,作为新加入的侍奉藩主者之子,那是十分罕见的特殊待遇。"如此,新沼家就没有问题了。"靱负禁不住喜上眉梢。"想想经历过的漫长的苦难岁月,可以说都是有意义的,重要的是今后如何有效地利用那般经历。"他反复地跟牧二郎这样说。

靱负于庆安二年(1649)五十三岁时去世。牧二郎继承了父亲的名分。那年冬天,娶了同是家臣身份的菅原的女儿稻为妻。办喜事那夜,来宾散去,收拾完毕后,家里恢复了以往的平静,四周静谧得仿佛能听见回荡在夜空的凛冽寒风声。牧二郎招呼阿茅到自己的房间里,两人面对面坐了下来。

---

① "小姓",武士职务之一,于长官身边之勤杂者,此"儿小姓"乃未成年之"小姓"。

阿茅已经四十三岁了，身体健康，面色红润，身材不高却很结实的样子与从前一样，只是鬓角露出斑白，像是述说着常年劳作的辛苦。

"阿茅，牧二郎已是当家人了。"他平静地说，"……迄今为止二十三年，你为新沼家呕心沥血，我幼年时就听父亲大人说起，懂事后又目睹你用心照顾父亲大人，我也是你一手养大的。我能有今天多亏了你。谢谢。"

"……"阿茅不出声地笑了，那笑容跟以往一样呆呆的没有情感。

"我今晚娶妻了。"他继续说道，"从明天开始，妻子接替你的工作。对牧二郎来说你胜过母亲。我跟妻子也说过了，往后要把你当作婆婆来伺候，你的房间也换到父亲大人用过的房间去吧。从明天开始，你便是新沼家的闲居老人。现在轮到你休息了。"

"因此……"说到这儿，他一直盯视着阿茅的眼睛，激动的目光像要透过她的眼睛一直窥见她的内心。他这样看着阿茅继续说下去。

"阿茅，我希望你别再模仿白痴了。"

"……"阿茅的脸色陡然变了。

"你不是傻子，也不是哑巴，我是知道的。"

"……"阿茅惊愕得浑身颤抖了起来，她瞪大了双眼从坐垫上退下。

"我知道的。"他克制着自己的激动，继续说道，"你想留在新沼家，不愿被辞退，不忍离开怀中待哺的婴儿和身陷困窘状态中的父亲。但父亲大人有自己的想法，当你发现他的想法难以动摇时，便想出一招儿，假装是从崖上摔下来碰到了脑袋……变成白痴、哑巴全是假的，都是为了留在新沼家。变成白痴了可以不听话，变成哑巴了可以不应答。换作别人，恐怕会想出其他办法来。你可以说是'机关算尽'，结果是你如愿了，明知是要牺牲掉自己一辈子的。"

他无法抑制内心的激动，声音变得颤抖了起来，泪水扑簌簌滚落。他双手掩面，过了一会儿才又平静地拭去泪水，端坐后继续讲下去。

"我发现这些是在七岁的时候，事前事后的情况不知，只有那么一次，你半夜说了梦话。当时我还是孩子，也便没有多想。过了很长时间，突然有一次想起来才觉得奇怪——莫非另有缘由？便去询问父亲大人。于是得知了会津以来的详情，这才恍然大悟。自那以后，我天天都在注意你的举止，并相信自己的推测没错。我没有跟父亲大人谈及此事，想着什么时候跟你当面说清。阿茅，请告诉我，如此漫长的岁月里，你能坚持下来这种非同一般的决心，来自何处？仅仅因为主仆的情分吗？还是为了报恩母亲大人？不要隐瞒，说出来，阿茅，今天你可以张口说话了。"

"啊……啊……"阿茅张口了，是哑巴特有的悲哀喉音。的确，阿茅现在想要回答年轻主人的问题，要说的话冲到了喉咙眼上。"啊……啊……"阿茅想说，正如公子推测的那样，她既不傻，也不哑，那为什么要如此愚蠢地模仿呢？那是因为她看到了太太临终前痛苦的神情，无奈地留下尚未断奶的婴儿和不谙世事的丈夫,那是多么悲痛啊!她明白,那是只有女人才懂的痛苦。她非常清楚,既不是因为主仆情分,也不是为报恩,她只是承接了太太的那份痛苦,在自己心中向太太起了誓:主人和公子的事包在阿茅身上。这些话全都涌上了阿茅的胸腔,她想要诉说,可脱口而出的只是"啊……啊……"这样的喉音。

阿茅不明白自己眼前的状况,她瞪大了眼睛:"啊……啊……"

"阿茅,阿茅……"牧二郎不禁惊呼失声,"你说不出话来了吗?"

"……"她抬起睁大的双眼看着牧二郎,突然双手掩面前扑倒下。

二十三年的岁月实非短暂。是的,阿茅真的变成了哑巴。

春三度

一

"今晚收拾稻谷吧。伊绪你也来帮忙。"

晚饭后,丈夫若无其事地对伊绪说。伊绪突然感觉到一种莫名的不安,不由得回望一眼丈夫的眼睛。往日从城中回来,他总把大剑交给出门迎接的女人,但是那天晚上他却一直手持大剑。他的脸色也有些异常,颧骨上仿佛出现了一条明显的皱纹。伊绪不知城中发生了什么,那种不安在晚饭时也挥之不去。丈夫很少言及什么稻谷脱壳,伊绪的直觉告诉自己,城中肯定发生了什么事情。

她先送义弟郁之助去练功,又和婆婆一起吃饭,饭后收拾停当便匆匆去了仓库,丈夫正在独自磨臼。灯油燃烧的味道和脱壳稻米的香味混合,使仓库里充满了呛人的气味。

"我来晚了……"伊绪说完就想把稻穗束抱回草袋里。传四郎停下磨臼回头看了一眼说:"等一下,我有话要说……关上门,坐到这里来。"

他放下稻穗束自己坐下,也给伊绪留了一个座位。低矮的天花板上吊着的灯盘发出吱吱的声响，在两人的头顶发出柔和的光芒。

"你也听说了吧？"传四郎低声说道，"肥前天草暴徒犯乱，内膳正大人（板仓重昌）和将监大人（石谷十藏）作为征讨军大将出征是十日前之事。此番作为总督的是松平伊豆守大人（信纲）和我们的主公大人（户田氏铗①），两位决定择日出征。今天江户朝廷的使者到了，严阵以待。"

"您也将随从出征吗？"

伊绪的预感应验了，不由得脱口而出。

传四郎点点头说："在番头的特别安排下，随大人出征才有安居之所，世界才会太平，于无望中光明正大地走上战场，不用说乃武士冥冥之中的天意。我欲舍弃性命浴血奋战。万一武运昌盛凯旋，一定振兴和地家名，也会给你一个更加美好的生活。但是现在，我已抱定决心，决意堂堂正正地战死沙场。所以伊绪……"

"……"

伊绪不安地抬头望着丈夫。"我有一事与你约定。"传四郎盯着妻子的脸说，"你下嫁和地家还不到三十天，如果我战死了……趁现在还活着，我想分手让你回娘家。和地家有郁之助这个继承人，你也不必做寡妇。"

伊绪紧咬着嘴唇静静听着。传四郎似乎很难准确表达自己的想法，举起一只手挥动了一下。

---

① 同"铁"。

"虽有说法一女不嫁二夫,但已有人继承家名,你没必要白白毁掉一生。坚守贞操固然也是女人之正道,但生个好孩子出人头地更重要。你完全不必拘泥于贞操之类的形式,更不能为形式失去道之本义……我无法说得更加清楚,我说的道理你明白吗?"

伊绪仰视着丈夫点点头。传四郎本以为妻子不会轻易地答应,没想到过分纯朴的妻子竟一口应承下来。传四郎反而感觉难以置信。

"真的理解吗?一言为定?"

"嗯……"

伊绪回答"嗯",带着毫无怨言的清澈的目光。传四郎一颗悬着的心似乎放了下来。"这样我就放心了,想在禀报母亲前跟你约定好。其实今日回家之前,我已跟玄蕃大人表了决心……"

"您何日出征?"

"听说大人是二十七号从江户驱马出征,估计到这里是五号,我打算六七号出征。"

"那么,比起给稻谷脱壳,开始做其他准备吧。"

"没什么需要准备的,只要拿出一把大刀、一杆长枪、一副甲胄就可以。其他什么都不需要。"传四郎拍打着膝盖站起身来,又说,"只是上缴粮的部分也要准备好,我离开后就会变得麻烦。"

然后,他又开始磨石臼了。

伊绪在旁边恭恭敬敬地搭把手,不时瞅一眼丈夫的侧脸。

丈夫浓眉大眼，从面相看是个严厉的人，不知何故今天她才第一次察觉，这是自己与丈夫缘分尚浅的证据，真是令人哀伤难受。石臼转动着，发出咕噜咕噜的沉重声音。

二

伊绪十七岁，出生于美浓国大垣藩的户田家，乃徒士①番头林八郎右卫门之女，有一个哥哥正之进和一个弟弟伊四郎。这女人天生丽质，十四五岁时就有多方提亲，也有高官显贵死乞白赖地纠缠。可八郎右卫门固执地摇头拒绝："成也萧何，败也萧何。美貌容颜似露水转瞬即逝。我不喜欢盯住这种不确定的东西的人。"每次听到父亲这样说，伊绪都觉得自己的天生丽质是一种耻辱。八郎右卫门在她迎来十七岁生日时，让她与和地传四郎结了亲。

家里人都目瞪口呆。和地是二十余石徒士，也不是特别出众的人，家有老母和病弱的弟弟，家境贫寒，耕种御恩田，过着清贫的生活。所谓御恩田，乃藩主户田氏铢所设，在其城下附近的荒地开垦，让俸禄很低的武士种田。收获的粮食上缴五成，剩下的自己留用。所以对收入少的武士来说，这是难得的恩典。当然，这不仅为救恤微禄武士，也意在通过武农结合培养务实之风。一般说来，提到"持有御恩田"难免被轻视，但伊绪的父亲八郎右卫门吓跑了那帮轻薄之人。

---

① 不被允许骑马的下级武士。

入轿之前，八郎右卫门对女儿谆谆训诫："并非是武士有俸禄就好，太平年代奉公也会有间歇的，拿大刀的手握锄头也是武士之道，以前的人都是这样，握着锄头种五谷，拿起大刀保国家，那正是古来武士的身姿。这样的生活方式才能传达出武士之道的真谛，明白吗？好好体会老爸的苦心。"伊绪完全理解父亲的心情。父亲不想让女儿荣华富贵，也不希望她一生享乐，他想让她通过自己的努力去积累人生。

嫁到和地家后，伊绪有生以来第一次做农活儿，反而感受到生命的意义——一切都是从头开始。她感觉到，从今以后，一切都要和丈夫共同创造。这种真实的感受对十七岁的女人来说，多么强烈而新鲜。现在才二十多天，自己刚刚理解"妻子"一词的含义，丈夫就要奉公去战场了。

户田氏銕回到大垣是在十二月二日。以已做好战斗准备的左卫门氏銕为主帅，其子淡路守氏经、次男三郎四郎、老臣大高金右卫门、户田治郎右卫门，外加骑马武士、徒士等共计两千余人，和地传四郎也在队伍之中，伊绪老家也有哥哥弟弟应征。伊绪后来听说，父亲因胃病恶化无法移动而痛哭欲绝。郁之助也伤心流泪。

"拜托，拜托看好这个家……"

临行前，传四郎留下这样一句话。郁之助和伊绪一起送他到门口，郁之助站在那里扑簌簌落泪。

"既如此，不如不出生。"

郁之助窝心地嘟囔着，一直在哭泣，伊绪听了之后，仿佛被绳索紧紧地捆绑住一般掩面而泣，同时厉声地斥责："怎么这么婆婆妈妈，只有上战场才算武士吗？练好身体，练好武术。也有很多人留守城池，留守也应是奉公之道呀。若你兄长有个三长两短，还指望你继承和地家的家业。这种没出息的话从此不要再说！"

"嫂子你不懂。"郁之助喊道，"留下看家的，都是老弱病残。跟你说这些，你也不会懂。"

他说完用手臂捂住脸，逃也似的跑回家中。他十六岁，比伊绪小一岁。

三

丈夫出征的第二天开始下雪了。细碎的、干巴巴的雪沙沙地下了一天，到晚上才停下来。第二天早上下得更加厉害，连续三天没完没了地下。这场雪期间，父亲突然死了，不知是不是因为没能上战场的失望与落魄，不知不觉间使顽疾恶化，朽木折断般地死了。迎接伊绪回到娘家时，八郎右卫门已认不出女儿。

"我早就想告诉你。"母亲像还在做梦，绷着脸说，"但是现在不是一般的时候，伊绪你的丈夫上了战场不在家。所以在你父亲断气之前，不能告诉你啊。我这样跟他说，可他怎么也听不进去。"

父亲遗言说不能让女儿守灵。除了一把短刀，他还留下了"勿忘此心"的尺牍，上面摘录了古今集尼敬信的和歌——光亮的天空，朦胧月色云中隐。伊绪跟父亲心有灵犀，仅花了一刻钟左右的时间就埋葬了遗骸,抱着父亲的遗物从雪中归来。

进入了寒冷季节。雪后,连空气都冻得干巴巴的,城下和杭濑川大块的冻冰在温暖的阳光下也没能融化。伊绪连整理衣衫的时间都没有,把上缴的稻米装进草袋,要卖的稻谷打场去壳,捣米、砍柴、编筐、搓绳,还要料理蔬菜田,应付农家计件收费的帮工老人,忙得一刻不能歇息。郁之助雪后感冒,也停止了练武,闭门不出。但婆婆身体很好,她说:"你这样一个人什么都干会弄坏身体的。至少,做饭和针线活儿我可以代劳。"但伊绪涨红了脸打起精神说:"老爷现在正浴血奋战呢。"她丝毫不想给婆婆添麻烦。过了年的第十三日,岛原前线的信使来到留守城,从他那儿获知,原以为是一场小小的纠纷,不料匪徒非常顽强,元旦攻城时主将板仓重昌战死。内膳正殿下战死了,留守城里的人们大惊失色,征讨军大将竟然战死,那是一场何等激烈的战斗啊。这可是非同小可的事,恐怕兵将也有很大的损失。这样的消息口口相传,让人突然感到了兵临城下的紧张。伊绪闻言,也初次直接感受到战场的压迫,心中祈祷着"武运长久",几夜失眠不能入睡。当然,她并不祈望传四郎苟且求生,仅盼无论生死得遇武运。传四郎常说自己是好人有好报,其实在面对妻子时,总因自己出身卑微而有自卑感。作为社会人,毋宁说他充满了自信和骄傲,唯独在面对妻子时总有点儿灰头土脸。伊绪心里很难受,丈夫即便已经获得了社会的认可,可仍然对她心存芥蒂。伊绪暗自发誓,要让对自己心怀自卑的丈夫反悔。伊绪祈望丈夫武运高照，将无用的自卑感弃如敝屣。

郁之助病愈后去练功，结果再度感冒，发烧咳嗽不止直至卧床不起。伊绪忙得不可开交，时常彻夜不眠。渐渐地，气候变暖，时不时下雪，雪一落地就融化了，地面总是湿漉漉的。原野上的残雪不知不觉地融化，堤坝向阳处和田埂上开始泛现淡淡的绿色，杭濑川的水量显著增加。终于有一天，东南向的暖风呼啸吹过，仿佛是暖风带来了春天。

进入二月后，前线来报岛原苦战连连"陷入包围圈"，不久便音讯杳无。三月二日，信使称与匪徒发生激战，六日捷报至：二月二十七日攻陷原城，匪徒伏诛。闻此信息，伊绪反而心绪不宁，坐立不安。十八日死伤者名录至。出乎意料的是伤亡不多，死者仅内藤九右卫门、成川一郎兵卫、酒井源右卫门、森传兵卫四人，伤者仅村井五郎左卫门等三十余人。名录也送到和地家，伊绪和婆婆一起读，但由于心情紧张，文字也看不太明白，反复看了三遍确认有没有丈夫的名字。

"传四郎好像没事吧？"

婆婆声音颤抖，心也在颤抖。伊绪想应答，喉咙却卡住了，她急忙站起来，将名录拿给卧病在床的郁之助看。

四

兵将凯旋大垣是在五月八日。藩主户田父子直接下了江户，没有举行公开的庆祝宴会，但武士宅邸却处处洋溢着欢乐。只有和地家悄无声息，无论是受伤者的家还是阵亡者的家，都不像这家那样安静。

意想不到的可怕结果打击了和地的家人，传四郎没有回来，死伤者的名单里没有他，凯旋的队伍里也没有他。不幸不仅如此，奇怪的是所有的人好像都忌讳提起这件事。

"在二月二十七日的总攻中，攻入城池的时候有人见到他，之后就没人知道了。完全下落不明。"番头这样说道，"城池烧塌了，我们反复仔细地搜寻尸体，也没有找到，连点儿遗物都没发现。按惯例……可能是阵亡了。"

同一部队战斗的人也说同样的话，更令人难以忍受的是有人风传，说传四郎像是做了战场逃兵。为何会有那样的传闻呢？源头在何处呢？要追问下去却又没有根据。但谣言一旦传出就难以制止。太意外。伊绪头脑昏乱，丧失了正常思考的能力。婆婆屏住气息蜷曲在朝阳的房间一隅，郁之助两眼无光地躺在病床上，不时地拼命咳嗽像要咯血。

暗淡无光，令人窒息的日子持续着。一天，长矛番头平田玄蕃和老家的兄长正之进来访。玄蕃是传四郎和伊绪的媒人。与两人一照面，伊绪马上察觉到事情的不妙，但连眉头也没皱一下。

"今天我是来征求意见的……"和婆婆打了一个招呼，玄蕃就大大咧咧地说道，"出征天草时传四郎说过，如果不能活着回来，就想请伊绪回娘家。因为下嫁至此时日不长，家里也有继承人。他说母亲和当事人了解此情，是吗？"

"是的，确实知道。"婆婆沉静地答道，"伊绪是一个贤惠至极的媳妇，她不会提出离婚。正如大人所言，传四郎出征时，伊绪和他结婚不到三十天。家里还有继承人郁之助。所以，不给伊绪留下寡妇的恶名，我想对双方都是幸福的。"

"如此说来，我就放心了。"玄蕃仿佛真的卸下了肩上的重负，"如果可能的话，我想已经时过一年……不过传四郎的名声不好，林大人一家也有特殊的情况，今天就此打住，择日具体商量吧。"

"一切交给您处理，请多多关照。"

婆婆回应之后，伊绪带着平静的表情开口说："请等一下。我讨厌这样的话题。"

"……"

玄蕃和兄长正之进闻言，带着惊诧的表情转过头来，伊绪能看到两人的面容，用坚定、清晰的语调继续说："大人说到传四郎'莫须有'的传闻。我讨厌这些谣言！我想先问，那些'莫须有'的传闻到底是什么呢？"

"伊绪说什么呢？犯上吗？"正之进急忙制止，于是伊绪转向哥哥："那我问哥哥，'莫须有'的传闻是指传四郎做了战场逃兵吧？那种谣言我也听到了。"

伊绪说着，面色苍白，搭在膝上的手瑟瑟发抖，拼命压抑的心中怨愤猛地涌入胸腔，想说的话一股脑儿溢出了喉咙。

"但是，那样的传闻是真的吗？"伊绪盯着兄长的眼睛说，"我不懂无法找到遗体与事实有怎样的联系。我是女人，无法判断战场上发生的情况。但是哥哥……会战与马场里推举武士是不同的吧？敌人和我方浴血死战。攻破城垒，烧掉箭楼。现场作战的人有没有可能被掩埋在坍塌的土石里呢？

在烧毁的城郭中，有没有被烧成灰烬尸骨不留的人呢？谁能说绝对没有这样的人？"

"……"

"这样的事想必绝无仅有。"伊绪拼命压抑自己亢奋的嗓音，"但即使绝无仅有……也不能说没有。这就是战争。"

伊绪断言那是一场恶战，玄蕃和正之进不由得低垂下眼睛。伊绪苍白的脸颊上充满了美丽的血色，眉毛高扬，露出与平时迥然相异的坚毅凛然的表情，然后转向了玄蕃。

"说到这个家已有继承人，其实郁之助重病缠身，说句不吉利的话，不知道能否再立家名，更别说丈夫至今生死未知。守护和地这个家和婆婆的未来生活是伊绪的职责。请您记住我的话，不要再说那些无用的……"

说完，她静静地站起身走到另一个房间，第一次双手掩面失声痛哭。

她还有很多想说的话没有说出来。伊绪还年轻，不知道怎么说才好。

"嫂子……"房间另一边的病床上，郁之助声嘶力竭地喊道。他满脸湿淋淋的，全是泪珠。他支起半个身子，抑制住感动，用颤抖的声音说："嫂子说得好啊！谢谢嫂子！"

五

"说实话，我是恨嫂子的。"郁之助当晚说，"那件事我也听哥哥说起过。所以一直在想，总有一天嫂子会离开这个家的。毕竟嫂子已有约在先。"

"是,有约在先。"伊绪带着悲伤微笑回答,"我一开始就没打算回娘家,所以回话也只是'嗯'了一声。"

"我没想到……"郁之助闭着眼睛,像是对远方的人说话似的嘟囔道,"嫂子原谅我啊。我一直在闹别扭,找别扭,今后会改正的。还有……"

"让我们坚强起来吧,郁之助大人。"伊绪点点头说,"没必要跟我道歉。坚强起来是最重要的!你也好,我也好……共同维护和地这个家。"

"但是嫂子……"郁之助突然仰视着伊绪,"事已至此,和地的家名还能存续吗?会不会……灰飞烟灭呢?"

"老爷已经阵亡。"伊绪断然地说,"我相信,老爷一定是奋不顾身地浴血死战,堂堂正正地战死沙场。老爷的决心,只有我知道!"

出征前在仓库里商量时,丈夫彼时的心情只可意会不可言传,否则她会公之于世。但丈夫和妻子是心有灵犀的。伊绪这样想着,静静地起身离去。

伊绪马上返身回来,打开父亲临终时留下的尺牍,递给郁之助让他一阅。他默读了一会儿,然后低声反复地吟唱起来"光亮的天空,朦胧月色云中隐"。

"这是父亲的遗物,为我而撰,但我觉得也适用于现在的和地家。请勿忘记这首古和歌的精神,堂堂正正坚强地活下去。"

"嫂子……"郁之助的双眸闪出火一样的光辉,"郁之助会坚强起来，身心强大起来。就算咬住石头也……"

伊绪凝视着郁之助坚定的眼神，像是交换无声誓言一样频频点头。

被逼到走投无路时，伊绪反而坚强了起来。在般配美丽容颜的温顺中，产生了强烈的生存欲望——无论如何都要活下去！悄无声息的和地家，像是哗啦一下打开了久闭的拉门。伊绪又开始勤快地劳作，跟帮工的老农夫搭伴收割麦子、买来秧苗。梅雨季节，炎炎夏日来临，她干农活儿忙得夜以继日。郁之助好歹离开了病床，竭尽全力地料理好自己的事情，但干体力活儿还是不行。八月中旬，藩主户田氏銕回到大垣，城中再次举行庆祝凯旋的宴会，颁发了天草战役的恩赏。可是那一切仍与和地家无关。伊绪仿佛成了一家的顶梁柱，不分昼夜地劳作着，全然不顾太阳晒黑了她的手脚。

新年伊始，梅花绽放时，郁之助尝试着练习剑道，状况良好，到了樱花时节，却又患感冒迟迟不愈，弄得全家心急火燎。他再一次卧床不起。这一年真是酷暑难耐，连医生都无法忍受。在此前后，竟有了伊绪招婿的传言。平田玄蕃最早前来商谈，娘家的亲属也不时来约见婆婆。郁之助万一有事家里就断了后，伊绪还不到二十岁，因而有人希望给她找个夫君继承家业。幸运的是真有三两个应募者。尽管如此，伊绪却全无兴趣的样子。一次玄蕃来访，和婆婆谈了一会儿，叫出伊绪。婆婆先说，玄蕃在一旁补充说明亲属的意见。

伊绪默不作声地听两人说完后，平心静气地反问玄蕃："你们说的我完全明白。那么传四郎怎么办呢？"

"怎么扯出传四郎？……"

"他出征天草战役，去向不明、生死未卜不是吗？丈夫生死不明，妻子有续夫的道理吗？"玄蕃顿时语塞。伊绪抑制着激动的情绪继续说，"等一切水落石出之后再说吧。在此之前，请勿再提。"

说完起身退席。

六

那年的秋天到冬天，简直像一场考验。二百十日[①]前有暴风雨，稻子被吹倒后，紧跟着发了洪水，原本大垣附近就常发水灾，城堡也在轮中[②]内，一旦遭遇洪水就会造成严重的损害。和地家御恩田里的庄稼也被大风吹倒灌了水，那一年最终颗粒未收。郁之助日益衰弱，身体每况愈下，光医药费就是过重的负担。为筹措各种费用，伊绪习得了夜班抄纸的技艺，在寒冷冰冻的夜晚，破开水槽的冻冰勤奋工作。

又过了一年，郁之助在重病中迎来了春天。二月二十五日，久未见面的平田玄蕃来访，与以往的态度迥然相异，露出了一副开心的神态。

"今天我带来了喜讯。"他连声招呼都没打就把伊绪赶到了座位上，"在大老爷府上，二十七日，将为天草战役阵亡者举行三周年忌法事。同时确认和地传四郎乃战死，载于军鉴

---

① 从立春算起的第210天。
② 轮中：为了保护村落和耕地不受洪水侵害，用堤坝将其围住而形成的区域。

后又传出增加俸禄的命令。"

突然，全家人无形中战栗起来，婆婆和伊绪的双手在膝盖上瑟瑟发抖，隔壁房间传出郁之助的号啕声。

玄蕃接着说："二十七日的法事上，菩提寺有一项允许家人参加的活动，我想当天会有向导，但提前给老母亲准备一下为好。"

"知道了……"

好不容易有了这样的说法，婆婆也双手掩面。伊绪不哭，而是开始感到头晕，而后镇静地站起来，从外廊尽头的防雨窗套中取出丈夫的牌位，将其恭敬地置于佛坛供上灯香。然后静静地合起双手，像对活人说话似的一字一句说道："老爷，您说得对，决意战死，军鉴上也有记载……这样您就可以瞑目了，我也很高兴。"

很长一段时间她将牌位暗藏于防雨窗套中，悄悄地对着牌位献香供花。此刻牌位终于走出黑暗，得以沐浴世间的光辉。

玄蕃也悄悄地擦了擦眼睛，对婆婆说："恕我直言，这是伊绪的功劳。前几天，我奉主上旨意调查了洪水灾害，尤其是有关贫困者可怜的传闻。在调查后发现有咱家的笔录。我们当然不知情，但消息似乎早就传到了主上的耳朵里，有人提出应重新考虑传四郎的战死……军目付、组长、枪奉行等多次合议，最后由主上裁决为阵亡。这只能说是伊绪坚守的结果。无论我之前扮演了怎样的角色，我都感到非常自豪。"

还有一个附带建议，主上有意确立和地家的继承人，既然确定传四郎已战死,就应考虑伊绪招婿之事。

伊绪没有再问婆婆的意见,而是悄悄走到郁之助的枕边坐下。郁之助的笑脸上挂着泪水,他迫不及待地用眼神迎接嫂子。

"郁之助死也瞑目了。"说完,他伸手去抓伊绪的手,"都是托嫂子的福,我无以言表,就不跟嫂子道谢了。很高兴我能活到今天。我死而无憾,随时可撒手人寰,可以给哥哥带去礼物……我完全放心了,和妈妈一起将和地家托付给嫂子。"

"郁之助大人说什么呢?时来运转。你一定会康复的,相信我!如果不是那样,我至今的辛苦不是都化为泡影了吗?"

"嗯……好不了,就是对不起嫂子。可是……"

"别说泄气话。打起精神来。"伊绪握着郁之助瘦弱的手说,"从现在开始,一切都会好起来。和地家无须为我招婿,有养子便可立家名!期待的唯有郁之助大人的健康!这样就万事大吉。我们曾经有约在先,那再约定一次吧。这个家一定会兴旺起来,就算咬住石头也……"

"就算咬住石头也……嫂子。"

玄蕃大概是回去了吧。只听得见佛坛钟鸣和婆婆的低低诵经声。

笄堀

一

　　酒卷靱负之助无法呼吸，面无血色，恐怕连梳头的时间都没有。蓬乱的鬓间白发沐浴在烛光下，颤悠悠地闪耀着银色。"唉，靱负为何惊慌失措？"真名女心中诧异，同时意识到自己的职责是多么重大。

　　"这件事有人知道吗？"

　　"目前就我一人。"

　　"使者不知道吗？"

　　"我把他留在了我的住处。"

　　真名女瞪了他一眼。她知道现在必须冷静下来，绝对不能发出责难，自己所说的任何一句话都与忍城的命运相关。真名女默默地睁开双眼，用冰冷的声音说："那么，请你悄然退下。不要让那个使者和任何人见面。然后在午夜十二时之前，把旗头①及所有首领召集到东南角的箭楼。"

---

① 日本特定集团的首领，中世时乃一族或一地方武士团的首领。

"那么，还是要去馆林会合么？或者……"

"别急。回头细说。"

真名女严厉的表情令人惧怕。

"大家聚集后，听取大家的意见再说，在那之前请不要引起他人注意，千万不要公开。"

靱负之助退下。

真名女一个人，双手置于膝盖上一动不动地闭上眼睛。首先，她必须看清自己的心处于怎样的状态。平常坚定不移的精神似乎动摇了。她屏住呼吸，用数针脚一般的冷静和细致，追寻着自己的内心。确实，心在动摇，始终那么坚定地支撑着自己的心，却在动摇。她的心似乎在苦苦寻求可以依靠的东西。

无可置疑，自己心中确实存在着脆弱和惶恐，首先要稳住这颗惑乱不定的心。真名女像在自我解剖，欲驱赶尽胆怯的心理。

丰臣秀吉凭借关白太政大臣的权势和威力，发起讨伐北条氏的战争，那是在前一年（天正十七年，即1589年）的十月。天下诸雄几乎尽皆会聚其旗下，过了新年，于今年的三月完全包围了小田原城，更有石田三成、大谷吉继、长束正家等发兵，图谋攻占上野、武藏、下总各国的北条氏属城。拜见酒卷靱负之助的使者来自馆林城，说是石田三成三万大军压境，通知说尽快会集。北条氏一发兵，就召集关东诸国属城的城主会集到小田原城，旨在巩固本城的防守，同时也是防止属下叛离。城主们分别带着大半士兵聚于小田原城，因此所有的留守城池皆防守薄弱，士兵稀少、武器匮乏，认定自身难保的足利、饭野、板仓、北大岛、前冈、西岛等诸城的人们，便统统会聚到北条氏规居住的城池馆林城。

忍城城主成田下总守氏长，也和儿子氏范一起率精兵五百余骑离去，守城残兵不足三百，其余都是老弱病残和妇女，当然武器也不够。真名女在丈夫氏长离家之时，就十分清楚这一事实。她决心在小田原城陷落、关西的军队蜂拥而至之时，在城内放火自焚。作为成田氏长之妻、太田三乐斋之女，不辱使命地赴死是自己的职责。她早就有了这样的觉悟。但事情并不像她想象中那样，小田原城在重围之中仍在顽强地战斗，关西军的一部分很快就要攻进城内，但焚城赴死是小田原城陷落且丈夫、儿子统统战死之后的想法。如今本城还在战斗，丈夫和儿子还在浴血奋战，此时此刻还不能轻易赴死。在托付大任后奔赴战场的丈夫仍旧活着的时候，守住城池才是妻子的职责。

二

然而，这究竟可能吗？不足三百的士兵和少量武器，能与三万敌军抗衡吗？

真名女一动不动地坐着，周围的空气凝滞沉重，仿佛从四面八方压迫过来似的令人透不过气来。她不堪忍受，大口喘气，有一种强烈地想叫人来支撑自己身体的冲动。她真的已不堪承受。然而，真名女咬紧牙关守住了自己动摇不已的心。不能输给那种冲动,但也无处闪躲。"来,示弱吧。"她对自己说,"女人的心是软弱的。无论多么软弱,多么胆怯,女人都可以彻底地表现出来。仅靠外表逞强和装腔作势的勇气无法渡过此次难关。只有将软弱和脆弱彻底袒露,连骨髓也袒露在外。"

那是探究自己或鞭挞自己的心情。那是战斗。靫负之助退下才约莫半个小时,短短的时间里,真名女就要面临战斗。不知从哪里传来了沙沙声响,又像雨声又像远处的潮鸣,她早就听到了这个声音,并且那声音越来越清晰,才晓得那是风过忍城庭院竹林的声响。那是氏长从遥远的大和国带回的大明竹,栽种已十年有余,又宽又长的优美竹叶,无论下雨刮风,都能锦上添花。此竹适合造箭,于是有人将其移植并任其繁衍,城里已比比皆是。此刻夜风刮过竹林,竹叶发出微弱的沙沙声响。真名女大悟——啊,原来是竹林的声响,这一闪念突然使她的心中产生了一种轻快感。那是一种心灵安定的标志,软弱是有极限的,一旦触底,就有了听闻竹林风声的余裕。真名女缓缓地睁开了眼睛,那样动摇不已的心竟然平静下来了。自己只能做能力所及之事,自己没有以十胜百的力量,这是事实。但以十胜十像是有可能的。她开始有了这般感觉,不懂军法战法,亦无奇略妙策,自己只是一个极其普通的女人、一个平凡的妻子,唯有尽可能坚持这种平凡并贯彻始终,别无他法。自己能做到的仅此而已。

她毫不掩饰地袒露了软弱和脆弱,从而使获得安定的心底一点点涌出力量。那不是虚张声势、自欺欺人,即便如此,真名女还是认真地进行确认,她第一次拿出怀里的纸巾擦拭双手,两只手掌渗出黏糊糊的膏汗。然后她缓缓地站起身走进自己的卧室,那里有两个侍女手持蜡烛。她让侍女退下,走到房间上座的铠甲前,坐下。丈夫出征时就是在此交代:"万一发生了什么情况,就把这个当作氏长,去赴死吧。"

真名女用心守护着那身铠甲。

"禀报,"隔着隔扇,传来侍女的说话声,"酒卷大人来到,大家都在您吩咐的地方候着。"

"告诉他即刻就去。"

侍女静静地离开。真名女仍一动不动地坐着。须臾,吩咐让女儿甲斐公主来见。公主时年十四,酷似母亲,天生丽质,心智成熟,体格亦健美高大。

"我有话要告诉你,请到这边来。"

真名女说罢,面对女儿,甲斐公主轻轻地走近母亲。

三

真名女让公主捧起丈夫的头盔,来到忍城东南角的箭楼时,午夜十二时已过许久。那里聚集了以留守年寄①靱负之助为首的旗头成田康长、正木丹波、舟桥内匠、新田常陆介、成田次家等,还有旗头以下的番头,共计三十余人。其中大多是老人,几乎没有实战经验,永禄三年(1560)与上杉谦信作

---

① 参与政务的重臣。

战时，壮年从军的可以说也只有鞡负之助一人。当然时至今日，恐怕没有比优柔寡断的念想更卑怯的了，但事态的严重性确实让他们动摇不定。真名女清楚地认识到这一点，她缓缓地说："馆林使者的想法，我听鞡负之助说起过……"

"使者的意见是放弃这座城堡会师馆林。大家怎么看？请告诉我你们的意见。"

大厅里一阵令人窒息的沉默，鞡负之助催促大家给予回答，新田常陆介代表赞同者的意见，回答说会师馆林城乃属良策。

"忍城防御薄弱，军队和武器都严重不足，无论如何都难以迎战大军。相反，馆林的城防坚固，上野八城的兵员会师后，齐心合力才能确保会战的胜利。"

"我知道了。"

真名女点点头环视着他们。

"现在认为常陆介说的话正确的，就向前走。"

大家面面相觑，差不多有一半人向前移动。

"其他人还有其他意见吗？"

"我们……"舟桥内匠说，"我们愿意按您的吩咐做。"

"那可不是意见。"常陆介转过身来，"正如各位所愿，我们也要说，只要军力尚可，就应考虑主公托付的留守责任，这是唯一正确的想法。"

"我们也认为那是正确的想法。"

两人展开了激烈争论。看他们从一开始就在争论同样的问题，其他的人也分成两派唯唯诺诺地附和。但他们随即意识到正在默默倾听的真名女，便停止了没有边际的议论。烛光在寂静的大厅四壁上，映现出战战兢兢的人影。

"您觉得怎么样？"

酒卷靱负之助第一次开口。

真名女反击道："我会守卫这座城堡。"

这是一句不造作、不经意间说出的话。常陆介一直仰脸看着真名女。

"此乃军议。冒昧请问，没有守城壁垒，武器不足，不到三百兵士，您是否做好了正面迎战三万大军的准备呢？"

"是的。"

"那您用的什么杀敌战略呢？城内外的老幼妇女如何安置？"

"常陆介在看我笑话吗？"

"……"

"你把我看作女人，对吗？你把公主看作少女，对吗？"

常陆介无言以对。

"从女人嘴里说出的话可能听起来觉得可笑，但若依靠坚固无比的城堡，则没有取胜的可能。即便拥有充足的武器和精锐的大军，也唯有失败的战例。靠城者亡城，靠武器者也会因武器而溃败，重要的不是城堡也不是武器，而是运筹帷幄的人心。十万百万兵士若是乌合之众，如何步调一致？有一个词语叫作"一骑当千"，并不是说那个人多么强大，而是战斗之心的表现，这种精神状态不是决定战争命运的吗？"

这是神态完全没有得意忘形，且和平常一样优雅的夫人的语调。

"我不认为士兵和武器不足。一粒子弹，一根箭矢，如果没有浪费，武器库现存的也会剩下。士兵的确不足三百，但是战争并非只靠士兵，生活在忍城领地的人，都可以成为士兵投入战争。无论是老人还是幼儿，妇女也……至少要与我、公主一起并肩战斗。"

说着，真名女静静地脱掉了外套，甲斐公主也脱掉了外套，两人都已穿上了腹卷铠甲。

四

商议很快有了结果。想要去馆林会师的常陆介和赞同者们，当然也坚定了守卫忍城的决心。真名女认定大家的意见已统一，便静静地戴上了丈夫的头盔。

"那么，现在我是忍城新的城主。这身盔甲就代替了下总守氏长，穿上这身盔甲发布的命令就是下总守的指示。"

说着真名女站起身，盔甲也合身，威风凛凛。人们赞叹连连跪伏在地。真名女俯瞰众人，做好了战斗的第二项准备。念及此，头盔护眉下的真名女松了一口气。首先战胜了自己软弱的心，其次在此坚定了城兵的战斗决心。真名女就这样在和敌人决战之前，做好了己方的战斗准备。

次日早晨，酒卷、舟桥、成田次家、新田、成田康长五人应召至本丸。真名女身穿盔甲坐在上座，向五人交代了任务。酒卷靱负之助任总奉行、兼任军监，舟桥内匠任武器库奉行，新田常陆介任枪、弓、铁炮奉行，成田次家和康长任城垒奉行，负责加强关口、城门的防守，并且一一确定了各司职下属的番头、手代①。就这样在那一天里，城下町自不用说，领地内的大事小事皆依城主的命令书。命令书上清楚地列有四项内容：关西军队三万余骑即将攻城；以城主为首的留守将士要拼死守城；领地内的百姓应守城忍城，做好准备者不论老幼妇女统统进城；没有做好准备者一概劝离。另一方面，城主命人在购粮的同时购买了矢竹和铅（用于制造子弹），还在领地内购买刀、枪类物品。翌日开始，领民聚集。不知是为报答城主的恩情，还是出于守卫领土之心，老人、女人和孩子们带着坚定的决心，连续五日聚集于此。当确定来者只有这些时，真名女与他们见了面。领民们聚集在本丸的马场，真名女让公主手持头盔出现在城墙上，五旗头扈从。真名女身着明黄色晕染的铠甲，佩带大刀，威风凛凛的身姿令五个武士黯然失色。领民们为统帅的英姿心动，一齐发出感动的欢呼声，发出新的战斗誓言。

战备动员开始。制造子弹的人、削制箭矢的人、构筑防垒的人、运送粮食的人、防守城门的人等等，让城堡内外充满了惊人的活力。另外，以城中武士家的女人为主，在城墙的外围挖掘壕沟，这是非常巨大的工程，但妇女们自始至终只靠自己的力量。开始挖壕不久发生了一件事。靱负之助巡视时，发现一组妇女停下手里的工作在窃窃私语。走近一问，其中

---

① 官名。

一人手里拿着一支笄,心生疑虑地说道:"这样的东西掉在了壕沟里。"

"这不是什么稀罕物,一支笄有什么奇怪的?"

"若是平常的物品自然没有什么,但这不是我们能用的东西。"

"不仅如此……"旁边的一个人补充说。

"我还记得这支笄。几年前,我曾在夫人府上侍候,我确切地记得,那是夫人家的日常用品。"

"这,这支笄,夫人的……"

靱负之助从妇人手上接过笄,脑子里突然闪现了一个想法。

"不管怎样……"他把那支笄包在了纸巾中,"我无暇查证类似物品,我们不能落后于领民,必须尽快挖好壕沟。拜托你们!"

"果然是夫人啊。夫人悄悄地和我们一起挖壕沟。"靱负之助听着妇女们的喃喃细语,往本丸的方向走去。来到广书院,他见真名女和往常一样身穿盔甲,正襟危坐于上座。靱负之助说有重要之事,真名女顾忌侍女们在场,挥手让侍女们退下。

"今日在挖壕处发现了这样的物品……"

靱负之助拿出那支笄,向前挪了挪膝盖。

"她们当中有人服侍过夫人,说这是御用之物。她们记错了?抑或真是夫人的御用之物?"

"……"

"若是御用之物，想必是夫人体恤家臣辛苦。但必须说您的想法有误。夫人是忍城的城主。您不该有这样轻率的行动……"

说到这里，靱负之助猛然瞪大了眼睛，头盔护眉下看到的不是真名女，而是和真名女有着相似美丽面容的甲斐公主。公主身穿盔甲替代母亲。

"这……"

靱负之助一时语塞。他眼前浮现的是满身泥土、和家臣的妻子们一起挖壕的夫人的身姿。

五

天正十八年（1590）五月，石田治部少辅三成率三万大军攻上野国。他指挥佐竹、宇都宫、结城、多贺谷诸将，于二十七日早上开始攻击馆林。馆林以留守兵为主，加上上野八城的士兵六千余骑，聚集一处合力抵抗。由于早先聚集的兵士没有做好决战准备，因此仅三天就全线溃败，三十日终于开城投降。

石田军乘胜追击，旋即侵入忍城，六月一日包围城堡，攻势猛烈。

城堡却岿然不动。一开始石田就知道忍城有多少兵将——忍城哪有什么防御，就连馆林也不过三天攻陷，何况忍城。石田军料想有个半天时间就能攻下。然而，攻击部队彻头彻尾地小看了对手，防御战的激烈程度完全出乎意料，他们竟然伤亡惨重地败退下来。怎么可能呢？他们不知道自己失败的原因，城兵的防守如此坚固，真的匪夷所思。天大的耻辱！下一次可要一鼓作气。攻击持续进行，第二波、第三波……可是城堡仍旧无法撼动。泥土堆砌的城堡，却像是一堵铁墙石壁，经过一次又一次歇斯底里的拼命攻击，敌方渐渐明白了忍城的防守是坚不可摧的。敌兵看到这完全超乎预想的事实，茫然若失。城兵的数量有限，武器也不多，却展现了令人惊异的防御战斗力。忍城有四关口、五城门，攻打其中任何一处，对方都有足够的兵力防御。他们把进攻的士兵吸引到跟前，万箭齐发，子弹全无浪费，像有生命一样，把进攻的士兵打倒。在猛烈的齐射掩护下，杀出的城兵表现出可怕的战斗姿态，像恶鬼，像罗刹，简直难以形容，任何一个攻击口都是一样的状况。据说城兵最多三百人，事实上给人的感觉却不少于两千，且毫无疑问都是精兵强将。此般评价在敌阵前蔓延。面对这样的对手，何以轻松简单地取胜？

主将三成也听到了这样的评价，他也为忍城的固若金汤感到吃惊，于是有一天他离开了本阵，站在了丸墓山的山丘上。忍城是平城，北有利根川，南有荒川蛇行蜿蜒，城堡大致在中间，地势很低，在其周围可以看到水田和沼泽。而在三成此刻站立的丸墓山中心，小高堤向北向西延伸，由于两条河流时常泛滥，农夫们为保护耕地而筑建了堤坝。三成看了这个地形，想起了以前高松城的战斗，秀吉对难以攻下的高松城用了水攻，显然忍城也无法抵御水攻。好吧，水攻。回到本阵后，他随即发号施令，利用防洪堤从南向西画半圆筑堤。工程不分昼夜地进行。由于人手多又不吝工钱，不到十天，一里多长的堤就修筑完成，旋即于咽喉处截断利根川、荒川，两条河川的浊流滚滚涌往低处的忍城。忍城甚至连寨子的根基都将泡在水里。但是没想到水攻还没有开始，连续数日的暴雨将好不容易筑起的堤坝一下子冲垮，浊流反而涌回敌阵。不仅如此，泛滥的大水总也不退，城周围一片泥海，逼得包围军连续后退三五町。看吧，这真是一场旷世罕见的战役。城兵们敲打着盾牌，手舞足蹈地有说有笑。"敌军简直是在水攻自己。""用这些冷枪暗箭真是讨厌，敌阵已在渐渐后退。""但这好歹也是关白的军队啊，得好好看看他们滑稽的可怜相。"时不时传来阵前的叫骂，敌阵的士兵也听得真切。但他们始终无法越过一望无际的泥海进行攻击，即便攻击，业已吃尽苦头，彻骨领略了城兵战斗气势的敌兵，恐怕也早已失去了突击的斗志。

就这样过了一天。即使弹尽粮绝，附近的居民也和城堡有着各种联系，只要是在石田军看不到的地方，粮食就会被源源不断地运入城中。修筑水攻堤坝时，作为苦力受雇的百姓也会把获得的工钱马上换成必要的物资带到城里，他们或冷不防地在敌阵点起火来，或深更半夜突然杀向敌营。忍城自有其不陷落的原因，会集八城六千余骑的馆林三天便开城，忍城却在历经三十余日激烈的战斗中坚守下来。这是将、兵、民，男女老少齐心协力奋战的结果，尤其是城内城外的百姓提供了最大的帮助。总之，女人笑到了最后，只要从内心深处振作精神，齐心协力地战斗就可以获得如此完美的胜利。石田三万的兵力，在他们的合力面前竟然无计可施。仅此一点，忍城之战在众多的会战记录中就有独特的价值……六月终于结束了。

六

七月晃眼的阳光从箭眼里射入。

真名女和靱负之助两人相对坐在忍城本丸的箭楼中。数日前，丈夫氏长发自小田原城的信函到了。氏长在连歌之友山城守山中长俊的调解下与秀吉缔结和约。军令如山，忍城亦须开城。

"对守城将士免于追究。退城时可保留私财。领民亦无须担忧战前的房屋财产。"作为开城的条件，这可是史无前例的宽大政策。商议的结果已定，虽然很多人想战斗到底，但真名女无意违抗丈夫的命令。真名女无可退让，做了最大的努力——领民们的房屋财产须与从前一样。作为下总守氏长之妻，真名女将战斗坚持到底了。而且，并非战败开城，是作为妻子的她服从了丈夫的命令。真名女决定开城，旋即解除了城兵的武装。

"您这次的指挥精彩绝伦，完全超出老人们的想象。"靱负之助感慨地说，"让少年们鸣锣打鼓，摇旗呐喊，显示军威。一旦敌军抵近，三百兵士立刻冲到最前线。无论攻打哪里，都是井井有条的指挥。敌军想必已闻风丧胆。"

"多亏忍城很小。"真名女平静地说，"兵员不足但步调一致，其实……领民们都已竭尽所能。我受益匪浅。农夫也好，商户也好，女人也好，孩子也好，一旦下定决心，就能做出这样大的贡献。战斗的胜利不仅仅在于城防的准备和武器，也不仅仅在于精锐的士兵，而在于领地内所有人团结一致浴血奋战的精神。"

"然而将那种精神糅合为一的是……"靱负之助从怀里掏出包在纸巾里的东西说，"这支笄。"

"……"

"夫人隐身于家臣的妻子中间，与她们同甘共苦。这是您一如既往的心。"

"那些无须再提……"

"对不起，我不会再说。但是……您知道吗？打那以后，那条壕沟便被叫作'笄堀'了。"

"这么说来，那是……"真名女假装糊涂地说，"那是因为壕沟是经女人之手挖掘的缘故吧。倒是城壕中少见的、温情的地名，留作她们最珍贵的纪念吧。"

真名女说着从凳子上站起身，突然从本丸前的广场上传来一阵欢呼声。靱负之助站起来。从城里退出的百姓们，仰望着这边的箭楼不停地叫喊着。

靱负之助回来说："夫人，领民们正在退城，想最后一次目睹夫人的英姿。他们聚集在箭楼前吵闹。请夫人去见见他们吧。"

"可我讨厌那样的盛情……"

话是这么说，但真名女反复考虑后，叫上甲斐公主，两个人静静地从箭楼走出……恐怕这是她作为城主，最后看一眼自己的领民了。

面影

一

弁之助七岁那年夏天，卧病两年多的母亲最终去世了。在幼小的他眼里，母亲是美丽、气质凛然之人，早就知道了自己的死期却仍能泰然处之。长期病卧却从不诉苦或消沉，总是眉头舒展地静静观察。弁之助每天从私塾回来后要去病室素读。母亲总是端坐在被褥上一动不动地倾听，一直到去世的五天前。她日渐憔悴，但面庞依旧清澈而美丽，瞠目而视的大眼睛也闪烁着澄静的光芒。临终时，宛如白瓷般的脸上倒映出庭院树木的深绿，仿佛一幅尊贵的画像。

"为您祈福啊。"行临别之水时，姑姑由利在一旁说，"为您祈福啊。我们不会忘记您的。"她说了好几遍，就像闭上眼睛看到了母亲一样。

在漫长的仪式结束后的夜晚，由利让弁之助跪坐在母亲的牌位前，递给他灯和香缓缓地说道："弁之助，你要好好听着，你母亲去世前最担心的就是你，现在还有今后，你的心都不要离开这里，你要健康地成长，为了社会，为了国家，成为一个有用的优秀的人，请让我一直守护在你身边。你母亲把你托付给姑姑了。虽然姑姑天生笨拙，但会尽我所能照顾你。可不管姑姑怎么努力，最重要的是你自己，你要堂堂正正凛然正气，否则将一事无成。你要比以前更加用心，谨慎处事，好好学习，将来成为一名杰出的武士。"

姑姑语气沉稳，端坐的姿势和目光透露出从未见过的严峻。弁之助吓了一跳，仿佛面对一个陌生的人，一边应声一边不由得低垂下眼睛……那时父亲旗野民部是胜山藩的大目付，家里有五个家臣和两个仆人，外加奴婢，人丁兴旺。但父亲因公务繁忙很少在家，几乎由姑姑一人负责照料弁之助。由利那时十八岁，身材又圆又胖，性格开朗单纯，是个体贴又温柔的人。不管怎么说她是个善良的姑姑，在弁之助被严厉训斥的时候她也会怜悯地哭起来。她从弁之助很小的时候开始，就在树荫下、阳光下庇护着他。武家的孩子生活简朴，平时禁吃糕点类食品，但只要弁之助死乞白赖，三次便有一次可以成功索要到。特别是母亲生病后，姑姑更有怜悯心，就连弁之助过度任性的要求也得到了许可。

但在母亲的牌位前说话时，姑姑的态度骤然一变。姑姑当时严峻的眼神，令弁之助至今无法忘记。以前那样撒娇的机会没了踪迹，放纵的任性也遭到禁止。过去吃饭时可以避开讨厌的菜，现在姑姑却故意堆在米饭上。不动筷子就不准离开饭桌，她还说"偏食是武士的耻辱"。

"到底怎么了？"弁之助觉得姑姑的变化不可思议。孩子的想法——"莫非我做错了什么，让姑姑不高兴了？"他想稍过一段时间，她就可以变回像以前那样温柔的姑姑……但是最终，那个愿望没有实现。

中秋九月中旬前后，父亲民部随从御主君飞骅①守信房来到江户。因由大目付拔擢为管家，所以民部很容易进入江户。出发的前一天晚上，父亲把弁之助叫到身边这样说道："我到江户安定下来后，再叫你过去。但我想，也许两三年内没有指望。我不在家的时候，你要听姑姑的话，好好学习。"

父亲接着说，要弁之助来年就开始练习剑术，一定克服自己的任性，别给姑姑添麻烦。那是母亲过世不久的事，听闻父亲又要远赴江户，弁之助悲痛欲绝。不过父亲不在家，姑姑一定会变得温柔一些吧。他一边这样想着，一边忍住不断涌出的眼泪。父亲给了他一把珍藏的短刀，第二天一早就带着五个家臣和一个仆人出发了。

二

送走父亲后，弁之助就做去私塾的准备。

"从今天开始，你就不带贞造了，自己去私塾吧。"听姑姑突然这么说，弁之助吓了一跳，仰视着姑姑问："为什么呢？"

"因为和助陪你父亲去了江户……"由利这样解释道，"从今往后，贞造必须独自处理宅内的各种事情。你已经七岁了，不带随从也可以的。"

---

① 为日本汉字。

"可是……那样的话，会被人家当作野孩子的吧？"

"为什么呢？要怎么看是人家的事情。身份高低，并不能决定人的价值。说那种话的人，就是所谓的'自命不凡'。"

姑姑的言语咄咄逼人。弁之助逃也似的离开了屋子，转过围墙后悄悄地擦掉了眼泪。

胜山藩以小笠原流礼式闻名，在规矩礼法烦琐的地方，家臣们的身份等级和礼法也比别处更为严格，真正的武士之子也要有随从，这是那个时代的惯例。因此独自去私塾，孩子也会感觉脸上无光，而且在靶场下面的十字路口总有一只恶狗狂吠骇人。弁之助知道，那条可怕的赤毛大狗咬过好几个人，拽住衣襟不松口。因为害怕，第二天他便对姑姑诉说了实情。于是姑姑用手指着他的腰说："你腰里插着的是什么？连条小狗都怕，这样的胆小鬼，就不要做武士了，经商去吧。"

弁之助可怜巴巴的，下意识地咬着手指甲，姑姑抓起那只手用力打了一巴掌。

"告诉过你，坏毛病总也不改！说过一次，就给我好好记住！"

他拼命抑制涌出的眼泪，这才意识到姑姑已不像过去那么温柔。

一到冬天，城下町三面可见的山峦上便积压着厚重的灰色云团。无风之时，重叠的山峦上便堆积出无数白色云团。不久，乡村也到了下雪的季节。那年的第一场雪是史无前例的暴风雪。从前一天夜里下到第二天黎明，积雪两尺多厚。伴着狂风，干巴巴的雪粉霏霏落下。吃完早饭，刚一到上学的准备时间，弁之助就突然说肚子疼。

"哪里疼啊？"由利走到一旁伸手摸摸他的肚子，"这里吗？还是这里？"

"再往上一点。"

"这里吗？"由利说着，盯着弁之助的表情，突然严厉起来，"弁之助，你是看下雪了，不想去私塾了对吧？"

弁之助摇头回答说不是那样。

"你过来！"她抓住弁之助的手使劲往门口拖去。

"姑姑……"

弁之助挣扎着喊道。由利用很大的力量搋住没穿鞋的弁之助，把他从玄关拖到门口，来到马路上。天空和大地宛若被雪雾笼罩，雪花有的从天上降落，有的被风从地上卷到空中，飞舞不停，混合翻滚形成旋涡，揉搓着往一个方向飘动，又被卷回空中，在剧烈的摇动中轰然崩塌于地面。迎面看时，有种眼睛和嘴巴都被堵住，透不过气的感觉。由利半拖着继续挣扎的弁之助，小跑似的来到了一个叫"下元禄"的地方，进入名为"平等院"的菩提寺墓地。弁之助感到莫名其妙，脸色苍白。要干什么呢？姑姑的样子让人有点儿毛骨悚然。干吗把自己带到这样一块墓地？孩子的脑袋里生出梦魇一般的恐惧。由利在雪地上用力拖拉，将他带到了他母亲墓前。然后膝盖并拢，跪坐了下来，用颤抖的声音说了下面一段话。

"请你听好，弁之助，我是受你已故母亲之托。虽然能力有限，但也照顾你到今日。可你好像无法成为你母亲期望的真正的武士，你无法改掉偏食的毛病，你害怕一条小狗，下点儿小雪就要逃课怠惰学问，甚至撒谎说肚子疼……"

三

"你这样下去无法成为优秀的人，还会玷污你父亲的名声。"

由利以尖锐的声调说着，且毫不犹豫地掏出了匕首。

"我无法再照顾你了，我没有能力才使你变成这样的孩子。所以在向故去的人道歉的同时，我要在这里刺死你并自裁。弁之助，请朝向墓碑问候你母亲，合掌……"

"请等一下。请原谅我，姑姑。"

他用崇拜的眼神仰视由利，浑身哆嗦着叫道。

"我知道错了。今后我会注意的。不厌食，按时去私塾，克服胆小的毛病，绝对不再啃手指甲。姑姑，请原谅我，请原谅我这一次。姑姑……"

"你那么害怕死亡吗？"

"不是。"

他抬起纸一样苍白的脸，用力摇头。

"不、不是怕死。说到玷污父亲的名声……我不能……"

弁之助满脸是雪，双手掩面而泣。由利咬紧牙关冷冷地注视。

那天晚上，弁之助走进自己的卧室熄灭灯，凝视着黑暗的空间，用呢喃的声音喊道"母亲"。业已忘却的母亲的面影，像画一样在黑暗中清晰地浮现出来。那不是母亲临终前的面容。母亲临终时，弁之助定定地望着母亲的面庞，希望永世不忘。然而此刻浮现的却是眉头舒展明朗、像在静静地眺望某处风景似的、温柔美丽的母亲的面影。他又叫了一声"母亲",美丽母亲的面影像点了点头,澄澈的大眼睛带着笑意。他咬紧嘴唇呜咽。果然是母亲最疼爱自己,没有人能像母亲那样亲切地对待自己。弁之助相信母亲现在也守护在自己身边,护佑自己成为一个对社会、对国家有用的真正的武士。母亲一直守护在自己的身边。他这样想着,悄悄地小声呢喃。

"母亲,弁之助一定会成为出类拔萃的人,一定会成为母亲期望的真正的武士。那样的话,相信母亲会表扬我的。"

为了最爱自己的母亲,一定要成为一名优秀武士。年幼的他,对着母亲的面影用心呼喊着。

雪中墓地匕首威逼时的恐怖,暗夜母亲面影的清晰浮现,使弁之助幼弱的心灵受到了强烈的刺激。他觉得自己仿佛获得了新生。母亲的灵魂永远守护在自己身边,也永远是自己灵魂的轴心。

姑姑日后依旧很严厉,一有什么事就说:"你和世上的孩子不一样。你没有母亲。做了同样的事,人家马上会说'他没娘'。武士的孩子被人那样说是一种耻辱。"

弁之助老实地回答"是",但他绝不会再以撒娇的眼神看姑姑,也不像以前那样轻易地说话。无论是他的眉毛还是紧闭的嘴角,都能体现出孩子身上少有的意志。春天来了,雪已消融,从私塾回来时,弁之助经常去平等院给母亲扫墓。如果回家太晚,姑姑会骂,所以他只能滞留片刻。他总是在墓碑前蹲下双手合十,嘴里跟母亲说东道西,或者插上途中折下的一些树枝，悲伤、愉悦、开心，百感交集。路边草长花开时，他会连根拔起褪色的紫花地丁栽在墓碑的周围。

"母亲喜欢花啊。"弁之助喃喃细语。到明年春天，紫花地丁成片盛开的话该多美啊。他幻想着，心中兴奋，但不久花就被姑姑统统拔掉了。

"墓地周围只能种佛前草，不种其他花草。这样会被人笑话的。"

他受到姑姑严厉训斥，让他从私塾回来的路上不要乱跑。从那时起，他就时常给父亲写信，希望父亲早点叫他去江户。

四

那年秋天由利要结婚。对方是藩内重臣长子，同为重臣的三宅五郎左卫门是媒人。那是三年前的婚约，因嫂子卧病和其后的家庭问题而延期。时至今秋婚期临近，由利又说要延期。男方对弁之助的情况一无所知，但在初秋，媒人三宅五郎左卫门时常来访，弁之助看到他和姑姑待了一会儿便回去了。晚上熄灯后，弁之助盯着黑暗的空间与"母亲"低声私语，他总是呼唤母亲，仿佛看到母亲的面影，跟母亲诉说当日的大事小事，表达希望并跟母亲约定心愿。那是他最开心的事，已成为他不可或缺的习惯。他也时常祈祷姑姑早日出嫁，这样父亲就能接自己去江户了。到了冬天过了新年，姑姑却仍旧没有嫁人，媒人也没有再访。弁之助知道这种期待是空幻的，便开始专注于自己的学习。

他从八岁那年春天开始去藩中的道场学习，九岁时，在私塾成绩开始明显上升，甚至有评价称之为秀才。姑姑闻之，仍是平时严厉的腔调。

"不要被那样的虚名迷惑哟。"她说，"你马上就要去江户了，乡下的秀才到了江户什么也不是……一扫一簸箕。为那无聊的虚名所惑，你会后悔的。"

姑姑说得对，那样的虚名令人困扰。他也记住了"一扫一簸箕"的比喻。那就让秀才这个词语不再是虚名吧，让自己从那个簸箕里脱颖而出吧，差不多到了意气用事的年纪的他这样想。姑姑越是严厉，他心气越是要拔尖，无论学问还是武艺都会竭尽全力。回头一看，连他自己都感觉吃惊。每天紧张得如弓弦紧绷。唯有进入卧室熄灯后，在黑暗中描摹母亲的面影呼唤"母亲"时，那仅有的时间是无可替代的慰藉，也是他的心灵支柱。

就这样，在十一岁那年初秋，他盼望已久的时刻到来了。在江户的父亲来信说要他去江户，这是天大的喜讯哪！姑姑脸色苍白，眼里噙着泪水，给他做各种好吃的料理，让他意外地感受到亲情，但他统统置若罔闻。令他悲伤的只有和母亲的坟茔分离，其他的什么都没有。他站起身来，像是催促来迎接的家臣和仆人。乡下的秀才到了江户什么也不是——他已将姑姑的话牢牢地记在了心中。一到江户他便开始专注地学习。主家的神屋在上野池畔，不远处也有许多可以观光的地方。父亲也鼓励他出来走走，但他不想被人嘲笑是乡下人，不想输给江户人，所以哪里都没去。

"内容太多的话，记不住吧？"父亲民部时常这样说，"学问这东西，光靠记忆不管用，略微有点空闲，好好咀嚼一下最好。让头脑休息一下，也是为了学习。"

然而弁之助已经形成了习惯，安排过多也不是有意为之。他已完全感受不到休息的欲望。

"都是被姑姑教育成这样的……"父亲笑道。

弁之助只是默默地看着旁边。其实父亲哪里知道，他之所以这样努力是被母亲面影支撑的缘故，并非因为姑姑的教育。那般教育反而让他从姑姑的手中逃脱。逃离了过度严厉的姑姑，唤醒了他对母亲的记忆，才开始了真正的学习。父亲若不了解这样的事实，会怎样想呢？干脆统统坦白了吧。他这样想着，仍旧默默地看着旁边。

姑姑不时有音信传来。去师山的大师堂看红叶，下九头龙川看香鱼，鹤峰已有积雪……来信中描述了许多故乡的山川或季节的变化。江户虽繁华，但到处是住宅，缺少使人赏心悦目的风景变化，那道路一下雨就泥泞，一天晴就尘土飞扬，往来的行人动不动就大声地詈骂。这些都给人一种嘈杂粗暴的感觉。所以姑姑来信中提到的故乡风物，令他产生了无尽的怀恋。但他没有想过，姑姑是怀着怎样的心情给自己写信的。他并不想念姑姑，收到信却从未回信。

五

由利的话并不夸张。他十二岁那年春天，应召到御主君飞騨守御前的大学讲课,课堂上众多家臣好评如云。在藩邸他的才能和地位业已确立。但在翌年三月入学昌平坂学问所时,他才触目惊心地知道了秀才的真正含义,知道了秀才实属凤毛麟角。

"母亲,社会真是无边的课堂啊。"

他到江户后每夜仍与母亲的面影对话,常以成年人的口吻细语。

"在胜山藩崭露头角不值一提,但弁之助不会服输。我向母亲保证,在昌平黉①也一定要出人头地。"

母亲的面影和过去一样眉清目秀,澄澈美丽的眼睛带着笑意。那梦幻般的笑容安慰着他,让他有意识地专注于学问。

转眼间,弁之助十五岁了。在那年春天的学问选考中,他成绩出类拔萃,受聘在仰高门礼堂讲学。仰高门的课程除了学生,普通百姓也能听讲,学问所的学生在此讲学可以说绝无仅有。家里人设宴庆祝,此事也传到了故乡。旋即姑姑来信祝贺,贺词部分只是非常简单的一句"祝贺你"。但其中"即刻去平等院,在你母亲的墓前详细禀报……"一节,却强烈刺痛了弁之助的心。他拿着信闭上眼睛,颤抖着深深叹息。平等院的墓地出现在眼前。当时的情景历历在目,弁之助从私塾回来绕道墓地,一个人悄悄蹲在墓碑前,在积雪融化土地松软之时,他拔下紫花地丁种植于墓园,不久被姑姑发觉拔光丢弃,当时的自己多么悲伤啊。他升为小姓是那年夏天的事

---

① 古时学校。

情。所谓小姓，乃是学问所的派工，并不像其他人那样每日挤到御殿，而是定期拜见主君讲经谈义。当然，这是他将来能够出人头地的机会，所以升为家中的希望也越来越大。

那年初，参勤之余飞骅守回故乡，弁之助也奉命随从返乡。当天晚上，父亲民部吃完晚饭叫他到卧室，气呼呼地说了一些话。

"你好像在怨恨姑姑啊。"

父亲意想不到的突然一句，令弁之助语塞。

"即便不到怨恨的程度，讨厌是真的吧？对不对？"

"我也不知道那是为什么……"

"父亲我早就心知肚明。"民部盯着儿子的眼睛说道，"你曾屡次来信要来江户。我知道你忍受不了姑姑严厉的管教，也觉得你挺可怜。但是父亲从未答应。为什么？培养一个真正的武士谈何容易！如果只是养活一个人就当别论。武士居于农工商的上位，生来就是特权阶层。他们要守护国家和主君，随时准备献出身家性命。然而在这个太平世道，没有奉献生命的机会，那种特权就是绝对有害的，如果不能坚守廉洁之心养成真正的武士魂，就会误入歧途毒害他人。因而，要培养一个真正的武士，无论是教育者还是被教育者，一旦掉以轻心便绝无成功的可能。那是一场战斗，必须抑制懈怠之心、自缚之心和畏难之心，必须不断鞭打锻炼。幼小的你一定受了很多苦。那你觉得姑姑不苦吗？"

民部稍事停顿，像是在看自己的话在弁之助心里有何反应。然后他用更加平静的语气继续说。

"对年幼的你如此严厉,姑姑要比你痛苦数倍。三岁的孩子也知道糖果是甜的鞭子是疼的。你应当换个角度思考,明知如此却必须手持鞭子的人是什么感受。更何况姑姑为你舍弃了自己的幸福。"

弁之助起先是低着头看地面,听罢又吃惊地仰面看着父亲。

六

"你可能不知道,当时姑姑已有难再遇的良缘。身份、人品都是绝无仅有,对方热恋姑姑,姑姑也满心期待。倘若结婚,想必会有人人都羡慕的幸福。可姑姑却断然拒绝了。即使媒人苦口婆心地劝说,也无济于事。姑姑的理由是结婚固然很重要,但自己的侄子失去了母亲,嫂嫂将其托付于她,即便不是如此,也无法舍弃了侄子嫁人。我也说了很多话劝慰,但他们最终还是分道扬镳。直到现在姑姑还说,你成年之前她都要留在旗野。弁之助……你也十六岁了,这个年龄多少应该懂得人心的正反两面。下次回胜山,一定要跟姑姑施礼!"

弁之助耷拉着头,两手紧紧抓住膝盖,无言以对。他由不同的角度,再度回想起那个雪天的恐怖瞬间。教育一个真正的武士是一场战斗。此时此刻,这句话向他展示了事情的真相。没错。比起自己的痛苦,姑姑忍受着数倍的艰辛与痛苦。幼时自己不能理解的严厉教育的背后,隐藏的是慈祥姑姑的眼泪。他感觉隔了十年才见到真正的姑姑，抑制不住情绪，泪如泉涌。他在心中描绘着与姑姑重逢的喜悦，那种喜悦在离开故乡到江户去时是意想不到的。他怀着喜悦的心情，随飞驒守回到了胜山。

再会并不像他期待的那么愉快。看见长大成人的弁之助，姑姑泪眼汪汪。但无论举止还是表情，她仍像过去一样不失严厉。她看上去有点儿消瘦，却仍是身穿铠甲的感觉。他希望看到的是早先的姑姑，更好相处且温柔体贴，并不是想让她继续娇惯自己，而是希望姑姑放下包袱，与自己心心相印。弁之助这样想着，晚饭后再次来到姑姑的卧室。但是面对面一坐下，他就自然而然地变得拘谨起来，莫名其妙地说不出话。

"您瘦了一些呢。"

姑姑微微耸了耸肩，嘴角露出一丝微笑。

"姑姑长期为我操劳。不知该怎样感谢……"

"说这些……为时尚早吧。"姑姑转而又说，"你已十六岁，迄今的成长还算顺利，但重要的是今后的修行。向我道谢要等你健康地长大成人，结婚，继承了家业之后。在那之前没必要惦记姑姑。"

"若有闲暇，就努力学习吧。"说这话的姑姑仍旧一副威严姿势。他喝完茶，带着无法形容的寂寞离开了姑姑的卧室。

那天晚上他早早地进了卧室。时隔六年未住的卧室那么熟悉，墙壁、隔扇、天花板、横梁，眼前的一切都勾起了童年时代的记忆，令他怀恋。他就像遇到一位老朋友，巡视着屋里的一切，然后慢慢地钻进被褥里，小声呼唤："母亲，弁之助回来了呀。好久不见。"

由利藏身于寝室外的过廊，听到弁之助的呢喃细语。她膝盖僵硬屏住气息，继续听着弁之助的自言自语，而后悄悄地起身离去。她蹑手蹑脚地走到了佛堂，打开佛龛门点灯上香。此时的由利已没有身穿铠甲的姿态，表情也松弛下来，眼睛里含着温暖的泪花。由利静静地坐着，双手合十，定定地看着佛坛。过了片刻，她双手掩面压低声音哭泣起来。她的肩膀在颤抖，抑制不住发出呜咽的声音，像在倾诉内心的喜悦。抽噎过后，她又静静地看着佛坛，用沁人肺腑的声音低语。

"嫂子，您听见了吗？弁之助在呼唤母亲呢。我过度严厉，让弁之助吃了不少苦头。我也知道不必那样，但是嫂子，我没有更好的办法。孩子能不能养育成才靠的是母亲的力量。只要不忘记过世的母亲，记住母亲美丽的面容，只要好好保存有关母亲的记忆，弁之助就一定会健康地成长。我始终坚持的信念就是，无论如何都不能让孩子忘记嫂子。为此，由利必须严厉且毫不留情，将孩子的心紧紧地系在母亲身上。"

由利拭去不断流淌的眼泪，唇际似乎浮现出一缕笑意。

"从那次的雪夜训诫开始，我就听到他在呼唤母亲。弁之助如今十六岁了，还是一如既往地呼唤您，恐怕永远不会忘记嫂子。'母亲'……那呼唤温柔无限。由利无怨无悔，做这个可恨的姑姑。"

忍绪[1]

---

[1] 系武将头盔的带子。

一

　　小飞蛾忽闪忽闪地飞舞，仿佛迷失在烛台周边，突然坠落砚海，仿佛被一只无形的手拂落。它一边抖落身上的白粉，一边凄惨地扭动身体。松子停笔张望，平时屋里但凡看到一只飞蛾，都会让她发抖。真是让人厌恶的虫子。可当时的松子却莫名地感觉怜悯。于是拿起一张习字的废纸，轻轻地把它从墨汁中救了出来。这动作多半无意识。她环顾四周，考虑着沾满墨汁的飞蛾该何去何从。突然反顾己心，打了一个冷战。想不到，自己的心中竟产生了那种感觉。不行，怎么变得如此优柔寡断？那不是自己本来的面目。这样想着，为恢复自己的专注力，她将黏有飞蛾的废纸轻轻地揉成团扔到了废纸箱里。

　　这里是上野国沼田城深处，城主伊豆守真田信之随德川家康的上杉征讨军出征，数日前率兵马出城。城中留下其妻松子看护两个孩子——六岁的仙千代和三岁的隼人。松子是本多平八郎忠胜之女，作为内大臣家康的养女嫁与信之，无论是从家世还是从教养上讲，身为武将之妻的她都做好了留守城池的准备。尤其是她意志坚定，劈刀、薙刀、马术等样样精通，巾帼不让须眉。即使丈夫不在，守兵不足百骑，需照看两个幼子，万一发生意外，她也做好了心理准备。她心知肚明，自己已做好了充分的准备，毫无懈怠。她坚信不疑，然而内心仍旧隐藏着一些不能舍弃的东西。她定定地看着纸上的文字，反顾自身。她捞起飞蛾不仅是出于怜悯，还觉得飞蛾寄托了某种心情——祈福丈夫和孩子的平安。她讨厌虫子，然而令她心动的是虫子的生命中总是寄托着自己的幸运。她在此般微不足道的小事中产生了明确的意识。不能这样，必须更加振作。松子自我鞭策。她闭着眼睛咬着嘴唇，一动不动地屏住气息，却难以获得平静的心情，于是在桌子前悄悄地站起身，去了孩子们的卧室。

仙千代和隼人在奶妈的陪伴下睡得很香。松子在黎明时分的灯光下，注视着两个孩子的睡颜，渐渐涌现出温暖而平静的心情，这心情自然与她丈夫有关。

"请告诉我留守须知。"

出征前松子对丈夫这样说。信之以寻常的温和的语气说："夫人要做好我会切断忍绪的心理准备啊。"所谓"切断忍绪"，即砍断系头盔的带子，亦即出征战死。丈夫平时讨厌过激的言语，此刻的表态却是罕见的强烈，不过说话时还是带着一如既往的眼神，像平常一样沉稳、温和且平静。松子的眼前浮现出丈夫当时的面容。对了，必须写一封信！她悄悄地站起身，就在此时听到仙千代喊了声"妈妈"。回头一看，孩子正睁眼看着自己。

"怎么，醒了吗？"

"爷爷来了吗？"

仙千代的话语很清晰。

"爷爷？哪个爷爷？"

"白头发、小个子的爷爷呀。说是来抱仙千代……"

说完，就不说话了。仙千代又闭上眼睛，发出平稳的呼吸声。松子莫名感觉脊椎发凉，又想起刚才包在废纸里丢弃的飞蛾。但那只是一瞬之间的念想，她旋即用力地摇了摇头。

仙千代睡得迷迷糊糊。

松子悄悄地离开了床边。

二

回到自己卧室的松子对随身的侍女们说"去睡吧"，然后坐到桌前继续写信，在信中对丈夫表达歉意。出征前夜，她对丈夫这样说："尽管女人说出这样的话有僭越之嫌，但我还是希望了解父亲安房守大人内心的真实想法。世事难料，我觉得即便父子兄弟间也常常会存有芥蒂。"但信之一言未发，没有不悦的表情，也没有赞同的表情，只是默默地望着烛台，仿佛什么都没有听见。

这次出征，上田城的真田昌幸携其子幸村将加入信浓国。对信之而言，安房守昌幸是父亲，幸村是弟弟，父子兄弟在箕轮聚首，本应加入德川军旗下。松子在老家的时候经常听到真田氏的大名。安房守昌幸作为军师，有"当代第一"之评价。但论其处事态度，却有许多令人不敢恭维的过去。他最初侍奉的是甲斐国的武田晴信（信玄），因看透了武田家的不良作为，转而向织田信长进贡，不久便到了上杉景胜幕下，接着给北条氏直献臣下之礼，转而成为德川氏的属下。但是不久又要去沼田城，向上杉景胜引荐次子幸村，作为人质以求获得庇护，还准备与德川氏战斗。丰臣秀吉平定天下后，他请求熟人帮忙，夺回了作为人质抵押在上杉氏处的幸村。北条氏灭亡后，德川家康占领了关东一带，沼田城也纳入其管辖之下。昌幸再次以长子信之为人质，帮家康稳定了沼田城的领地。战国时代，向背无常亦属正常。但这样一位"一世军师"，却是乏有节操。关白秀吉薨后，世间又无端起风云，突然间开始展示其强大存在的德川氏，与拥护太阁遗子秀赖的势力，在无形的怒涛中争执不休，不定何时又起战火。尤其此番，德川氏东征讨伐上杉的大军倾巢出动，关西守卫空空，这是拥戴秀赖者生事的最佳机会。考虑到这一点，松子在想：安房守昌幸跟随德川氏到底有多大的忠心？会不会在关键的时刻再度倒戈？她苦口婆心地将自己的不安告诉了丈夫。

信之最终一言不发地出征了，留给松子的唯有悔恨。父亲昌幸怎样做另当别论，丈夫对德川家的忠诚不容置疑。作为妻子，她比任何人都更加理解丈夫。松子在意识到这一点的同时，也理解了当时沉默无语的丈夫，与丈夫心心相印的她感到无以言表的愉快，恨不能马上给丈夫写信道歉。

要想准确地表达出自己的想法，没有比文字更加虚无缥缈的了。写了撕掉，再写再撕掉，循环往复。她总算在一个短暂的夏夜，东方泛白的时候写完了信。"啊，天已经亮了吗？"她注意到微微露出的纸拉门色调，嘟囔着，封上信封慢慢地站起来，走出了院子。

城下的街道还很暗，利根川也沉睡在浓浓的晨雾之下，赤城山的山岭已染成茜色，高空中传来鸟儿的鸣啭声。这座城山地连绵，夏天的早晨凉风习习，树叶的馨香和清爽的花香隐隐渗透，松子怀着豁然开朗的心情，从庭院的深处走向外城郭。她来到可俯瞰城门的高地，看到两个骑马武士由大广场疾驰到城门附近。这种时候会发生什么事呢？她这样想着，仔细观察。确实，两名骑手不是城里人。他们在晨雾中，一度进入城墙的阴影中，然后确实是奔向了城门。

莫非是丈夫的紧急信使？松子这样想着，马上返回屋里，用水梳了梳头。更衣时，老职①斋藤刑部报有客来访。她出去一见，果然是两骑使者，但并非来自丈夫麾下。

"我们是安房守大人的前哨……"

"安房大人……"

松子以为自己听错了。

三

"确实没错。左卫门佐（幸村）大人昨夜和我等一起住在

---

① 官职名。

涩川，命我等今晨来此……"

"使者来此何干？"

"传达一口信，即刻返回……"

松子送走了刑部侍从回到屋内，胸口因疑惑而憋闷。安房守昌幸与丈夫在箕轮相会，理应一同前往江户。怎么突然来了沼田呢？发生了什么变故吗？丈夫也在一起吗？光听使者说，她什么都搞不清楚。一夜无眠到天亮，松子再无心情继续睡觉，而是迫不及待地在等通知。

使者第二次到来已过两点，这是一行人的先驱，乃真田家叫海野十郎兵卫的武士，松子在城门处遇见了他。说是因安房守来到久吕保，甚至还用催促的口吻让松子迎接。

"我知道安房大人要下江户，为什么要了解此时沼田的具体情况？"

听完松子的反问，十郎兵卫未能立刻回答。松子又问一次，他说对此并不清楚。松子目不转睛地盯着使者的脸，继续问道："伊豆守（信之）同行吗？"

"不不，伊豆守大人下了江户。"

"那么要来沼田的是安房大人和左卫门佐大人两位吗？"

"是的。"

听到这句话，松子的心里有数了。

"那么只能这样回复安房大人。沼田不欢迎来客。我想，我不会再接待相关来客。"

"抱歉，您为什么要这样做呢？"

"详情不必说。马上回去禀报安房大人吧。"

说完，松子径直回到了屋里，根本不管十郎兵卫还想问什么。

昌幸父子来沼田的理由还不清楚，但是丈夫去了江户，只有两个人来此是可疑的，肯定发生了什么事情。即便没有什么事，但现在是战时，丈夫不在家，她坚信拒客是理所当然的。下午四点前，海野十郎兵卫又一次驱马跑来，浑身是汗。

"我再说一遍。安房守大人决心回上田城，途中专程绕道来此。无须特别招待，仅望借宿一夜。"

"正如之前所言……"松子冷冷地说，"莫来本城。我断然拒绝你的要求。安房大人父子为何不去江户？为什么要回信浓呢？"

松子一边说一边定定地凝视着使者的眼睛，她感觉十郎兵卫汗水涔涔的脸有点苍白了。他没有回答松子的疑问，而是描述了昌幸的托付。松子拼命地拒斥这种结果。

"目前正在大战中，不管是谁，都不能进入留守城池。如果执意如此，我会拿着火枪出来迎接。请如此转告。"

言毕，松子叫来斋藤刑部，让士兵武装起来，警备城楼、城门和关口。无奈的十郎兵卫策马回返，出城门时，看到持火枪的士兵出现在了城墙上。

回到屋内的松子严令城兵防守，自己也戴着头巾，身着盔甲。这一切对刑部而言像是谜。

"抱歉，您向安房大人的使者致意，又让城兵备战，是怎么想的呢？希望可以说来让我了解一下。"

"这是留守者的职责，请按我说的办。"

四

不管问什么,回话总是那几句。城防完善之时(兵力充其量不过百骑),昌幸父子到了沼田城下,让使者拿着昌幸的亲笔信进城。

> 知道留守须慎之又慎,固守城防十分重要。

信中这样写道。

> 对于信之而言,我是父亲,幸村是弟弟,公公、儿媳妇、兄嫂、小叔之间关系密切,却是需要慎之又慎的存在。离沼田越来越近,想到自己逐渐衰老,心情悲伤,不知何时能够进城。回到信浓若无缘再次相逢,也想着好歹能有一夜,与儿媳妇唠唠家常,抱抱孙子。对老人也是一个慰藉。除此之外并无其他。好歹让老人借宿一夜罢。

松子的心动摇了,信里的文字不会作假。想见儿媳妇,想抱孙子,这样的言语包含着老人完全真实的殷切之心。作为儿媳妇,作为孩子们的母亲,能拒绝老人的期待吗?"我也想和您见面。"松子的心痛苦地呻吟。这时仙千代和隼人从宽走廊走进来。仙千代睁着吃惊的眼睛,心中充满激动,稚嫩的脸上充满喜悦。

"妈妈,上田的爷爷要来吗?"

"安静点。"松子惊慌失措地斥责道。

"这里不是你们来的地方。奶妈哪儿去了？"

"奶妈是女人，不能来御殿。妈妈，上田的爷爷会来吗？"

"为什么说这个？有人跟你说了这些吗？"

"哪里有……没人说这些……"

松子马上意识到刑部是说过的。她发觉仙千代用疑惑的眼神盯着自己的脸，突然想起是半夜在卧室听见年幼的仙千代说"爷爷来了，来抱仙千代……"。此时的松子联想到自己丢弃的飞蛾，不，当时的自己肯定是睡眼惺忪。回想起来，与昌幸的来访奇妙符合的、他言语中的"爷爷"，莫非正是安房守？昌幸想念孙子，或许托梦给了仙千代吧。

"仙千代，你昨晚做梦了吗？"

"做梦吗？……梦？"

仙千代微微歪着头，回答说没有做梦。或许做过梦，或许梦见了昌幸。实际上只是两岁的时候见过一次，不可能知道那就是上田城的祖父。

啊，真想见爷爷。

但是，真的可以见面吗？仙千代离开后，松子再度思索了自己的立场。信中写道"回到信浓再难相会"。昌幸五十五岁，还不到老朽的年龄，沼田虽距离信浓遥远，却不至于无法再相会。然而昌幸执意要见面，是否有什么特殊的理由呢？回到信浓再无缘相见的理由……松子是心知肚明的，念及此，心情又骤然崩溃。"要做好我会切断忍绪的心理准备啊。"丈夫这样说。松子的脑海里清晰地浮现出丈夫的这句话。对，当下不可沉溺于感情。祖父和孙子、公公和儿媳妇的关系固然很重要，但如今是战时啊。如果迎入安房守父子，却令城池失守该如何是好？仙千代和隼人要是被扣为人质该如何是好？这并非闻所未闻之事。尤其是安房守过往的行为确有很多有失信赖的事实，拒绝乃是留守者的职责。松子终于下定了决心。

她确实做好了丈夫会切断忍绪的心理准备，给昌幸写了回信并交给了刑部，她静静地闭上眼睛，合掌在心中默念道歉："孙子们想见您，我也期待与您闲聊一夜，但仍旧无法答应。请您原谅。"

五

> 我无法接您进城，只能在城下安置住处，请在那里过一夜，希望您翌晨早早离去。为了不出差错，特意命侍女们前往接待。

读完这封信，昌幸把信递给了自己的儿子。

"不愧是本多忠胜的女儿啊。"幸村卷起信露出了苦笑，"您知道西边发生了什么事吗？"

昌幸凝视着自己的手，叹了一口气说："不管怎么说，这样的女人罕见，心如磐石。信之义无反顾地上了小山，无忧无虑，果然是因为这个妻子……"

这么说着，昌幸回想起两天前发生的事。

在箕轮相遇的父子兄弟正值出发前夜，治部少辅三成那边的密使到了，说请昌幸拥立秀赖公举兵。昌幸将密信递给两个儿子征求意见。信之的态度一贯稳重，自己受恩于德川家，得到家康的特别重用，沼田的领地也没有了后顾之忧，还娶了本多忠胜的女儿又是内大臣的养女为妻，作为武士不能忘记这个义理，他明确阐述了自己的立场——无论到哪里都要和德川氏命运相伴。在他那平静淡然的口气中，昌幸看到了他不可动摇的决心。"那么在此别过，幸村和我回上田。"昌幸这样说着结束了谈话。他感恩于已故的太阁，相信配合石田三成举兵是自己和幸村的道路，也就是说，分开时，父子成了敌我关系。"我本来想去见孙子们……"过了一会儿，昌幸带着孤寂的表情说。此时的他的确像个老人了，或者说寂寞中包含了某种万念俱灰的恐惧。

在刑部的指引下，一行人到了城下町预定的住处，迎接他们的都是城里的女性。她们头扎布巾手持棍棒守卫街道，又以谨严周到的接待料理住处的一切。此时若派男性接待会是怎样呢？这么一想，昌幸更加感叹不已。松子竟有如此缜密的考量和准备。到达的士兵并非静守，虽为女流之辈，却头扎布巾手持棍棒，显现出庄严的姿态，城墙上还燃起了篝火。"简直像进入了敌方阵地。""大意的话，遭到夜袭都不知道。"士兵间如此窃窃私语，终于在郊外度过一夜，几乎没有睡觉。

昌幸父子第二天一早就离开了住处。雾蒙蒙的早晨，沼田城变成了高地。陡坡上，正待离开城下时，昌幸勒马回头望。也许这是最后一次远望。他这样想着，这座城的箭楼像幻影一样在雾中飘浮，宛若被水刷毛轻轻地抚摸，城郭前一片朦胧，什么都看不见，只有腰部以上呈条状的箭楼穿过晨雾浮现于眼前。啊，箭楼下有自己孙子仙千代和隼人。昌幸突然觉得眼睛一热。转念一想，只要有那个儿媳妇，孙辈们的前途也就无须担忧了。

就在这时，城里箭楼上，松子和两个孩子一起瞭望着昌幸一行。听说爷爷他们就要启程，松子便带着仙千代和隼人来到这里。她让两个孩子坐在城墙的箭楼上，手指晨雾笼罩的城下町。

"快来看啊，仙千代，隼人也过来好好看看。"她说，"在那雾里，你们的爷爷就要回去了。"

"爷爷，是上田的爷爷吗？"

仙千代一双聪慧的眼睛吃惊地看着母亲，松子招架不住他的目光。

"是的，是上田城的爷爷。"

"爷爷还是来了啊。爷爷来了是真的吗？"孩子带着满脸的不服和不满，不如说针对的是自己的祖父。

"那为什么不来见仙千代呢？爷爷不喜欢仙千代了吗？"

"……怎么会呢？"松子很难受，轻轻地抱住两人的肩膀说，"马上会再来的。这次他有急事要办，下次来的时候，一定会带最好的礼物。"

"希望是这样，希望下一次一切顺利，让爷爷再次见到孙子们。"松子掩藏着涌出的泪水说。

"那么,招手吧。祝爷爷平安回到上田城。"

然而,松子的任务并未结束,在丈夫归来之前,会有更痛苦、更悲伤的事情发生,这只不过是开始的一个片段而已。松子的心倍觉压迫。她默默地拭去眼泪抬起头。

附记

几天之后,传来石田三成举兵之报。夫人马上把城下的妇女们调到城里:"无论发生什么变故都沉住气。自己作为伊豆守之妻守护这座城池,大家要同心同德,恪守武士妻子之道。"为防备家臣的骚动或离反,她让妇女们留守城中,且向丈夫传达了留守城池安全的讯息。信之在宇都宫接收到讯息,并于旬日后跟随秀忠的军队,一举攻下了弟弟幸村等守卫的伊势崎(上田城的堡垒之一)。念及此,信之夫人的态度,正可谓防祸于未然。

小指

一

"今天要穿那样的衣服去吗？"

"嗯。"

侍女八重取出腰间带有横纹格的礼服。平三郎站在一旁，看着八重手上的动作，不知道为什么要穿礼服。

"今天是什么特别的日子？"

"不，不是什么特别的日子。"

八重把礼服整齐地叠好，挟在腋下，然后取出扇筐，打开盖子取出庆典用的白扇放在礼服上。平三郎看着八重敏捷的手的动作……这是一只肉肉的、可爱的小手。右手小指的第二关节向内侧稍有弯曲，吸引了他的目光。那是姑娘们采摘时翘起的小指，弯曲弧度优美，娇态可掬。

"那根手指怎么了？"

"哪个？"

"右手的小指呀。"

"啊。"八重慌忙掩饰，用另一只手遮住了手指，"天生的呀。我早就说过了呀。"

说完，她把叠好的礼服送到平三郎跟前。平三郎刚刚穿上便服，便去解那裙裤的带子。八重吃惊地连忙制止，说明不必更换，礼服是放进箱子里随身携带的。

"今天返回时顺便去鹿岛先生那里，您下车的时候把这个换上……"

"噢，原来如此。"平三郎微微一笑，"是今天吧？"

"不能穿裙裤哟。"八重仰视着年轻的主人，露出提醒式的微笑，"因为和平时不一样呢。"

然后，八重膝行到近前，帮平三郎整了整裙裤的下摆，她轻轻地向下拽了拽，抚平褶皱后说："好了。"自己也抱着礼服站起身来。

父亲新五兵卫已先行出门。平三郎在母亲和家臣的护送下离家，在小马场的西边转来转去，嘟囔着"不能穿裙裤"，然后抬眼望望天空。晴朗的冬天早晨，不知什么鸟儿在高高的碧空飞过。他慢慢地向着宝库对面自己的勤务所走去。

平三郎是山濑新五兵卫的独子，在小姓组担当书物监管，父亲是川越藩秋元家的中老[①]。父亲也是举止稳重、性格温厚之人，从不发怒或大喊大叫。平三郎同样有着极其稳重的气质，唯一的毛病就是大大咧咧，虽无失败之虞却常常丢人现眼。记得很久以前，一天早晨更衣时，平三郎手上拿着裙裤想要穿上，却手足无措不知如何是好。时间尚早，八重还没

---

① 官职名。

上班。等她到时,看到少爷拿着裙裤茫然若失,就问道:"怎么了?"平三郎"嗯"了一声,还在沉思。又过了一会儿,他嘟囔了一句"果然如此",总算把脚伸进了裙裤。然后,与其说是逞强,不如说是带着柔和的表情微微一笑。"有点儿发蒙,不知这裙裤的哪边是前面。""……""果然,有板的这面是后边啊。"他安心地点了点头……这就是八重反复提醒他裙裤穿法的缘由。类似的事情有很多。即使每天早上都要做外出准备,在八重来此以前,他也是一错再错。或是错将袜子当成小袋子塞入怀中,或是忘带纸扇、镇纸,或是礼服、便装混着穿。

平三郎认定自己有疏忽的毛病,是在十八岁当了书物监管之后。在平和的家庭里享受温暖的父慈母爱,长大后的他开始埋头于无缘世俗的书物,自然养成了一种"疏忽癖"。父亲新五兵卫笑道:"有些人,憷憷懂懂是最佳的状态。"

话是这样说,但对母亲直女而言毕竟是一种令人心痛的心病。虽然在武士家里不合适,但她还是决定让自己喜欢的侍女八重去侍候儿子。

二

那一天,平三郎决定去相亲。阿部山城守的家臣中有一个叫鹿岛主税的人,是父亲的朋友,由他做媒介绍芝方左内的女儿。左内是主税的同僚,也在阿部家效力。因身份、年龄相仿,母亲首先来了兴致,父亲和平三郎也没有异议。对方捎话来一定要见见本人，所以约好了前去拜访。

平三郎离开时，就在勤务所换上了礼服，带着随从走出宅邸。秋元邸在神田桥域内，阿部的上邸在外樱田，距离不远。一行人首先去了之前去过两次的鹿岛家，在那里会同了主税再去芝方家。

听说芝方左内是管家。作为俸禄一万六千石的家中，这住宅十分宽敞。虽然庭院很小，结构却显得精巧别致……通过客厅，他们和主人左内说了一会儿话，妻子拿来了点心，随后女儿接待茶饮。平三郎似乎注意到了刚进来的妻女，几乎不敢正眼看女孩。

"这是我女儿早苗。"左内介绍说，"……不懂规矩，请鉴谅。"

平三郎"啊"地应道，但仍旧不敢正眼看。早苗赧颜垂首，却沉静优雅地上茶。她鞠了一躬，静静地走开。这虽有相当长的一段时间，但他的注意力似乎并未转移到早苗身上。

酒肴上桌，早苗又忙于照应，谈话不时中断。不知不觉间，席间的气氛安静下来，真是一场轻松愉快的小酒宴。平三郎还是没有关注早苗，不是无视的态度，像是自然而然的漠不关心。就这样，掌灯一刻时分，主税和平三郎离开了芝方家。

一回家，母亲就迫不及待地问："怎么样？"

"好酒好菜。"平三郎简单的一句回答。

母亲直女无奈，只好明确地问他女孩怎么样。

"你不是见到了吗？"

"嗯，她母亲倒是看得仔细……"

"本人不在吗？"

"当然在，可是我没仔细看哪。"

"为什么不仔细看呢？你就是去看那个姑娘的吧。"

"那倒是。"平三郎认真地点了点头，"可是母亲优雅善良，她的女儿自然没得说……"

这句话似乎打动了母亲的心，直女的眼睛顿时湿润了，父亲新五兵卫眼中带着温和的笑意说："你又不是娶母亲。父母好，孩子未必就好啊。"

"那倒是，可是……"他将信将疑地看着父亲，"……我喜欢母亲，我觉得有母亲才会有我的今天，所以我觉得不会有什么问题。"

"老伴，"新五兵卫对妻子笑道，"你得设宴啦。"

直女的微笑像哭似的，有意用事务性的语气掩饰道："你来操办吗？"

"没问题呀。鹿岛一定高兴。他那么热心地介绍。"新五兵卫点点头说，"家里也会很热闹的。"

平三郎一脸不解的样子。

第二天早晨，平三郎正为外出做准备。侍女八重问道："听说你的婚事终于定下来了？"平三郎点了点头。八重脸上洋溢出为少主的幸福高兴的神情。她想用某种形式来表现自己的喜悦。她一边整理要换的衣物，抚弄着裙裤的裤腰，同时用仰视的眼神盯望着平三郎的身姿，到底忍不住问道："一定是位漂亮的小姐吧？"说完，她也不知自己为什么满脸通红。

三

大概是因为言语失礼。八重这样想着，突然低下了头，蹭到平三郎的脚下，像往常一样整理好裙裤的褶皱，轻轻地往下拽了拽。当时，平三郎俯视着跽在自己面前的八重，突然觉得心中涌起了难以言喻的感动，就那样系着夹衣的纽扣仰望着天花板，在心里嘀咕道："这是怎么回事儿呢？"

少主僵在了那里。八重抬头仰视着他，莫非又是平素的那种走神状态？她悄然笑道："这不是裙裤吗？"平三郎莫名地点了点头，走出客厅。

第三天早上，还是做外出勤务的准备时，八重照旧跽在眼前，抚平裙裤褶皱，轻轻地向下拽了拽，平三郎感觉到一种柔软的力道，如梦初醒，喃喃道："啊，这样可不行啊。"

"怎么了？"

"不行，不行。"平三郎继续嘟囔着，"失策，失策。"

"怎么了？有什么问题吗？……"

"愚蠢。八重。"他说，仍旧俯视着八重。

"不是有你吗？这里不是有你吗？"

"我能做什么吗？"

"做平三郎的妻子呀。"

"……"

"不需要出去找。平三郎的妻子，八重最适合。奇怪的是，我为何浑然不知？这也与'裙裤'相关吧。"

八重面色苍白，连嘴唇都是白的，瑟瑟颤抖。平三郎用惊异的眼神看着八重的脸，五年来，她一直是自己最亲近的人。早晚更衣，操心持物，收拾寝铺，打理身边一切琐碎的麻烦事。反正净是与自己密切相关的大事小事。

"想必多少会有一点儿困难。"他盯视着八重说道，"我必须挽回。今天回家后，我会求父亲。你也跟我一起努力，行吗？"

说完，平三郎静静地出了门。

平三郎不信迎娶八重是件容易的事，但也不觉得是天大的困难。问题只是与芝方家达成了一定的共识。武家同志间一旦有了约定，事后反悔就比较麻烦。媒人鹿岛主税也会有困扰，更重要的是给父亲母亲添了麻烦。对他们来说，这是无法忍受的痛苦。但是平三郎认为，这是自己无法逃避的命运。抱歉给父母添麻烦了，自己的这种想法应该不会让他们过度气恼吧。

他按照自己的思路左思右想，然后在父亲和母亲面前说出了实情："请取消和芝方的婚事。"父亲沉默不语。母亲大惊失色。当他说到他要娶八重时，直女的脸色更加苍白。

"我去芝方家说明情况并道歉，也会跟鹿岛先生解释。"平三郎难得爽快地说，"这是我第一次请求，我知道会给二老添麻烦，但还是请准予。"

一家人沉默了很久。儿子理解父母的心情，父母也能理解儿子的心情。父母和子女之间没有任何顾虑。但光是这样，解决不了的问题有很多，不，毋宁说还有太多的麻烦。

"真有点儿难办啊。"新五兵卫接着说，"但要想办法稳住局面。鹿岛和芝方那边你不用去。我去说吧，就说要娶八重啊。"

"我错了。不该让八重侍候他。"直女的声音颤抖，"若不是那样，就不会这样节外生枝。"

"并不是谁有错。说起来大家都是善良的好人，八重也是个好人。我们也不要误解平三郎的心情。你让八重去服侍儿子也是因为相信他。大家都没有错。问题是已给了芝方家一个承诺，还有八重的仆人身份……"

四

"但是，那并非不可能逾越的困难。"然而在新五兵卫眼中，明显闪烁着困惑的神色，"平三郎，你确定要娶八重为妻吗？"

"没错。我确定。"

"八重是什么态度呢？"

"那我来问吧。"

直女插言道："不用急，先把芝方家的事了结为好……"

"我要问八重。"平三郎斩钉截铁地说，"虽然早上已经提及，我觉得还是明确问问为好。而且，父亲，这才是需要首先确认的事情，对不对？"

"是的。万一八重不同意……"

平三郎起身去廊下。母亲想制止,但看他态度异常坚决便没出声。他在廊下召唤八重,走进了自己的卧室。八重很快走了过来,但手扶着拉门外沿,没有进屋。平三郎有了一种不祥的预感。

"我刚把今早的事告知父母了,他们好像允准了,你能答应我吗?"

八重用颤抖的声音小声说:"我可以说吗?"

"嗯,我在问你呀。"

八重没有抬头,双手放在门槛上,深深地匍匐在地,回答的语气却十分坚定。

"少爷的思慕是我不堪承受的恩典,感激不尽无以回报。但我在家乡已有婚约对象。"说到这里,八重的肩膀剧烈地抖动,"擅自拖延了很久,望近期准予八重告假……"

"什么时候约定的呢?"

"来此之前,父母间约定的。"

平三郎感到一种胸闷的痛苦。那是直到二十五岁的今天都从未体验过的感情,不是愤怒、不满,也不是悲伤、懊悔,而是一种无路可遁的坠落,他感受到强烈的压迫感。他说:"你可以下去了。"八重用几乎听不见的声音说了一句"对不起",然后静静地离开了。在母亲进来前很长的时间里,他目不转睛地盯着房间的一隅。

"怎么说的?"进屋的直女看着儿子的模样,心里就有数了,"她说不愿意吗?"

"不,她在家乡已有婚约对象。"

"我再问一次吧。也许是她编的借口。那孩子心思重。"直女旋即站起身来。平三郎仍旧目不转睛地盯着房间的一隅。

第二天,母亲让他放弃八重。平三郎微笑着回答:"没办法。"他用明亮的眼睛看着母亲。

八重说,家里也在催她回去,这种情况下很难继续奉公,不久便告假回了川越的老家。新五兵卫和平三郎都没有再提八重的事,直女却时时想起她,懊悔不已,因为八重是一个可爱的姑娘。直女确实喜欢八重,拿针的方法和日常礼仪自不必说,从发型到穿着都是自己料理。读书写字,也是一教就会。所以才让她到与仆人不相称的地方服侍儿子。那样对待她,她却走得那么绝情。虽然知道事情的原委,却总有遭到背叛的感觉。但是,直女一方面心里怀着一丝怨恨,另一方面又庆幸这样的结果。

"不管怎么说,仆人做妻子,社会上闲言碎语……不幸中的幸运吧。"

"那就应该褒奖八重。"

"什么呀?两码事儿。"

"你的话前后矛盾哪。"

平三郎听着父母的问答,茫然地盯着自己右手的小指。

五

芝方家的事了结了,并不是特别困难。对方只说非常可惜,本来可以酌情稍稍延缓决定的。父母觉得可惜,平三郎没有犹豫，最终解除了婚约……之后的日子里，直女想找人替代八重。平三郎却说"要自己创造机会"，于是身边琐事全部亲力亲为。长时间依赖别人，导致性格上的毛病无法立刻改正。所以心情好的时候还好，动辄还会发生类似"裙裤"的麻烦。每逢此时，他的脸上就浮现出无限孤寂的苦笑。

"八重，我又犯毛病了呀。"

他心里嘟囔着，动辄停下来呆呆地看着一处。

"裙裤这样穿可不行哟。"

八重的面容突然浮现在眼前。

他嘟囔道："八重，你不担心吗？"

日月流逝。翌年秋天，鹿岛主税带来另一桩婚事。平三郎只是在笑。直女之前就一直注意儿子的举止。看到他一直傻笑忍不住问道："难以忘怀吗？"他惊讶地看着母亲。

"那件事啊。"直女似乎难于启齿，"……还在想八重吗？"

"啊，八重吗？"平三郎老实地点了点头，"……那时候我很为难，根本没想到她还会有婚约对象。"

直女不清楚是不是八重占有了儿子的心，抑或是当时不幸的"条件"还在发生作用，总之她明白了——儿子此时没有结婚的意愿。打那之后，虽不时有人牵线搭桥，但想到平三郎"再等等"的心情，每次机会直女都白白放过了。

第三年秋末，新五兵卫突然病逝。高烧持续了数日，过于突然，医生也没办法判断死因。平三郎继承家业后，又有人前来做媒，也有人直接找他说服劝导，但仍旧没有具体的结果。平三郎只能托词"过了父亲的一周年忌日再说吧"，大家也只好作罢。就这样过了六年岁月，平三郎到了三十三岁的年纪。之前一直默默顺从儿子的直女，已经失去了等待的耐心。"差不多该结婚了……"她反复这样唠叨着。

"是啊。"平三郎也老老实实地点了点头，"……如果有合适的人选，就可以办了啊。"

"你真是这么想的吗？"

"当然是真的，但我不想再去相亲。"他笑着说，"……母亲看着办吧。请找我喜欢的人。不想再有变动……"

直女一听，也破天荒地心中敞亮。

可真要去找，良缘何其少。平三郎年龄不小，长期拒谈婚嫁，因而托人帮忙也有种种难处……尽管如此，在那一年的秋天，在亡父新五兵卫的七周年忌日临近之时，终于找到了两三个合适的对象。

"七周年忌法事结束后，就明确定下来吧。"直女说。她似乎开心地为选择候选人而烦恼。

法事是在川越的菩提寺举行的。出了寺院，平三郎直接回了江户，直女在亲戚家滞留了三日，在深秋的武藏野四处游览了以后才踏上归途。那是一个阳光微弱，寒冷彻骨的日子。出了城下町，在芒草和杂木林相连的路上走了一会儿，她突然想起附近便是侍女八重的出生地。她是怎样生活的呢？那时怨恨的心情，早就无影无踪了。倒不如说，鲜明浮现于眼前的是自己疼爱时的八重的面容。她现在生活得幸福吗？或许已有了两三个孩子？这样想着，直女产生了强烈的愿望，就想去见八重。她让随从打听了地方，绕了一点路，但不远。

她走回大路寻访八重。

直女很快找到了八重的家，在一个大约三十户人家的村头，南向房屋，北面是麻栎树林，南面是明媚阳光照耀下干枯的桑田。迎接她的是八重的兄长吾八，曾经来过江户的家中四五次。他一见妹妹的旧主，就非常高兴，手忙脚乱，他恳求直女一定要到家里来休息片刻。但直女急于回家，便让他转告八重——人到了，想见个面。同时问八重的婆家是否在附近。吾八丈二和尚摸不着头脑。

"不对啊，八重还在家里啊。从府上下来的时候，也有很多人做媒。但怎么说她都不出嫁。结果至今……"

"但我听她说，当时是有婚约对象的。是不是已经分手了？"

"婚约对象……"吾八一副木讷的表情，"什么？我怎么不知道？在这片土地上没发生过那样的事。"

"可是，八重告假的时候……"直女的脸上流露出强烈的飘忽不定的神色，看着吾八，"八重现在在这里吗？"

"在啊。在隐居所。"吾八有些自豪地说，"从那以后，她就教村里的姑娘们读写和缝纫。说起来，她喜欢模仿私塾的做法，这也多亏了在贵邸奉公的经历。"

"现在人呢？"直女打断了吾八的饶舌，"那个隐居所，从哪里过去比较方便？"

"我给您带路吧。"

"不，我一个人去吧，在哪里？"

"从那个旁边往右走，西侧便是……"

直女走了过去。从家门前向西绕，横穿桑田边，在小杉树篱笆那边有一栋房子……直女走到檐廊前，还是早上，没有人来练习，八重独自一人在房间的一角点着炉火……八年的岁月，她有没有变了样呢？总的来说，微圆的身材仍不失苗条，曲线紧绷，眼鼻还是有很大的变化，直女几乎已认不出来。确实，大概是受授课生活的影响吧，八重身上增添了早先没有的静寂气质。

"啊……"

八重感觉有人走近檐廊，突然抬起眼睛。当她认出了来者时，发出了喜悦的惊叹声。

"啊，夫人。"

她跑到了檐廊，留意到直女仍在苦苦寻觅的双眸，像是被击打了似的倒吸口气，额头变得煞白。直女什么也没说，久久盯着八重。八重崩溃般地坐在了地上，双手伏地深深地施礼。直女被她吸引，走上檐廊，坐在距八重膝盖很近的地方喊道："八重。"

"为什么……那时你说有了婚约对象？你听我说，你讨厌平三郎吗？"

"怎么可能？"八重剧烈地摇头，"……怎么可能呢？"

"那为什么要说那样的谎话呢？平三郎为了你，甚至不惜解除了婚约。你应该也知道我们会同意他和你的婚事的……我儿子至今还是独身一人啊！"

"对不起，夫人。"八重两手掩面，"……请原谅我。"

直女一直看着八重啜泣的模样。无论是呛咳声、呜咽声，还是颤抖的肩膀，都表明八重在承受着言语无法形容的痛苦。那种内心的秘密只有女人才能理解。那种唯有女人之间才能相通的微妙的心理，瞬间将直女和八重连接在了一起。

"少爷的心也……"八重抽噎着说，"……老爷、夫人想着八重，我也非常高兴。光是那句话，我觉得作为女人就值了……如果能接受的话，我当时就想……天大的幸福，我真的不敢相信。但是……我意识到不能接受，我知道接受就是恩将仇报，如果因为自己使少爷的英名蒙受瑕疵，死也不可原谅……"

"那么，你也不讨厌平三郎对吧？有点儿喜欢对吧？"

"夫人……"

八重再也无法抑制，放声大哭……直女伸手搂住了八重的肩膀。

"八重……你啊，受苦了吧。"

然后，自己也只手掩面。

那年的霜月中旬，平三郎娶了妻子，是同藩田边重左卫门的三女儿，名叫"八重"。无论是母亲告诉他八重的情况时，还是在他接受贺喜后，他似乎都没有特别的反应。过了约莫二十天的一个早上，平三郎正在做外出的准备，看到妻子在叠换下的衣服，他突然瞪大了眼睛，一副十分惊诧的模样……妻子在忙碌，右手的小指朝内侧微微弯曲。他带着终于清醒过来的心情，注视着妻子的身影。然后他又看了一眼右手的小指，旋即静静地走出卧室，去了母亲的房间。

直女为他沏了出门前的热茶。他走过去坐在老位子上说：

"母亲，还是那个大'裙裤'啊。"

"……八重，还是那个八重呀。"直女惊讶地抬起眼睛，柔和、明朗地微笑着。

萱笠[1]

---

[1] 用芒草制成的草笠。

一

"听说我家主人这次升为酒井大将的跟班了。"

女人厚厚的大嘴唇快速翕动,像乱调的乐器,异常嘶哑的声音没完没了,强烈地迸发出来。

"说到跟班,武士的话就是本阵的旗本①。作为足轻②,没有比这更荣耀的了。不管怎么说,被酒井大人看得起,直接被委任提刀、拎鞋之类的活儿,还有传达枪队撤退之类的命令……模仿酒井大人的口气,即使面对枪队的旗头,也可以大喊'枪队撤退!',这种话平时谁敢说啊。胡说八道的不得挨枪子儿啊。然而那时是在模仿大人下令,谁都无话可说。"

"可我听说,这种传达军令的角色,通常是一位武士担当的。"她毫不示弱,与之前说话的女人针锋相对,"在黑底正方形的布上写着'使'字,手持这种旗的肯定是德川大人家的旗本使者。其他人一概不得传达军令,这是众所周知的事实。"

---

① 旗本:江户时代拥有谒见将军的资格的幕府大臣。
② 日本武家时代的一类步兵。

"那是御本阵吧。"先前的女人坦然回敬道,"御本阵就是这样,我也知道啊,但是旗下大将的阵前不会有旗本使者。怎么会有那样的角色呢?如果大将也能纷纷效仿的话,战场上就使者遍地了,乱七八糟不成了一锅粥?绝对不会有那样的事情。"

在远江国浜松城的外城郭,有一家叫"绳小屋"的制造军用绳子和席子的工厂。在铺着地板的房子里,四五十个满身草屑的女工在劳作。她们是德川家康直属军兵"御手者"的家属。同样是足轻,但从属于诸将者和"御手者"地位不同,"御手者"他们住在外城郭的长屋里,照看武器,制作军用杂具,战时还要照顾撤回来的伤兵,或支持粮秣补给,发挥着核心作用。当时德川家康和织田信长的军队合力攻打三河国的长篠城,浜松成了一座留守城。父亲、丈夫、孩子、兄弟,女人家里的男人统统奔赴战场。她们一边工作一边闲聊,话题当然是会战、对战场上的丈夫和兄弟的夸赞,诸如此类,且毫不在意身份的卑微。她们你一言我一语,叽叽喳喳,毫不掩饰自己的得意与骄傲。

除了吵吵闹闹的妻子们,还有一个十人上下的小帮派,都是年轻姑娘。她们也在编着草席闲聊,说话不像婆姨们那般放肆,在涉及婚约、兄弟、父亲等的谈话中,小心谨慎地掺和着姑娘特有的憧憬和梦想。秋津总是坐在角落里,是始终默默劳作的三个姑娘之一。三人的性格极其温顺,境遇和身世也很相似。十七岁的花世的母亲不久前故去。十八岁的阿新有很多年龄很小的弟弟妹妹,生活赤贫。秋津则是一个孤儿,母亲在她年幼时过世,父亲也在四年前因病过世,秋津那年才十六岁。父亲去世之前是足轻,下等武士,却希望上战场战死,病死的结果令之抱憾。"你若是一个男孩多好,就可以代父从军了。"父亲这样说着流下了眼泪,秋津没齿难忘。父亲死后,远亲太田助七郎将秋津接到家里抚养。太田助七郎就是"御手者"足轻。秋津十九岁了,说不上标致却也长得不丑,但因那样的身世,婚事很难成功。所以只要到了人堆里,她就会主动缩起肩膀,做一个安静的、很不起眼的姑娘。

只有这三人不加入人们的闲聊,她们在默默地工作。但是那天,花世和阿新反常地喜形于色,不断地低声私语且缩着肩膀窃笑不已。

"如果是真的,一定要庆祝。"阿新这样说,回过头来看向秋津,"秋津啊,昨天三河那边来信了,听说花世的哥哥这次当上了足轻头儿。"

"哦!那真是值得庆贺的大喜事。"

"哎呀,值得庆贺的是阿新啊。"花世急忙掩饰道,"秋津你知道吗?我听我妈说,阿新最近跟泽仓孙兵卫大人定了亲。"

二

"啊!别瞎说。花世……"阿新顿时脸红起来,"说什么呢?庆贺什么?泽仓大人现在在三河的军队里,即使订了婚,也不知道他能否凯旋。我并没有什么欣喜的心情。"

"别说这种话。要是战死了，你还能退婚不成？"

"哪里，怎么会呢？"阿新坚定地抬起头来，"订了婚，我就是泽仓家的媳妇。泽仓战死，我马上就会去泽仓家，一生服侍公婆。"

"是啊，那就和出嫁是一样的呀。既然这样，就该向你道喜啊。秋津，你说呢？"

"当然……"阿新抑制住激动的心情，用非常沉静的语调说，"你哥哥也好，泽仓也好，都在三河国并肩战斗。现在这里各位的父亲、兄弟、孩子也在浴血奋战。这种情状下，我怎能有苟活之念？我未来的丈夫正在大人的鞍前马后激战，那才是一种幸福。我能切身感受到的幸福啊。"

"我完全理解你的心情。"秋津应答道，"我也在考虑同样的事情。能有那种想法，真的是一种幸福呀。"

为什么这么说呢？秋津自己也糊里糊涂。三个境遇相似的不幸的人，其中两人能体会到那种温暖的幸福，莫非自己心怀嫉妒？莫非自己因不想被剩下而在逞强？确实是两种心情兼而有之。说什么丈夫正在鞍前马后地浴血奋战，说什么念及此感受到了生命的价值，阿新的这些话严重刺伤了秋津。父亲临终时说："即使是身为足轻，一生的夙愿也是战死沙场。武士患疾而终是最大的悲哀。你若是一个男孩多好，就可以代父从军了。"父亲的遗言跟阿新的言语一样，强烈刺激着秋津的心。不能自甘堕落，这种心情涌上了心头，她只是下意识地脱口而出，并未深入思考，完全出乎意料。说了之后她感觉后悔,心情郁闷地想要封口。阿新和花世却立刻有了反应。

"啊呀,秋津啊,你也有意中人了吗?"

"哎哟!这样啊!我们之间还要保密吗?那也太过分了!"花世往前挪了挪靠在秋津的膝盖上,"那就不能不问啦。说吧,他是什么样的人啊?"

"就是的,一定得从实交代……"阿新偷窥了一眼说,"不能隐瞒。他叫什么名字啊?说吧,绝对保密!说啊!"

秋津说:"可是……"她浑身战栗,拼命抑制住自己的情绪对自己说"什么也别说,保持沉默",但却感觉一种无形的力量在牵引着自己。她颤抖着说:"真的只能跟你们说啊。"

"嗯。放心吧。绝对保密!快说吧。他是谁啊?"

"吉村,是吉村大三郎。"

"啊!吉村啊!"花世惊得目瞪口呆,"那个暴徒大三郎吗?"

"花世,别胡说。"阿新斜瞪了花世一眼说,"别说那种无礼的话哟。虽说能喝酒又脾气暴躁,但他却是先锋部队的足轻头儿,人品也有目共睹,很好的啊。他和秋津也有夫妻相呀!"

"哦,对对,我也这样想。只是曾有传闻说他讨厌女人。所以,我只是有点儿惊讶而已。恭喜你啊,秋津……"

"谢谢。"秋津十分痛苦,用唯唯诺诺的声音答道,"请一定保密啊。说实话,我只是跟大三郎有个约定,还没公开。请两位一定保密啊。"

"嗯。别担心。绝对不跟旁人说。"听了两人起誓,秋津的身体仍战栗不止。

三

虽然说出吉村大三郎的名字十分痛苦,但是秋津别无选择。大三郎仍属"御手者",二十七岁在本阵先锋部队任足轻组小头领。虽然他喝醉了酒就撒酒疯,平时有诸多旁若无人的举动,但在战场上打仗却英勇无畏。他长得仪表堂堂,二十七岁了还是单身。因为这样的性格,让女孩的父母们踌躇不决。他自己也对着来,曾斩钉截铁地说讨厌女人。所以即便有父母满意的亲事,他也充耳不闻。那样的一个人,倒是秋津梦寐以求的对象。大三郎肯定没有未婚妻,因而秋津虽觉痛苦,但还是接受了这唯一的办法。

"三河来了一封信。"一见面,花世就这样说,"听说最近有货队前往。你也得捎信过去……"

"嗯。我每次都给泽仓捎信的,这是留守者的职责啊。"

"嗯。我也会。"秋津低头应了一句,接着说,"我的事一定保密啊。泄露出去真的麻烦。一定答应我。"

每次这么说时,秋津都浑身发抖,仿佛看到了恐怖的怪物。

长筱城会战以己方的大胜而告终,消息传到浜松,是在天正三年(1575)五月二十四日。城中举城欢庆,城下町的所有角落都洋溢着活力,人们欢欣鼓舞。其间,去镇上购物的秋津想绕过壕沟返回外城郭的长屋,却在火药库下被一个陌生的老妇人叫住。

"你是太田助七郎家的秋津吗?"

"是的。"秋津看着老妇人说,"我是秋津……"

"我说怎么看着像呢……"老妇人微笑着点了点头,"我要跟你说几句话,能来家里坐坐吗?你是刚收工回家吗?"

"是的,这会儿不回去的话……"

"那你就先回去吧,回去报个平安,然后到我这里来一趟。一会儿就好,我有话跟你私下说。"

"您是哪位?"秋津抱紧购物包问道。

"我是吉村大三郎的母亲。"老妇人静静地回头看了一眼说,"那我等你。"

没等秋津回话,她就离去了。

没错,那是吉村的母亲,常常见到,应该有记忆的。秋津这样想着,目送着吉村母亲的背影。她突然面色苍白愕然不已。"那我等你。"老妇人的话音犹在耳畔,这声音似具有穿透性,尖锐刺耳,真切地在耳膜的深处苏醒。秋津心不在焉地回到长屋……太田家还有三个年幼的儿女,都很喜欢秋津,只要她在家,几人就形影不离。这会儿看见归来的秋津,他们欢呼着围了过来。秋津却跟丢了魂儿似的,拼命躲闪着说:"等一会儿,等一会儿……"随手把购物袋交给了太田的妻子,就这样把自己关进房间。说到自己的房间,其实就是足轻长屋,一间躺下仅能伸开手脚的鸽子窝,昏暗狭小,晒不着太阳,且没有任何家具,给人以凄凉之感。放置在小窗下的旧桌子是已故母亲的爱用物,秋津一靠在那张桌子上就会想起母亲，悲伤的事，高兴的事，总会想起一些事情，她总喜欢靠在那张桌子上喊"妈妈"。现在，秋津也靠在那张桌子上，却已没法再喊"妈妈"。即使喊了，也不会再有回应。自己造的孽只能自己去承受。"啊，啊——！"她像被人勒住脖子似的大口喘气，浑身战栗掩面而泣。

苦思冥想无济于事，苦思冥想解决不了问题，秋津一直以来都是痛苦不堪。然而坦白之后就会平静下来。若己方大胜，大三郎也将凯旋。总有一天真相会公之于世，趁现在坦白一切并谢罪是最佳选择。大三郎的母亲想必也能理解自己的心情。下定决心的秋津若无其事地自语，而后去了吉村家。

"啊，你来了。"吉村的母亲热情地迎接，"屋子狭小，快进来吧。家里就我一个人，无须客气。"

四

吉村的母亲由利女亲手沏茶，用加了炒面的点心招待她。虽是同样狭小的足轻长屋，但柱子、门板、窗框都被擦拭得锃亮呈龟甲色。整齐摆放的家具虽非贵重物品，却显现出爱惜使用的岁月痕迹，显现出贵重物品都十分少有的厚重光泽，让人看在眼里就会产生内心平静的感觉。这是多么令人艳羡的嗜好啊。秋津仿佛回到自己业已遗忘的故居，充满了怀旧的心情。

"我不会告诉你是从谁那里听来的。"吉村的母亲开口便说，"但是听说了就不能不闻不问。很抱歉让你来一趟。我先了解你的想法,再去跟太田大人说。秋津……那个传言是真的吗?"

终于到了关键时刻。秋津紧张得浑身颤抖。她眼望吉村的母亲,努力抚平紧张的心情。必须诚实、清楚、一五一十地坦白而后乞求原谅。她不断地这样告诫自己,默默地将双手放在膝盖上。

"实在对不起,不知道怎样道歉才好。我做了这样的事,无地自容。"

"哎,别说那样的话。"

吉村的母亲不知怎么想的,一句话挡了回来。

"好啦好啦,我明白了。你的情况我完全理解。你这样的年纪,无法回答这种问题。一言难尽啊。秋津……"

"但我必须说出自己的理由,请您一定原谅我……"

"原谅?"由利女突然盯着秋津微笑,"原谅什么呢?我该向你道谢才对。他是独生子,在社会上名声不好,我也是束手无策十分苦恼。也许做父母的都这德行,我却认定他绝非天生那种性格。照顾母亲,他十分细心、体贴入微。他只是天性好强,讨厌外人误解自己,所以时不时故意显露出粗暴、野蛮的举止。我相信,要想改掉他的这种坏毛病,必须让他早点儿娶个好媳妇。"

吉村的母亲说到这里,仿佛涌出了什么感慨似的,不再说话,直勾勾盯着自己的膝盖。秋津带着疑惑的表情,那些话让她丈二和尚摸不着头脑。吉村的母亲带着如泣如诉的目光看着秋津继续说道:"我拜托了很多人,自己也四处寻找,希望找到一个好儿媳。但是几乎所有的父母都认为大三郎不靠谱,所以他至今没有好姻缘。我已经心如死灰,感觉今生无法看到儿子娶妻成家了。方才听到你那样说,说实话我不敢相信。大三郎那孩子,怎么可能主动跟女孩子求婚?所以我认定是谎言。可是……"秋津想要说什么,由利女制止了她,继续说道:"想不到还有这样的希望。我曾悄悄地跟踪你,观察你,或在近处若无其事地找人探听。现在想想都觉得惭愧。我终于明白那不是假的,这样的女孩与大三郎交往并非不可思议。不,我甚至觉得他成功地完成了一件大事。"

"您稍等。"秋津忍不住插言,"您想错了,那我就更对不起大三郎了,我必须解释清楚。"

"还能听你说些什么呢?我真高兴啊。没有比今天这件事更令我高兴的了。秋津,我真的由衷地高兴。"

吉村的母亲说着,抬起手轻轻地捂住了眼睛。秋津惊慌地屏住气息。由利女的喜悦无以言表。秋津也是女人,感同身受。她有话说不出口,不能破坏这莫大的喜悦,至少她做不到。一句谎言把秋津拽到了这种境地,她就像坡道上滚落的石头一样,被一种无可奈何的力量拖曳着。秋津只能在眩晕中茫然地任由事情发展。

五

打那以后,忙碌的日子继续。吉村家托人来说媒,恰好助七郎与从长筱凯旋的士兵一起归来,也没与秋津商量就确定了婚事。大三郎仍留在家康的本阵，准备参加下一次会战。秋津决定在他返回前守护由利女，她只带了一点儿随身物品，就搬到了吉村家。

不过是形式上的移动罢了，秋津丝毫没有"出嫁"的感觉。在大三郎返回前，她要照顾由利女，觉得至少这是一种赎罪。大三郎的母亲却认定她已是过门的媳妇，家务事和大小应酬都让儿媳去安排。

"家里房子小，也没有什么需要特别提醒的事情。"说完，从各类工具放置场所到打理的方法，乃至与近邻的交往，她都手把手教给秋津。此时，由利女突然笑着说："对了、对了，我带你看个东西。"

她从储物间拿出一顶芒草做的一文字笠①。"大三郎自己做的。"吉村的母亲将草笠递给了秋津。"……他喜欢侍弄田地，种了两块地的蔬菜。做农活或是割马草时，他就戴上它。他总是有一句口头禅，将这草笠戴在头上之人必须有一颗清净的心。是啊，他每年做一顶这样的草笠。或许，因为是手工制作，所以他倍加珍惜。需要叮咛的，唯有这一件事情。"

"啊，这样啊。这草笠做得非常精致……"

秋津回头望着那顶草笠，感受到了难以言喻的温暖、愉快之情。只是一顶平常无奇的草笠，干枯的芒草颜色却给人以清澈的感觉，用心编制的规整的一字形，也透现出异常的素朴与清爽——戴在头上，戴笠者的内心亦一览无余。

---

① 日本江户时代的一种草笠。

此时此刻，秋津心中新的感情苏醒。她与大三郎素昧平生，但有种种传言，可据此想象其人品。不过，听了由利女的话，看了那顶草笠，她心中出现了迥然相异的大三郎的形象——饮酒无度且有暴戾的、旁若无人的性格，另一方面却能专心致志地编制草笠并视若珍宝。这种矛盾印象塑造了不一样的大三郎。何者是正确的呢？或许只能说二者都是正确的。正因为是亲生母亲说出的话，秋津才觉得亲自编制草笠时的模样才是大三郎本心的显现。

"那才是真正的大三郎。"秋津暗暗地在心中低语。婆婆也说，他是一个细心的体贴入微的孩子，他讨厌外人知根知底，才故意做出粗暴、野蛮的样子……其母如是说，那是真的吗？秋津觉得他一定是个心地善良的人，这么想着，同时感觉自己的心已被大三郎强烈地吸引，心中仿佛点亮了一盏明灯，那是一种全新的感情。一开始，秋津就怀着坚定的意念——在大三郎返回前服侍婆婆，在大三郎回来后说出实情，获得原谅后离开这个家。但是几天下来，她的想法一点点发生了变化，她宁愿留在这个家里做婢女。每当想到自己有朝一日会成为吉村的媳妇，她便不禁面红耳赤惊慌失措起来。

在长筱会战中获胜的德川家康，趁此机会驱逐武田氏势力，他率军攻打二俣城，攻破光明寺城，七月攻入诹访之原城，并将战车驶向高天神。元龟三年（1572）十二月，三方原一战败北，德川家康卧薪尝胆积蓄战力，此番已燃燎原之火……八月二十三日攻占诹访之原城，消息很快传到了浜松，从战场上撤回的驮马，给留守城里的家人捎回了兵士的口信。

大三郎也给吉村家寄来一封信，由利女喜形于色，就那样不开封定定地望着。她终于拆开来信并说："你也来看吧。"秋津坐在她身旁，她开始读信。信中恐怕也写到战场上的情况，由利女在默读时几度发出"啊""啊"的惊叹，读完突然露出了含蓄的笑容。

"像那个孩子。"读完信，她让秋津看了来信的末尾部分，"你看看这里，他还是那么逞强。"

六

拜读来函，我不记得您的来信中提到的叫作秋津的女孩。

突然看到这样的文字，秋津喘不过气来，心脏几乎停止了跳动，她感觉眼前一黑，头晕目眩，但还是硬撑着继续读下去。

我不记得也不知道何人说了什么，只觉得事情可疑，她竟然到家里照顾母亲。若是好意，小心谨慎地留在身边也未尝不可。总之小心。待我回家后再从长计议，亦望对您身边的人严格保密……

秋津竭尽全力读到这里，剩下的文字视若无睹，好不容易才用膝盖上的双手支撑住了身体。

"真不好意思，这孩子经常会故意逞强。"

由利女卷起来信这样说。

"他从来不会老老实实地说'知道了'，却说'可以留在身边'，还自顾自地说什么'不知情之类的话不要对身边人说'。这样一来，他的心思不就一清二楚了，对不？我仿佛看到他那喜不自禁的面容。"

此时的秋津心里，在进行着怎样的搏斗啊。大三郎的来信清楚点明了自己的罪过。不能继续沉默下去，如实陈述吧。她这样想着，打算开口说话。唉，她下定决心抬起头来，可是念及吉村母亲那般坚信不疑的心情，以及平日将自己喊作儿媳妇时由衷的喜悦，她感觉说出来太过残忍，舌根发硬，涌到喉咙的话却怎么也说不出口。

"我想说出实话，那样就可以摆脱痛苦。可是妈妈怎么办呢？那样心怀喜悦的吉村妈妈怎么办呢？不能说。在大三郎返回之前，唯有保持现状。这是唯一的办法。"秋津终于拿定了主意，抑制住自己想坦白的欲望，继续在这个家中尽心尽力地劳作。

"我想在地里种点儿东西，可以吗？"

"大三郎讨厌别人碰他的田地，所以我也不动。这次出征前，他把种植的青菜、胡萝卜之类的统统拔了，分给了左邻右舍，还啰里啰唆地叮咛回来之前，不要让人碰他的田地。"

"但是那样的话，田地就荒芜了吧。"

"那也没有办法。他回来就好了，让他自己去整吧，很快就会恢复的。他就是那样说的。他经常那样唠叨，土地映照耕者之心，与其说自己是在耕作，莫如说目的是观察映在土地上的自己的心。"

秋津听着低下了头。她仿佛看到大三郎新的面孔。那颗谦卑的心，求教于土地的谦卑的心，让秋津看清了他真实的面貌。通过舆论只能看到不真实的外表，真实的面貌原来在此。秋津感动不已。

"我想向大三郎对待土地的心表达感激之情，"秋津抬起头来，"行吗？"

"行啊，秋津的话，另当别论。"吉村的母亲突然眼含微笑，"没错。你秋津又当别论。你就大胆地试试吧。"

"我会竭尽全力的。不会想着只是耕作……"

她要将自己的心融入泥土。如果能和大三郎的心合二为一，也许会转换为几分歉意。就这样，秋津的铁锹铲入了两块旱地。她在心里默念："必须虚心为之，不能心想着必然做好，必须专心致志，倾注自己的真心。"一日三餐、洗衣缝纫，她绝不让吉村的母亲插手。秋津雷打不动，即便母亲谢绝，她每晚也要去给老人捏肩揉腰。此外，在规定的日子里，她还要去绳小屋搓绳。忙里偷闲时，秋津会站到旱田里。看着锄头翻起的黝黑的泥土，她就浑身充满了力量。这是饱含大三郎心意的泥土。贴近这样的土地，无论多么劳累她都能挺起胸膛。她静静地拿起锄头，怀着如水洗过的清爽心情。

一日，由利女定定地看着秋津说："瞧你，都晒黑了……等一下啊，有好东西要给你。"

七

由利女快步跑回屋里,拿着那顶草笠跑回来说:"据说秋天的阳光会晒伤皮肤。今后去田里,戴上草笠。"

"那怎么行。"秋津脸色陡然变了,"不,那是不行的。这我完全无法遵命的。"

"为什么呢?给我儿子种地,戴他的草笠有何不可?"

"这使不得。草笠是戴在头上的,未经许可绝对不行。况且我已习惯了晒太阳,戴上草笠反而碍事儿。"

秋津说完,逃也似的离开了家。

就连踏上那块田地秋津都会心痛,吉村的母亲怎么还要借给她精心制作的草笠呢?而且那草笠是大三郎经常戴的,想到这些,她倍觉羞耻,仿佛触碰到大三郎的肌肤。秋津真的是大吃一惊。她在担心,再遇上这样的情况该如何应对。吉村的母亲此后再未提及草笠。临近九月中旬的一天傍晚,按照惯例,秋津去了绳小屋。她结束工作后回到家,屋里突然飘出线香的烟味儿。秋津琢磨,今儿个是祭奠先祖的日子吗?

她说了句"我回来了",就转身到厨房去了。由利女正在等她。"辛苦了,累坏了吧……"她的声音微微颤抖,仿佛感受着严酷的寒冷。

"我有话要说。请你马上过来,手上的事情先放放……"

"哦。"秋津心中愕然,"好的,我马上就来。"

秋津的直觉是事情露了馅儿。吉村的母亲表情反常。一定是这样。她一想到肯定是这样,脑子就一片空白,一时间连眼前的物体都变得模糊起来。

"请靠近一点儿……"

进屋后,由利女说着,并示意秋津坐到自己的膝前。

"秋津,大三郎回来了。"

秋津不由得咽下一口唾沫。由利女静静地抬眼望着佛坛,那里灯明闪动、烟气缭绕,秋津追随老人的目光仰望佛坛,不禁"啊"地喊出声来。

"是的。"老人点了点头,好像回应那一声惊呼,"大三郎回到了佛龛。过午来的通知,说是在诹访之原城会战中阵亡。"

"母亲大人!"秋津哽咽着大喊,"母亲大人……"

"不要哭……"老人伸手按住了秋津的肩膀,"大三郎实现了武士之道。那正是他的夙愿。如果你是大三郎的妻子,就不要哭。来,给他上香吧。他一定也在等着你呢。"

秋津摇摇晃晃地站起来,擦了擦眼泪,整了整衣裾,微微地闭上眼睛让心情平静下来,然后无声地走近佛龛。新立的牌位上只写着俗名吉村大三郎。他在灯明烛光中定定地望着秋津。秋津颤抖着上香的手,静静地合掌注视牌位。"你回来了。"秋津看着佛龛中的他口中呢喃。既然大三郎已不在此世,回来的是他的灵魂,那么无须坦白他也能看破自己的过失。而且,他一定会谅解自己所犯的错误。"请相信我好吗?我一定会成为让你骄傲的妻子,不会让你因为我丢脸的。我也会尽我所能照顾好妈妈。请相信我!让秋津成为吉村家的媳妇吧。拜托了！"

仿佛听到一个声音在说"原谅你了"，秋津心中涌出一个坚定的信念。秋津坚信自己的所为，从今往后不可继续欺瞒由利女，因为有天堂里的大三郎在注视着自己，从今日起自己就是这个家真正的媳妇。她满怀诚心双手合十祈愿。离开佛坛后，秋津默默地朝储物间走去，随即拿着那顶草笠返回。她怀着真心面对婆婆，坐在她的面前。

"这会儿拿出那顶草笠……"由利女讶异地瞪大了眼睛，"打算做什么呀，秋津？"

"求您了。"秋津轻抚着草笠说，"把草笠给我吧……大三郎已经答应给我了。"

"啊……秋津……"

"今后去地里，我会戴上草笠。这样就能一直守护在他身边……"

由利女说了不要秋津哭，自己也不哭，但此刻却无法抑制溢出的眼泪。她不为儿子的战死而哭泣，却不堪承受秋津的菩萨心肠。

"嗯，我想一定是这样。"秋津仍旧自言自语地说道，"这顶草笠是手工编制，饱含着丈夫的心意，对吗，母亲？"

由利女点点头，用双手捂住了眼睛。秋津则带着怀恋的心情，久久抚摸着草笠。

上架建议：日本文学经典·畅销
ISBN 978-7-5736-0084-4

定价：45.00 元